LA

Du même auteur

Un voyage en Russie, Québec Amérique, 2020.
Les Empocheurs, Québec Amérique, 2016.
La Serveuse du Café Cherrier, Michel Brûlé, 2011; nouvelle édition, Québec Amérique, 2014.
Une nuit à l'hôtel, Québec Amérique, 2001.
Les Émois d'un marchand de café, Québec Amérique, 1999; *Le Marchand de café*, 2012; nouvelle édition, 2021.

- **Lauréat du prix du grand public du Salon du livre de Montréal – *La Presse*, 2000**

Le Second Violon, Québec Amérique, 1996; nouvelle édition, 2012.
Le Prix, Productions Le Prix, 1993.
Juliette Pomerleau, Québec Amérique, 1989; Fides, 2008; 2015; nouvelle édition, Québec Amérique, 2021.

- **Prix des arts Maximilien-Boucher 1991**
- **Grand Prix littéraire des lectrices de *Elle*, 1990**
- **Lauréat du prix Jean-Giono 1990**
- **Lauréat du prix du grand public du Salon du livre de Montréal – *La Presse*, 1989**

L'Avenir du français au Québec, en collaboration, Québec Amérique, 1987.
Du sommet d'un arbre, Québec Amérique, 1986; nouvelle édition, Bibliothèque québécoise, 2001.
Le Matou, Québec Amérique, 1981; Fides, 2007; nouvelle édition, Québec Amérique, 2017.

- **Traduit en 18 langues à travers le monde**
- **Prix des lycéens du Conseil régional Île-de-France, Paris 1992**
- **Lauréat du Prix du roman de l'été, Cannes 1982**
- **Lauréat du Grand Prix du livre de Montréal 1982**
- **Lauréat du prix des Jeunes écrivains du *Journal de Montréal* 1981**

L'Enfirouapé, Les Éditions La Presse, 1974; nouvelle édition, Stanké, 2008.

Trilogie Charles le téméraire

Charles le téméraire, intégrale, Fides, 2014.
Charles le téméraire, Parti pour la gloire, Fides, 2006.
Charles le téméraire, Un saut dans le vide, Fides, 2005.
Charles le téméraire, Un temps de chien, Fides, 2004.

Jeunesse

Renard bleu, Fides, 2009.
Une histoire à faire japper, Québec Amérique, 1991.

Série Alfred

Alfred, intégrale, Québec Amérique, 2019.
Alfred et la lune cassée, Québec Amérique, 1997.
Alfred sauve Antoine, Québec Amérique, 1996.
Antoine et Alfred, Québec Amérique, 1992.

Une nuit de tempête

Projet dirigé par Marie-Noëlle Gagnon, éditrice

Conception graphique et mise en pages : Audrey Guardia
Révision linguistique : Diane Martin, Isabelle Rolland et Sabrina Raymond
Illustration en couverture : Martin Côté

Québec Amérique
7240, rue Saint-Hubert
Montréal (Québec) Canada H2R 2N1
Téléphone : 514 499-3000

Pour écrire ce livre, l'auteur a bénéficié d'une bourse du Conseil des arts de Longueuil.

Nous reconnaissons l'aide financière du gouvernement du Canada.

Nous remercions le Conseil des arts du Canada de son soutien.
We acknowledge the support of the Canada Council for the Arts.

Nous tenons également à remercier la SODEC pour son appui financier. Gouvernement du Québec – Programme de crédit d'impôt pour l'édition de livres – Gestion SODEC.

Canada | Conseil des arts du Canada | Canada Council for the Arts | SODEC Québec

Catalogage avant publication de Bibliothèque et Archives nationales du Québec et Bibliothèque et Archives Canada

Titre : Une nuit de tempête / Yves Beauchemin.
Noms : Beauchemin, Yves, auteur.
Collections : Collection Littérature d'Amérique.
Description : Mention de collection : Littérature d'Amérique
Identifiants : Canadiana (livre imprimé) 20230065325 | Canadiana (livre numérique) 20230065333 | ISBN 9782764446638 | ISBN 9782764445419 (PDF) | ISBN 9782764445457 (EPUB)
Classification: LCC PS8553.E172 N843 2023 | CDD C843/.54—dc23

Dépôt légal, Bibliothèque et Archives nationales du Québec, 2023
Dépôt légal, Bibliothèque et Archives du Canada, 2023

quebec-amerique.com

Imprimé au Canada

YVES BEAUCHEMIN

Une nuit de tempête

Québec Amérique

À ma petite-fille Éloïse

Un gros homme à demi chauve venait d'expirer devant lui. Sans une plainte ni le moindre frémissement. Sa mâchoire inférieure s'était affaissée, sa bouche, grande ouverte, s'était remplie d'ombre et ses yeux, mi-clos, avaient perdu toute expression. Il reposait sur la table d'examen la tête légèrement de côté, les bras le long du corps. L'infarctus avait été foudroyant. Quelques minutes plus tôt, il parlait et voici qu'il ne parlerait sans doute plus jamais. Le docteur Bellerose venait de l'*échapper*. Le bonhomme s'était présenté trop tard à l'urgence. Il risquait fort d'en sortir les pieds devant.

Romain Bellerose avait déclenché le code bleu. L'équipe de réanimation allait faire irruption dans la salle d'une seconde à l'autre.

— Ici, fit une voix.

La porte battit contre un mur et des bouteilles tintèrent sur une tablette. Un homme et une femme apparurent et, sans un mot ni regard pour le médecin, s'emparèrent de la table d'examen et disparurent avec le patient en direction de la salle de réanimation – la salle de choc, comme on disait. Bellerose resta sur place. De toute façon, sa présence aurait été inutile. Et la tentative de réanimation se révélerait sans doute vaine.

Au cours de sa carrière (il approchait la soixantaine), Romain Bellerose avait assisté à une bonne vingtaine de morts. La première l'avait bouleversé. Ce midi-là il avait été incapable de manger. Mais on s'habitue peu à peu à la souffrance et à la mort. Il le faut. Sinon le métier devient impossible. À chaque mort, cependant, le sentiment de son inutilité lui avait fait courber la tête et donné envie d'aller fumer une cigarette (il avait cessé de fumer à trente-deux ans).

Bellerose était un homme costaud, d'aspect robuste, aux gestes rapides et à l'expression ouverte, chaleureuse et décidée, mais d'humeur changeante. On sentait qu'un mot sec et sans réplique se tenait toujours sur le bout de sa langue. Pendant quelques années, il avait pu, par l'arrangement de sa coiffure, masquer les progrès de la calvitie, mais cette période de grâce était finie et l'âge à présent laissait deviner par toutes sortes de signes l'approche inéluctable de la vieillesse. Il lui arrivait parfois de se sentir emprisonné dans ce corps défraîchi.

Il prit son cellulaire et appela Fabiano Rosetti, son collègue et ami, qui se trouvait à deux pas. Il le savait débordé mais avait besoin d'une présence, ne serait-ce qu'une minute ou deux, le temps de décompresser un peu. Il est toujours pénible de voir un humain vous glisser entre les doigts pour devenir une chose inerte en train de perdre toute signification.

Rosetti apparut, referma la porte derrière lui et comprit tout.

— Merde, dit-il enfin. C'était chez toi ? Un infarctus ?

— Ouais.

Rosetti s'approcha :

— Va donc prendre un café. T'as l'air moche. Ça va te requinquer un peu.

Bellerose secoua la tête.

— Allez, file, fit Rosetti en le poussant dans le dos.

Bellerose était sorti et, sans un regard pour les gens assis dans l'attente d'une consultation, il s'était dirigé à grands pas vers la petite salle commune. Il avait présenté sa tasse à la distributrice au café imbuvable, puis avait pris place à une table. Il était seul. À côté, les sanglots d'un enfant perçaient le bourdonnement des voix et les appels du haut-parleur.

Après trois ou quatre gorgées, il retrouva son calme. La mort, après tout, faisait partie de son métier. Le rôle d'un médecin était de la retarder le plus possible. Personne ne s'attendait à ce que vous soyez un magicien.

Il se leva et s'approcha d'une fenêtre. Une tempête de neige venait de s'abattre sur Longueuil, précédée la veille d'un froid glacial, inhabituel en décembre. De l'autre côté du boulevard Taschereau et directement en face de l'hôpital se dressait un édifice imposant occupé par des logements pour personnes âgées (c'est bon d'avoir des médecins tout près, on n'est jamais trop prudent). À tout moment, de furieuses bourrasques de neige le masquaient en tournoyant pour disparaître aussitôt, et on apercevait alors au loin une vaste étendue blanchâtre avec ses vagues de neige immobiles.

L'année 2018 se terminait en faisant craquer les thermomètres.

Le docteur revint à la table en secouant la tête, termina son café et retourna au travail. La nuit commençait. Il en avait pour jusqu'au lendemain à six heures.

▲ ▼ ▲

Un coup de frein réveilla Philippe en sursaut. L'autobus en provenance de Joliette venait de s'arrêter devant le terminus Radisson à Montréal. Il était minuit dix et la tempête mugissait et soulevait des volutes de neige qui s'élevaient en tourbillonnant, puis disparaissaient dans le noir. Il fallait le sommeil profond de la jeunesse pour ne s'être aperçu de rien. Le jeune homme se leva et attrapa son sac à dos ; il l'avait rempli en toute hâte d'effets personnels avant de quitter ses parents à la sauvette, trois jours après Noël. Il s'avança dans l'allée, la paupière lourde, les jambes un peu engourdies. Le seul autre passager, un vieil homme tout maigre, la tête enfoncée dans un bonnet de cuir à oreillettes, sortit en marmonnant un *Bonsoir* endormi au chauffeur et, aussitôt dehors, poussa une exclamation douloureuse, le visage fouetté par des bourrasques de neige, tandis que de petits nuages de vapeur s'échappaient de sa bouche et de ses narines. Remontant vivement la fermeture éclair de son manteau, il s'engouffra à l'intérieur de la station de métro.

Philippe le suivait à quelques pas. C'était un garçon près de la vingtaine, mince, aux yeux noisette et à la chevelure d'un brun tirant sur le blond, aux traits agréables en dépit d'un nez un peu fort, le regard vif et avec une bouche qui devait donner aux filles envie de l'embrasser.

— Merde, murmura-t-il en frissonnant, la température a tombé en tabarnac !

Il pénétra à son tour dans la station, descendit à l'étage inférieur et acheta un billet. À cette heure, l'endroit était désert. La préposée, une cinquantenaire filiforme aux sourcils redessinés, dut lui trouver une gueule sympathique, car elle se pencha vers le guichet pour lui demander où il allait.

Il la regarda, surpris :

— À Longueuil, Madame.

Elle consulta sa montre :

— Vous avez tout juste le temps. Le métro ferme à une heure.

Il descendit rapidement l'escalier qui menait au quai et se mit à faire les cent pas. Pablo lui avait expliqué minutieusement le trajet à suivre pour se rendre chez lui.

Quarante minutes plus tard, il arrivait à destination. En remontant à la surface, il parcourut les lieux du regard et se mit à hésiter. Il se trouvait devant deux sorties. L'une donnait dans la tourmente, l'autre dans un espace intérieur vivement éclairé et qui semblait désert. Il opta pour ce dernier. Il s'agissait d'une immense salle en L d'où partaient quelques embranchements et qu'on avait baptisée pompeusement *Centre intermodal*. Il y régnait un silence de monastère.

Assis sur un banc, un jeune obèse, les épaules si larges que sa tête en paraissait toute petite, semblait perdu dans une morne réflexion. Philippe promena son regard autour de lui et aperçut, debout devant un pilier, un agent de sécurité au visage endormi en train de taper doucement du pied sur le plancher de béton. Il se dirigea vers lui et demanda s'il y avait un autobus à cette heure qui faisait le service de la rue Saint-Charles.

— Le dernier autobus est parti il y a dix minutes, Monsieur.

— Ah bon, fit le jeune homme, dépité.

L'agent sembla lui aussi le trouver sympathique et, passant au tutoiement :

— Y a personne qui t'attend dehors ? s'étonna-t-il.

Surpris par cette familiarité, Philippe eut une légère grimace et fit signe que non.

L'homme allongea le bras et, pointant l'index droit devant lui :

— Y a un poste de taxis au fond, là-bas. Tu devrais en prendre un. Il fait un froid à faire tomber la queue d'un chien.

— Je ne vais pas loin, répondit Philippe un peu sèchement. Merci.

Ses moyens financiers ne lui permettaient pas de se payer un pareil luxe. Du reste, Pablo habitait dans les environs et le chemin à suivre était simple comme tout. Pas besoin d'utiliser son cellulaire (d'ailleurs celui-ci était presque à plat). Il suffisait de traverser un viaduc et de filer tout droit. Le viaduc donnait sur la rue Saint-Charles. Pablo demeurait au coin de cette rue et de la rue Saint-Alexandre. Il logeait au troisième étage d'un édifice aux murs de brique blanche. Un restaurant asiatique occupait le rez-de-chaussée.

On ne pouvait être plus précis.

Philippe revint sur ses pas jusqu'à la station de métro et se dirigea vers la porte qui donnait sur l'extérieur. Il la poussa et un vent féroce chargé de neige l'enveloppa de nouveau. La neige le giflait, l'aveuglait, pénétrait dans ses narines, le suffoquait. Jamais il n'avait vu pareille tempête. Elle lui rappelait des récits de Jack London que lui lisait sa mère quand il était petit. Le corps raidi contre l'attaque, les yeux brouillés de larmes, il fit quelques pas en essayant de s'orienter.

Après avoir erré quelques minutes, il réussit enfin à repérer le viaduc et s'y dirigea à grandes enjambées. Le froid lui coupait le souffle et embrouillait ses idées, mais soulagé d'avoir trouvé son chemin en pleine nuit dans une ville inconnue, il se sentait tout requinqué et sa fatigue avait fondu.

Parvenu au sommet du viaduc, il dut s'arrêter. Le vent l'attaquait de toutes parts. En bas, de rares automobiles filaient sur l'autoroute. Qu'il aurait aimé se trouver dans l'une d'elles ! Il se mit à courir, mais s'arrêta presque aussitôt, les poumons en feu.

— Tabarnac ! Dans quoi je me suis fourré ? gémit-il à voix basse.

Ses épaules étaient si glacées qu'il ne sentait plus la courroie de son sac à dos. Il aperçut alors, massives et sombres, des tours qui se dressaient dans la tempête avec leurs fenêtres obscures et leurs balcons de béton enneigés.

— Merde ! C'est ça, le Vieux-Longueuil ? Est-ce que je me serais trompé ?

Mais trois ou quatre coins de rue plus loin, le vieux quartier apparut enfin. Il avait ralenti sa marche et scrutait les numéros des habitations pour évaluer la distance qu'il lui restait à parcourir. Il ne sentait plus ses joues. Ni son nez. Ni ses pieds. À sa gauche commença bientôt la longue succession de restaurants aux façades illuminées de guirlandes multicolores. Un père Noël, les bras levés, souriait dans la tourmente. À cette heure, les restaurants étaient presque tous fermés. De l'autre côté de la rue, on devinait un parc. Un arbre en tombant s'y était cassé en deux sur une borne-fontaine.

Il aperçut un gros cube de brique blanche, masse grossière tombée d'on ne sait où dans la rue. Un restaurant asiatique, fermé, occupait le rez-de-chaussée. Enfin ! brochafoin ! il était rendu ! Du coup, la perspective de se retrouver dans la chaleur bienfaisante d'un appartement lui fit oublier sa longue marche glacée. À cette heure, Pablo devait sûrement roupiller. Qu'il se réveille !

Il poussa une porte vitrée et pénétra dans un petit vestibule. Une seconde porte, verrouillée celle-là, donnait accès aux appartements. Il secoua ses pieds et s'approcha d'un tableau encastré dans le mur où s'alignaient les noms des locataires et les sonnettes pour les joindre.

Il pressa un bouton et attendit.

Une minute passa.

— Il dort dur, le Pablo.

Il pressa le bouton une deuxième fois.

Aucune réponse. Au bout du huitième essai, il dut se rendre à l'évidence : son ami était absent. Pourtant leur rendez-vous avait bien été fixé ce jour-là en fin de soirée.

L'inquiétude le gagna.

— Où est-ce qu'il peut bien être, l'abruti ? grommela-t-il.

Le vestibule, non chauffé, était une glacière.

Il fouilla dans sa poche, sortit son cellulaire et, de ses doigts devenus gourds et qu'il sentait énormes, composa le numéro que lui avait laissé Pablo. Au bout de plusieurs sonneries, une voix lourde et grasseyante lança d'un ton plutôt maussade :

— *Laissez-moi un message, j'vous rappelle.*

Il lui laissa son numéro et se mit à tourner sur lui-même en pestant à voix basse contre ce maudit Pablo.

Qui était ce gars, au fait ? Philippe l'avait rencontré deux semaines plus tôt dans un bar à Joliette. Il y prenait une bière avec un ami. Assis à la table voisine, le type attendait quelqu'un. C'était un petit roux en pantalon de cuir noir, au nez arrondi, à la bouche gourmande, grassouillet sans être empâté, avec la peau rose et fraîche qu'on voit souvent aux roux. Ses yeux gris sans cesse en mouvement avaient une expression tantôt naïve, tantôt malicieuse. Il aspirait l'attention. La conversation s'était engagée. Ils l'avaient trouvé rigolo. Pablo leur avait parlé de son travail à Longueuil et Philippe, lui, de la décision qu'il avait prise de ficher le camp de chez lui où le paternel lui empoisonnait la vie.

— Eh ben, c'est ce que j'ai fait, moi, il y a six mois et je m'en plains pas ! Le bonhomme arrêtait pas de me tomber dessus, ma mère fouinait dans mes affaires et mes deux sœurs m'emmerdaient à longueur de journée. Un soir, je me suis planté devant mon père et je lui ai dit : « Salut, le cul, j't'ai assez vu ! » et deux minutes plus tard je sacrais le camp… Tu peux pas savoir comme ça m'a soulagé ! La liberté, mon chum, c'est quasiment mieux que la santé : tu fais ce que tu veux, quand tu le veux, comme tu le veux, personne pour t'écœurer. Pourquoi tu viendrais pas à Longueuil travailler chez Fedex, alors ? Les salaires sont pas pires. Tu pourrais venir habiter chez moi. On splitrait le loyer, le temps que tu trouves un appart.

Sans être dans un tel embarras, Philippe s'était mis à l'envier. Les discussions avec son père tournaient immanquablement au vinaigre. Deux mois plus tôt, sa blonde l'avait laissé tomber… et il la côtoyait chaque jour en classe ! Le métier de graphiste qu'il venait de choisir lui puait au nez à présent.

L'occasion était belle, il avait sauté dessus.

— Mais où est-ce qu'il s'est foutu, le crétin ? marmonna-t-il d'une voix rageuse. Je n'ai pas de fournaise portative, moi. Je vais passer la nuit sur le trottoir ?

Il se retrouva de nouveau dans la rue. Un sentiment de vide et d'abandon lui faisait tournoyer la tête.

En cours de chemin, il était passé devant un restaurant logé dans un vieil édifice tout en longueur aux allures d'ancienne auberge. L'établissement lui avait paru encore ouvert. Il pourrait peut-être y passer une heure ou deux en attendant. Ce serait autant de gagné sur cette maudite tempête. Le fameux Pablo, sans doute pris dans une soûlerie, finirait bien par se pointer.

Il avançait d'un pas rapide sur le trottoir, de plus en plus transi, lorsque son pied glissa sur une plaque de glace. Il perdit l'équilibre, tomba par en arrière et sa tête heurta violemment le béton. Allongé de tout son long, son sac à dos projeté au bord de la rue, il demeura immobile, l'esprit confus. De violents élancements lui vrillaient l'occiput tandis qu'il ouvrait et fermait la bouche en haletant.

À présent, il sentait beaucoup moins le froid. Le temps s'était comme arrêté. Les flocons de neige s'accumulaient sur son visage, chassés de temps à autre par une bourrasque.

Soudain, une femme se pencha au-dessus de lui :

— Vous vous êtes blessé, Monsieur ?

— Ça va, murmura-t-il en essayant de se redresser.

Après quelques efforts, il y parvint.

— Je vais appeler le 911, dit un homme derrière lui.

— Non, ça va, ça va, répondit Philippe.

Il avait réussi à se remettre debout et demeurait immobile, un peu hébété, les jambes flageolantes et la bouche tordue de douleur.

— Tu ne t'es pas vu l'air, bonhomme. J'appelle l'ambulance.

— En attendant, fit la femme, venez vous asseoir dans l'auto.

Et elle l'aida à prendre place sur le siège arrière.

— Merci, murmura-t-il.

Puis il trouva la force d'ajouter:

— Vous, au moins, vous me vouvoyez.

— Pardon? demanda-t-elle, étonnée.

Il secoua la tête, ferma les yeux et se laissa envelopper par la chaleur de l'auto. Parler lui demandait trop d'efforts. Et puis le froid lui avait rendu les lèvres et les joues raides comme du carton.

Sa tête l'élançait de plus en plus.

«J'espère que je ne me suis pas trop massacré, se dit-il. Gelé comme une crotte. Tout seul dehors. La vie est belle!»

— Et puis? Est-ce que vous vous sentez un peu mieux? demanda la femme en s'installant derrière le volant.

Il ne répondit rien.

L'homme réapparut:

— C'est à toi, le sac à dos? Je le mets à tes pieds.

— Merci, Monsieur.

Sa voix était un peu plus ferme à présent. Mais la douleur l'épuisait.

— Je vous fais perdre bien du temps, murmura-t-il. Excusez-moi.

L'homme n'eut pas le temps de répondre. Une autopatrouille venait d'apparaître dans un clignotement de gyrophare. Elle vint se ranger derrière eux.

Philippe réussit à s'extraire de l'auto et s'appuya contre une aile. Tout se passa alors très vite.

Un policier s'approcha et se mit à l'examiner. C'était un homme dans la trentaine avec des yeux enfoncés, un menton massif et des joues un peu creuses.

— Je me sens mieux, lui assura Philippe, c'est en train de passer.

— Toi, tu t'en viens à l'urgence, mon ti-gars, répondit l'autre sur un ton sans réplique. J'aime pas ta face. Allez, monte.

Ses bons Samaritains étaient sur le point de partir.

« L'urgence ? se dit alors Philippe. Bonne idée, ça. Je vais être au chaud. »

L'agent le prit sous l'aisselle et l'aida à monter dans l'auto-patrouille tandis qu'une policière assise derrière le volant, après lui avoir jeté un coup d'œil, mettait le véhicule en marche.

▲ ▼ ▲

L'urgence frôlait le débordement. L'infirmière au triage avait classé la majorité des gens dans la catégorie 4 ou 5 sur l'échelle de gravité. C'est-à-dire qu'ils pouvaient attendre pour recevoir des soins. Et ils attendaient. Assis en longues rangées dans des chaises-fauteuils fournies sans doute pour les aider à patienter, ils regardaient devant eux d'un air un peu hébété. D'autres étaient engagés avec leur voisin dans d'interminables conversations pour tromper l'ennui.

Ils étaient venus pour des grippes costaudes, des blessures parfois impressionnantes mais la plupart du temps mineures, des nausées persistantes, des pneumonies réelles ou appréhendées, des douleurs d'articulations insupportables, etc. Les pleurs d'un bébé, un appel au haut-parleur, un accès de toux, un éclat de voix ne parvenaient pas à faire lever la torpeur qui engluait la salle.

Une voix de femme s'éleva tout à coup :

— Je te mens pas, Francine, c'était comme si j'avais accouché d'un porc-épic.

Il y eut des rires étouffés.

Suspendue en haut d'un mur, une télé muette diffusait ses images inutiles. Mais ici et là, la souffrance prenait une allure poignante.

Un Noir dans la trentaine, affalé dans sa chaise-fauteuil, fixait d'un œil morne son petit garçon qui sautillait avec des cris d'oiseau dans son monde imaginaire. Non loin de lui, une vieille minuscule et toute ratatinée se trémoussait, l'œil égaré, lançant à tout moment de sa petite voix aiguë :

— Ç'a pas d'allure, Bernard ! C'est du niaisage ! Sors-moi d'ici ! Il faut que j'aille finir mes tartes.

— Tu les as pas commencées, maman, répondit Bernard, regardant droit devant lui d'un air excédé.

Soudain, un éclair de raison se fit chez la vieille :

— Va manger, Bernard, si t'as faim. On n'a même pas soupé. La cafétéria doit être ouverte. Sinon, y a des machines.

Le haut-parleur fit entendre un nom, un homme à cheveux blancs se dressa vivement et, le dos courbé, se dirigea à pas pressés vers une des portes numérotées derrière laquelle l'attendait un médecin.

Penché sur son patient, le docteur Bellerose cherchait à retirer de la joue d'un grand homme maigre à l'œil farouche un fragment de bouteille de bière, suite d'une discussion pendant laquelle deux opinions s'étaient affrontées. L'homme, plongé dans un mutisme de béton, regardait droit devant lui, apparemment insensible à la douleur. Bellerose, après deux essais infructueux, cessa de le questionner. Puis un jeune ouvrier se présenta avec une de ses bottines transpercée d'un clou de vingt centimètres. Il avait beau s'efforcer de montrer un visage stoïque, son expression rappelait celle d'un petit garçon qui se serait écorché un genou en tombant de sa bicyclette. L'extraction du clou se fit assez rapidement, mais celle du pied emprisonné dans la bottine par l'enflure se montra bien plus difficile et nécessita finalement l'aide d'un infirmier. Le malheureux, à présent, n'arrivait plus à retenir ses gémissements. Enfin, la bottine fut enlevée, pleine de sang à demi coagulé.

— Le pire est passé, mon ami. Vous pourrez bientôt aller dormir chez vous.

Son patient, livide, essaya de sourire.

— Merci, Docteur, murmura-t-il d'une toute petite voix.

Une fois son patient parti, le docteur Bellerose poussa un soupir, secoua ses mains, puis s'assit et allongea les jambes.

On frappa à la porte.

— Entrez.

C'était l'infirmier qui revenait avec un café. Le visage du médecin s'illumina et il lui tendit la main :

— Merci, Charles. T'es mon meilleur... Si ma fille était plus vieille, j'essaierais de t'avoir comme gendre.

L'infirmier se mit à rire :

— Je suis déjà marié, Docteur.

— C'est vrai, j'avais oublié. T'as tellement l'air d'un tombeur…

L'infirmier rit de nouveau et sortit. Bellerose s'adossa à la table d'examen et prit une gorgée de café.

La ronde des patients se poursuivit : un homme maigre comme un naufragé de la *Méduse* et torturé par des brûlures d'estomac ; une ado qu'une entorse au pied gauche faisait boitiller comme une petite vieille ; un gardien de nuit aux traits écrasés comme si on lui avait claqué une porte d'acier en plein visage et qui venait pour un morceau de broche enfoncé dans la bouche. Bellerose, étonné, le questionna. L'histoire demeurait mystérieuse.

Une voix de femme se fit entendre à l'interphone :

— J'aurais un patient à vous envoyer, Docteur. Commotion cérébrale, semble-t-il.

— Je l'attends.

Il entrouvrit la porte et but une autre gorgée de café. La nuit lui paraissait plus longue qu'à l'accoutumée.

Un jeune homme au teint livide apparut, une main appuyée contre le chambranle. Derrière lui, l'infirmière eut un geste d'impuissance :

— Monsieur voulait absolument marcher.

Bellerose resta pétrifié. Il avait devant lui son frère Martin qu'une automobile avait fauché à l'âge de quinze ans (lui-même à l'époque en avait douze). Mais un frère qui aurait continué de grandir après sa mort ! Mêmes traits, même façon de garder le menton dressé avec une expression résolue et pourtant timide, même teint café au lait qui lui avait valu le surnom de *Mexicain*. Un sentiment d'effroi mêlé d'euphorie avait envahi le médecin. C'était Martin qui lui avait montré à patiner, qui l'avait aidé dans ses éprouvants devoirs de mathématiques, qui l'avait accompagné au cinéma quand son père ou sa mère étaient occupés, qui deux ou trois fois l'avait vengé des raclées infligées par des petits voyous du quartier.

Il restait là, bouche bée, un bras à demi dressé. L'infirmière, étonnée, allait lui demander ce qui se passait lorsqu'il revint à lui et s'avança :

— Oh ! il n'a pas l'air d'aller très fort, ce monsieur...

L'infirmière partie, il l'aida à s'allonger sur la table d'examen. Le choc qu'il avait ressenti s'était dissous quelque part en lui.

— Tourne la tête de côté, s'il te plaît.

Il écarta les cheveux :

— Hum... une bonne contusion, ça... Étourdi ?

— Un peu. Tout à l'heure ça tournait beaucoup.

La voix n'était pas celle de Martin. Un peu rude, plutôt grave, bien articulée. Ç'aurait peut-être été celle de Martin devenu adulte.

— Membres engourdis ?

— Non.

Puis il se corrigea :

— Un peu, quand même... À cause du froid, je suppose.

Le médecin palpa l'occiput (Philippe poussa une plainte), puis la nuque, les épaules et le haut de la colonne vertébrale.

— Nausée ? Vision embrouillée ?

— Un peu de nausée.

Il l'aida à s'asseoir.

— Comment t'es-tu fait ça, mon ami?

Philippe plongea son regard dans celui du médecin en plissant légèrement les yeux:

— Vous devriez me vouvoyer, Docteur. Après tout, on ne se connaît pas.

Étonné, Bellerose le fixa une seconde, puis sourit:

— Bien sûr, Monsieur. Excusez-moi.

C'était la première fois qu'une réprimande l'amusait.

Philippe lui décrivit alors les circonstances de son accident et ajouta même quelques mots sur l'étourderie de son compagnon.

Il se détendait tout doucement.

Le médecin le fit asseoir, prit un marteau à réflexes et le testa, puis réfléchit un instant:

— Ça me semble plutôt mineur, mais on ne prendra pas de risque: je vais demander qu'on vous fasse passer un scan... Vous venez de subir un choc assez violent. On n'est jamais trop prudent dans ce genre d'affaires.

— Je le passe quand?

— Tout à l'heure.

Il prit l'interphone et eut une assez longue conversation avec quelqu'un. Philippe se sentit tout à coup accablé de fatigue. Il s'efforçait d'écouter, mais ses pensées s'enfonçaient dans la brume.

Bellerose raccrocha et se tourna vers lui:

— Un coup de chance, Monsieur (il y avait de l'ironie dans ce *Monsieur*), on vous attend. Vous allez passer dans une demi-heure environ… Mais plus question de marcher, mon ami. Les promenades, ce sera pour une autre fois. Compris ?

Philippe fit un léger signe d'assentiment.

— Après l'examen, vous reviendrez me voir.

« Drôle de pistolet », murmura-t-il quand son patient fut parti.

Il venait d'extraire une épingle à cheveux de l'oreille d'une jeune femme (c'était la nuit des extractions, semblait-il) lorsqu'on lui communiqua les résultats de l'examen de son jeune patient. Tout était normal. Il le fit alors appeler pour lui annoncer la bonne nouvelle, mais au bout d'une heure, personne ne s'était présenté. Une préposée lui fournit un numéro de cellulaire. Il glissa le bout de papier dans sa poche et se remit au travail.

Quatre heures et douze patients plus tard, il réussissait à parler à Philippe.

— Où êtes-vous donc passé, mon ami ? Ça ne vous intéresse pas de connaître les résultats de votre examen ?

— Vous les avez déjà ?

— Eh oui. On n'est pas dans la jungle ici. Les choses bougent… Tout est beau, Monsieur.

— Je vous remercie beaucoup, Docteur. J'étais un peu inquiet.

Pour la première fois, sa voix se montrait chaleureuse.

— Est-ce que je peux me permettre de vous demander où vous êtes ?

— À l'entrée de l'hôpital. J'attends qu'un ami vienne me chercher.

— Soyez prudent, mon garçon.

▲ ▼ ▲

À six heures, son quart terminé, le docteur Bellerose quitta le service des urgences pour retourner chez lui et rattraper sa nuit en plein jour. Dans la salle d'attente dégarnie, un grand homme maigre, recroquevillé, dormait sur sa chaise-fauteuil en émettant des sifflements de bouilloire. Bellerose sourit. C'était au moins la troisième fois que l'individu se présentait pour un furoncle à une cuisse. Le médecin eut une courte conversation avec son collègue Rosetti et prit l'ascenseur qui l'amena au rez-de-chaussée. Il était fourbu mais assez content de sa nuit.

Il y avait des jours où son travail le remplissait d'un sentiment pénible d'ennui – et parfois même de dégoût. Le long défilé des cas banals ou insignifiants, des propos vides et maladroits tenus par des gens un peu éteints par la vie, finissait par l'attrister et lui inspirer une sorte de cynisme. Mais de temps à autre se produisaient des rencontres qui lui donnaient le sentiment d'avoir influé – ne serait-ce qu'un peu – sur le déroulement d'un destin. Cela suffisait alors pour raviver en lui la fierté du métier. Cette semaine-là, le miracle s'était produit une ou deux fois.

Il passait devant la cafétéria lorsqu'une odeur de pain grillé et de beurre fondu l'enveloppa. Souvent, il s'y arrêtait pour déjeuner après son quart de nuit. Il entra, prit un plateau et alla se placer au bout de la file d'employés et de visiteurs qui avançaient pas à pas en faisant glisser leur plateau le long du comptoir derrière lequel s'affairaient les préposés de la cuisine. Il eut droit à un «Bonjour, Docteur. Comment ça va? Je vous sers vos rôties de pain brun? Des œufs au miroir avec ça?».

Sa commande reçue, il s'avançait dans la cafétéria à la recherche d'une place au soleil lorsqu'il aperçut son jeune patient si féru de *vous* assis seul dans un coin derrière deux tasses et une assiette vides. Bellerose, saisi d'une impulsion, se dirigea droit vers lui. Philippe, en l'apercevant, lui adressa un franc sourire – le premier.

— Vous êtes encore ici, vous? Et votre ami?

Le jeune homme eut une grimace:

— Je l'attends toujours.

— Je peux m'asseoir?

Philippe répondit par un vague signe de tête.

«J'espère qu'il ne va pas me draguer, le vieux doc, se dit-il. J'ai assez de problèmes comme ça.»

— Et la tête, comment elle va? Les antidouleurs font leur boulot?

— Oui.

Il lui posa deux ou trois questions auxquelles le jeune homme répondit de façon tout aussi laconique. Le médecin commençait à regretter de s'être assis à la table de quelqu'un d'aussi peu loquace.

— Demeurez-vous dans le coin? poursuivit-il tout de même.

— Non. À Joliette.

Bellerose leva sur lui un regard quelque peu étonné:

— Vous êtes venu ici pour étudier, je suppose?

— Non. Pour travailler.

— Ah bon.

Il hésita une seconde, puis se risqua:

— Travailler où, si ce n'est pas indiscret?

Philippe, un peu agacé, se mit à fixer son assiette. Mais il fallait bien répondre quelque chose. Bellerose, intrigué, amusé, attendait, l'œil rempli d'une bienveillance paternelle.

— Je ne sais pas trop... Dans une compagnie de livraison ou quelque chose comme ça. Mon copain travaille là-bas et je vais rester chez lui un bout de temps... s'il se montre la fraise un jour! Je me demande bien ce qu'il fout, celui-là, ajouta-t-il en jetant un coup d'œil à son cellulaire.

Il y eut un moment de silence.

— Vous ressemblez de façon étonnante à un de mes frères, observa Bellerose. Mêmes traits. Même allure. Même regard. C'est incroyable... On dirait quasiment que je me trouve devant lui, ajouta-t-il d'une voix changée.

— Ah bon, répondit Philippe.

La chose semblait l'intéresser autant qu'une conférence sur la fabrication des dés à coudre. Mais, par politesse, il crut bon d'ajouter:

— Vous avez l'air de l'aimer beaucoup.

— Je *l'aimais* beaucoup.

— Aimais?

Un soupçon d'intérêt venait de s'allumer dans son regard.

— Il est mort à quinze ans. J'en avais douze. Tué par un automobiliste pris de boisson. J'ai eu beaucoup de peine.

Philippe le regardait, ne sachant trop quoi dire.

Bellerose prit une dernière gorgée de café, s'empara de son plateau et se leva. Une voix lui disait qu'il fallait faire quelque chose pour ce garçon qui semblait en pleine déroute. Mais quoi? Beaucoup de gens étaient en pleine déroute. La déroute, comme la réussite, faisait partie de la vie. Mais la voix ne se taisait pas malgré ces lieux communs. En dépit de ses manières plutôt râpeuses, il avait envie d'aider ce jeune fou en cavale. Pourquoi? Pour rien. Ou alors – raison absurde – parce qu'il ressemblait à son frère Martin. Mais peut-être aussi parce qu'il possédait cette jeunesse qui l'avait quitté à tout jamais.

L'irrationnel occupait une si grande place dans la vie...

— Écoutez, mon ami, je vous dis ça à tout hasard... Vous m'avez l'air d'un gars débrouillard (les paroles dépassaient un peu sa pensée). Si jamais je peux vous être utile, ça me ferait plaisir... Et je ne suis pas en train de vous faire des politesses.

Il fouilla dans son portefeuille et lui tendit une carte.

— C'est mon numéro à l'urgence. Si je suis occupé, laissez un message.

Une expression étonnée apparut dans le visage fatigué de Philippe et fut aussitôt suivie d'un sourire – le second.

— Je vous remercie… mais je pense que ça va aller.

Romain Bellerose inclina la tête et s'éloigna en se demandant ce qui avait bien pu lui prendre.

Vers huit heures trente, Philippe réussit enfin à joindre le fameux Pablo Michaud.

— Je peux pas te parler, répondit celui-ci d'un ton précipité, je viens d'arriver au travail et j'suis en retard.

Il se racla bruyamment la gorge :

— T'es où ?

— À l'hôpital.

Il y eut un court silence, puis :

— Tu t'es blessé ?

— Pas vraiment.

— Écoute, je peux vraiment pas te parler. J'vas être chez moi à six heures. Salut.

▲ ▼ ▲

Le docteur Bellerose habitait une imposante maison de style géorgien rue Jean-Béliveau. Elle avait fait partie d'un ensemble de cinq maisons de brique surnommées *The Brick Row* construites en 1851 par la Grand Trunk Railway pour loger ses *engineers* (il aurait été impensable à cette époque que la profession puisse être exercée par des Canadiens français). L'une d'elles avait brûlé, mais celles qui restaient avaient encore fière allure. Elles avaient été construites en deux sections, chacune avec son propriétaire. Bellerose ne voyait presque jamais son voisin immédiat qui, la plupart du temps, résidait en Floride.

Il adorait sa maison, même si elle était beaucoup trop grande – particulièrement depuis son divorce et le départ d'une de ses filles. Il n'y vivait plus à présent qu'avec Léa, la cadette, âgée de dix-sept ans. Léontine, son aînée de cinq ans, était partie en France deux ans plus tôt poursuivre des études en biologie.

Le départ de sa femme avait obligé le médecin à se mettre à la cuisine. Les talents dans ce domaine ne lui manquaient pas, mais il les déployait surtout durant les congés ou lorsqu'il recevait des invités. Aussi le quotidien lui pesait-il assez lourdement malgré l'aide de Léa. Le divorce de ses parents avait fait d'elle une anxieuse. Cuisiner la détendait.

Bellerose avait trouvé trois solutions pour alléger sa tâche. *Primo*: cuisiner d'énormes quantités de nourriture qu'il divisait ensuite en portions pour les mettre au congélateur et les servir au besoin; *secundo*: acheter des plats chez le traiteur (malgré leur teneur souvent élevée en sel, en sucre et en gras); *tertio*: manger au restaurant.

Ce soir-là, le menu se composait d'une crème de brocoli, d'un spaghetti sauce bolognaise (la sauce, de sa propre confection, lui avait attiré de nombreux éloges) et d'un gâteau Boston acheté chez le pâtissier. Léa adorait le gâteau Boston.

Ils venaient de s'attabler. Sa fille mangeait avec appétit, mais parlait peu et semblait souvent absente. C'était une jeune fille plutôt réservée qui avait hérité comme sa sœur de la beauté de leur mère. Gracile, avec des yeux bleu turquoise d'une profondeur magnifique et au dessin vaguement asiatique, elle avait une chevelure châtain clair et une peau d'un blanc crémeux.

— Quelque chose te tracasse? lui demanda son père au bout d'un moment.

— Un peu... Je pense à mon examen de chimie.

— Tu l'as passé ou tu te prépares à le passer?

— Je vais le passer.

— Et alors?

— Je me sens un peu poche.

Il sourit:

— Tu te sens toujours un peu poche, ma chérie, et tu obtiens toujours de bonnes notes... en tout cas d'assez bonnes notes.

Elle ne répondit rien. Alors, pour faire diversion, il se mit à lui rapporter les cas les plus marquants de la nuit: ceux de cet ouvrier dont il avait dû décrucifier le pied enfoncé dans sa bottine, de cette jeune femme qui semblait habiter un autre monde et se prenait pour Céline Dion et, enfin, de ce drôle de garçon qui s'était à moitié assommé sur un trottoir et avait exigé avec hauteur qu'on le vouvoie.

Léa dressa la tête:

— Mais, voyons, papa, il faut toujours vouvoyer les gens qu'on ne connaît pas... quand on veut être poli, en tout cas.

Bellerose sourit:

— C'est vrai... je suis parfois un peu trop familier. Que veux-tu, on m'a élevé à la bonne franquette... Mais si tu avais vu son air de prince consort...

— J'aurais pris le même air, rétorqua Léa.

Elle ne s'adoucit qu'à l'arrivée du gâteau Boston.

Le repas terminé, ils desservirent la table et rangèrent la cuisine. Léa monta à sa chambre et il se rendit au salon lire les journaux. Vers vingt heures, après un coup d'œil à sa montre, il se leva et se dirigea vers le vestibule.

Léa était redescendue chercher un stylo.

— Tu t'en vas chez Madeleine ? fit-elle avec un sourire en coin.

— Oui, ma fille, je m'en vais chez Madeleine, répondit-il quelque peu agacé.

Puis il ajouta :

— Je ne reviendrai pas coucher.

▲ ▼ ▲

Grelottant dans le vestibule, Philippe attendait l'arrivée de Pablo Michaud. Ce dernier arriva à dix-huit heures cinquante.

— Ciboire ! s'écria-t-il. T'as l'air congelé !

— Je le suis.

— Excuse-moi, mon vieux, j'ai raté mon autobus. Viens te réchauffer.

Il déverrouilla la porte et s'engagea dans un escalier métallique à marches de terrazzo, puis, s'arrêtant tout à coup, il se tourna vers Philippe :

— Pourquoi t'étais à l'hôpital ? Rien de grave, j'espère ?

— Ça aurait pu l'être. J'ai glissé sur le trottoir à deux pas d'ici la nuit passée et je me suis quasiment assommé. La police m'a conduit à l'urgence.

Pablo se figea :

— La nuit passée ?

— On devait se voir hier soir, alors je suis venu hier soir, répondit sèchement Philippe.

— C'était pas aujourd'hui ?

Sa voix sonnait faux.

— Eh non, Pablo, eh non… J'ai sonné à ta porte une dizaine de fois. Rien. Alors je t'ai téléphoné, mais je tombais toujours sur le message d'accueil. Qu'est-ce qui s'est passé ? Tu ne prends pas tes messages ?

— Mon cell était à plat… et puis j'étais un peu paqueté, faut dire… Et à matin, j'y ai pas pensé… Excuse-moi, mon chum.

— Ça va, n'en parlons plus. Ce qui compte, c'est qu'on se soit rejoints et que je vais dormir au chaud cette nuit… Je suis content de te voir, Pablo.

— Moi aussi.

Son regard voltigeait de plus en plus autour de la tête de Philippe.

Ils poursuivirent leur montée, Pablo se rendit à sa porte, déverrouilla et le fit entrer.

L'appartement, meublé de bric-à-brac, ne semblait pas avoir connu l'aspirateur depuis longtemps. Un bâton de rouge à lèvres traînait sur un canapé également rouge et aux bosselures inquiétantes.

Philippe y déposa son sac à dos.

— Si t'es d'accord, fit Pablo, tu pourras dormir sur le canapé en attendant de mieux t'installer. Je te prêterai un sac de couchage.

Ce qu'il omettait de dire, c'est qu'il n'y avait pas d'autre choix.

La porte était restée entrouverte et il n'avait pas enlevé son manteau.

— Aimes-tu la cuisine asiatique? Il y a un bon resto en bas. J'y vas presque chaque soir. Le patron me fait un prix. Je dirai que t'es mon invité et tu me paieras ensuite. Ça va?

— Pour cette fois, oui. Mais je n'irai pas tous les soirs, Pablo. Je n'ai pas beaucoup d'argent, tu sais.

— T'inquiète pas, tu vas en avoir bientôt. J'ai parlé au contremaître ce matin, et il est pas mal sûr qu'une job va s'ouvrir la semaine prochaine.

— *Pas mal* sûr? Tu m'avais dit qu'une job m'attendait.

— Il s'est passé des choses, se contenta de répondre le rouquin. On peut pas tout prévoir, hein? Mais je serais bien surpris qu'on te prenne pas. Depuis deux mois, le travail court après nous.

Philippe le regardait. Les choses prenaient soudainement un tour incertain. Qu'est-ce qui lui avait pris de se faire héberger par un inconnu sans la certitude d'avoir un emploi?

Sa douleur à la nuque se remit à le mordre.

— J'aimerais prendre une douche avant d'aller manger. Je me sens crotté.

— Vas-y, mon vieux. Mais dépêche-toi, je meurs de faim.

La salle de bain s'harmonisait avec le reste de l'appartement : lavabo crasseux, rideau de douche déchiré, baignoire grisâtre. Philippe évita de justesse de glisser sur un pain de savon.

— Aussitôt que j'aurai un peu d'argent, je sacre le camp d'ici, murmura-t-il en se déshabillant.

Heureusement, il y avait de l'eau chaude.

Pablo l'attendait près de la porte en tapant du pied.

— Bon, enfin ! Les tripes me chantent, j'ai hâte de me mettre quelque chose dans le ventre...

Philippe ne répondit rien. L'hospitalité de son copain lui paraissait un peu rude. Après tout, ils se connaissaient à peine.

L'instant d'après, ils entraient à L'Étoile d'Orient. Un immense bouddha doré trônait au milieu de la vaste salle dont l'éclairage tamisé accentuait l'opulence pseudo-orientale. Menu à la main, une jolie Asiatique, délicate et souriante, s'avança vers Pablo, s'inclina devant Philippe et les conduisit à une table.

— Même chose qu'hier, fit Pablo sans prendre la peine de consulter le menu.

Puis se tournant vers Philippe :

— Si t'aimes le poulet au beurre de pinottes, il est super ici.

— C'est combien ?

— Douze piastres, avec la soupe et les biscuits, taxes incluses. Moins que rien, quoi.

— Ça va.

La serveuse s'inclina de nouveau et s'éloigna.

— Je la baiserais bien, confia le rouquin à voix basse, mais c'est pas facile… Ces filles-là, ça nous glisse entre les mains comme si on les avait huilées… Mais laisse faire, un de ces jours…

Et il ferma à demi les yeux avec un petit sourire égrillard.

— Je mange toujours à la même table, reprit-il, l'air important. On me l'a réservée, comme qui dirait… C'est un peu comme si je mangeais chez moi, tu comprends… Mais ça fait plus cool.

La cuisine se montra correcte. Pablo dévora sa portion en deux minutes. Philippe, lui, mangeait avec précaution. À chaque mouvement de mâchoires, sa nuque élançait. Il écouta Pablo parler de sa journée. On travaillait dur chez Fedex. Il n'y avait pas de pause le matin, une seule l'après-midi. Mais il avait trouvé un petit truc pour s'en donner deux et parfois même trois en cachette.

À certains signes, Philippe sentit que son compagnon aurait été enchanté de se faire offrir une bière. Il feignit de ne pas s'en apercevoir. L'argent fondait si vite…

De retour chez lui, Pablo ouvrit la télé et se tira une chaise pour regarder la partie de hockey. Avec son écran géant, l'appareil détonnait au milieu de l'ameublement minable. Il s'alluma un joint et le tendit deux ou trois fois à Philippe. Au lieu de l'apaiser, le joint fit monter son inquiétude. Dans quel guêpier venait-il de se jeter?

Cela ne dura qu'un moment.

De temps à autre, Pablo poussait une exclamation et se tapait sur les cuisses. Il avait comme oublié la présence de son nouvel ami. Tout à coup, il se tourna vers lui:

— Wow ! T'as vu la passe de Fisher ? C'est le boutte du boutte, ça !

Philippe approuva mollement de la tête. Depuis une dizaine de minutes, il tombait de sommeil. À la fin, n'en pouvant plus, il demanda à Pablo la permission de se coucher. L'autre le regarda, surpris.

— C'est vrai que tu l'as pas eue facile, hier, se rappela-t-il.

Il quitta la pièce et revint avec un sac de couchage :

— Ça pourra te servir d'édredon.

Puis, pointant le doigt vers le canapé :

— J'ai pas d'oreiller, mais prends un des coussins en attendant que je trouve autre chose.

Philippe se rendit à la salle de bain et, assis sur le rebord de la baignoire, envoya un texto à sa mère : *Ne t'inquiète pas, je vais bien. J'avais besoin de changer d'air. Je me suis trouvé du travail. Je commence demain. Je viendrai faire un tour dans deux ou trois semaines. Bonsoir à vous deux.*

Quand il revint au salon, Pablo, toujours assis devant la télévision, se tourna vers lui :

— J'ai pas d'écouteurs mais je vais baisser le volume au max. Ça va ?

Philippe approuva de la tête. Avait-il le choix ?

▲ ▼ ▲

Le matin du 1er janvier, il se réveilla avec un mal de bloc lourd et glaiseux, résultat des sept bières qu'il avait bues la veille avec Pablo et trois de ses amis – qui en avaient bu bien davantage. Il se trouvait seul à l'appartement. Pablo était parti à Joliette souhaiter la bonne année à ses parents et ne reviendrait que le lendemain. Voilà des semaines qu'il préparait le terrain pour que les choses se passent doucement. S'il manœuvrait bien, on lui offrirait peut-être un cadeau, sait-on jamais ? Du *cash* serait le bienvenu !

Debout en caleçon au milieu de la pièce, Philippe poussa un long soupir et se massa la nuque. L'air confiné était alourdi de fumée de cigarettes de diverses natures et d'une odeur de graillon qui persistait depuis deux jours. Suspendus au dossier d'une chaise, un caleçon grisâtre et deux chaussettes rouges, dont l'une avec un trou au talon, accentuaient l'aspect misérable de l'endroit. Une caisse de bière gisait de côté devant la télé et quatre bouteilles vides s'en étaient échappées pour rouler au milieu de la pièce ; elles faisaient penser à de petites épaves, le rôle de la mer étant tenu par un tapis bleu couvert de miettes, de bouts de papier, de débris de toutes sortes et tellement usé par endroits qu'il en avait perdu sa couleur.

Philippe se massa longuement le visage, puis s'étira. Cela déclencha des toc toc toc douloureux dans sa tête et particulièrement à l'occiput. C'était un vrai lendemain de la veille avec haleine lourde, goût de ferraille rouillée dans la bouche et sentiment de ne pas être tout à fait sur la planète. Il se rendit à la salle de bain et resta dix bonnes minutes sous la douche, profitant de l'absence de Pablo, très sensible au compte d'électricité et prodigue en chialeries de toutes sortes (ce travers était apparu très rapidement). La douche le réveilla et le détendit un peu, mais fit bientôt apparaître dans son esprit l'image claire et nette de la situation où il se trouvait. Elle était lamentable. Pire : minable.

« Bah, se dit-il, je finirai bien par me tirer d'affaire. Ce n'est qu'une question de temps. »

Il sortit de la douche, s'essuya et retourna au salon. Ce fut au moment où il enfilait chemise et pantalon qu'un cafard de béton lui tomba dessus – un cafard comme il n'en avait jamais connu. Le souffle se bloqua dans sa poitrine et, les larmes aux yeux, il s'arrêta, sa chemise à demi boutonnée, incapable d'aller plus loin. Ce jour de l'An solitaire le faisait suffoquer. Jamais il n'aurait cru en vivre un pareil. Le seul remède pour arriver à le traverser aurait été de se recoucher et de dormir, mais c'était chose impossible. Alors boire? Seul? L'idée même lui soulevait le cœur. Sortir? Pour voir qui? Pour dire quoi?

Il pensa alors à ses parents et vit les traits tirés de sa mère, le visage crispé de son père, et imagina le silence qui devait régner dans la maison. Sa fugue devait les martyriser. Mais il n'y avait pas eu d'autre issue.

Il décida tout à coup de téléphoner à Max. C'était son meilleur ami. Midi approchait et ce dernier devait se trouver en pleine fête de famille, mais grâce aux cellulaires on peut échanger des confidences partout.

Depuis sa fuite, il ne lui avait envoyé que deux courts textos, se gardant bien de lui révéler l'endroit où il se trouvait. Pourquoi? Par goût de l'épate. Pour donner à sa vie un tour aventureux.

Il l'eut tout de suite au bout du fil. On entendait une rumeur de conversations ponctuées d'éclats de rire.

— Minute, fit Max, je vais changer de pièce.

La rumeur s'affaiblit jusqu'à devenir presque inaudible.

— Où es-tu, bout de crisse? En Afrique? En prison? En radeau sur l'Atlantique? Tes parents m'ont appelé quatre fois: trois fois ta mère, une fois ton père.

— Est-ce que tu me promets de garder pour toi ce que je vais te dire?

— À ce que je sache, je n'ai jamais été un panier percé.

Un silence se fit.

— Je suis à Longueuil.

— Et qu'est-ce que tu fous là?

— Je me cherche une job.

Un second silence se fit, un peu plus long.

— Ah bon, soupira Max. Je n'aurais jamais pensé que t'étais aussi brillant. Seul à Longueuil et sans job. En fait, tu m'éblouis. Je peux avoir ton autographe?

— Ne ris pas de moi, Max. Je ne pouvais plus blairer mon père, câlisse! C'était ça ou l'assommer.

Max poussa un profond soupir.

— Comment va ma mère? demanda Philippe.

— Comme tu peux le deviner... Elle fait pitié, la pauvre. Aujourd'hui, elle ne doit pas être drôle à voir.

— Je lui envoie pourtant des textos, se défendit Philippe. Elle n'a pas à s'inquiéter. Et puis je ne suis pas parti pour l'éternité. Quand les choses vont se tasser, j'irai la voir.

— Et moi, est-ce que je pourrai te revoir un de ces jours, grand niaiseux? Disons... dans dix ans? Un peu plus, un peu moins? Je ne veux pas te bousculer, hein... Prends tout ton temps.

À partir de ce moment, la conversation se détendit un peu. Philippe réussit même à le faire rire deux fois.

— Faut que je te quitte, coupa tout à coup Max. On se met à table.

Mais il crut bon d'ajouter :

— J'ai comme l'impression que ton père s'est mis à ta recherche. Prends garde quand il va te trouver !

Philippe glissa le cellulaire dans sa poche et se rendit à la cuisine. Parler avec quelqu'un l'avait un peu requinqué. Il sentit alors en lui quelque chose qui ressemblait à de l'appétit. Il y avait deux pogos dans le frigo. Secs mais encore mangeables une fois passés au micro-ondes.

Les pogos, plutôt moches, lui donnèrent quand même un peu de tonus. Il décida alors d'envoyer un texto à sa mère.

Bonne Année, maman. Bonne Année, papa. Je vais très bien. Faut pas vous inquiéter. Je vais aller vous voir bientôt.

Ce qu'il aimait dans ce *bientôt*, c'était son sens indéfini.

À présent, il fallait tuer le temps. Il se rappela un vieux roman policier qu'il avait ramassé dans une boîte à livres deux jours plus tôt. *La clé de verre* de Dashiell Hammett. Le titre l'avait intrigué. Le nom de l'auteur lui disait vaguement quelque chose. Une sorte de pro dans le genre, semblait-il.

Et c'est en lisant *La clé de verre* qu'il parvint à se rendre au bout du jour de l'An.

▲ ▼ ▲

Un mois s'était écoulé. Durant la nuit, l'hiver s'était brusquement mis à fondre. À leur lever, les gens contemplèrent une petite pluie tristounette qui tombait doucement sur Longueuil. La température depuis des années jouait à saute-mouton. Il avait bien fallu s'y habituer.

Le docteur Bellerose cette semaine-là travaillait de jour et commençait à midi. Il venait de déjeuner et, les mains dans les poches, discutait dans le corridor avec Wilbrod Lalancette, son homme à tout faire, à propos d'importants travaux de réfection en cours dans le sous-sol de la maison.

Lalancette était un ancien videur qui avait décidé un beau jour de consacrer son énergie à des tâches plus pacifiques. C'était un homme trapu, corpulent, au rire bruyant, aux gestes vifs, remarquable par l'énorme chique de gomme qui activait continuellement ses mâchoires. Une fracture du poignet qu'il s'était faite dix ans plus tôt en vidant un peu trop gaillardement un client agité avait déclenché ses réflexions. Il allait avoir quarante-deux ans et la fatigue de l'âge était sur le point de montrer la tête. Le goût d'un changement s'était mis à le tarauder. Il avait donné sa démission et, grâce à des accointances, avait obtenu un emploi de commis au bureau de poste de Farnham, une petite ville paisible des Cantons-de-l'Est. Comme il avait beaucoup d'entregent et que c'était un grand ricaneur, au bout de quelques mois il avait été élu à la fois président du Festival de la bonne bouffe qui se tenait chaque année au Canard Gourmand, rue Principale, et grand organisateur du Festival de la truite qui se déployait au printemps sur les bords de la rivière Yamaska (malgré son taux de pollution). Ces nominations étaient un véritable miracle pour quelqu'un qui n'était pas de la place. Il aurait pu sans doute occuper ces fonctions prestigieuses *ad vitam æternam* et même devenir maire, pourquoi pas? Mais au bout de deux ans, Montréal avait commencé à lui manquer. Il avait alors quitté Farnham en pleine gloire. Prenant soin toutefois de maintenir une certaine distance entre lui et la métropole où il avait accompli tant d'exploits, il s'était établi dans le Vieux-Longueuil sur l'autre rive du Saint-Laurent, dix kilomètres le séparant de la ville pécheresse, et avait commencé à faire à gauche et à droite des travaux d'entretien et de réparations. Menuisier, peintre, électricien et plombier (ces deux derniers métiers exercés au noir), c'était l'homme-orchestre du dépannage. Ce qu'il ne connaissait pas, il l'apprenait, et ce qu'il avait appris, il s'arrangeait pour que tout le monde le sache. Avec le temps, il s'était bâti une belle petite clientèle et c'est ainsi qu'il avait fait la connaissance du docteur Bellerose et veillait depuis quelques années à l'entretien de sa maison. Lalancette avait développé pour le médecin une fidélité de saint-bernard et se serait fait couper en quatre pour lui (encore aurait-il fallu réussir). Il éprouvait pour sa demeure une admiration de petit garçon et la manifestait à toute occasion.

— Moi, Doc (c'était ainsi qu'il appelait Bellerose), avoir une cabane comme ça, je voudrais même pas aller au ciel.

Cela dit, Wilbrod Lalancette, comme tout un chacun, n'avait pas que des qualités et pouvait se montrer imprévisible, inégal d'humeur, rancunier – et il possédait, comme on dit, un front de bœuf.

Le médecin n'oublierait jamais une certaine nuit venteuse du mois de mars où il était en train de s'étirer en bâillant dans son lit avant d'aller commencer son quart à l'hôpital Charles-Le Moyne lorsqu'on avait sonné à la porte.

— Qui ça peut bien être à une heure pareille ? s'était-il demandé en attrapant sa robe de chambre.

Il avait descendu tout doucement l'escalier afin de ne pas réveiller sa fille Léa et s'était retrouvé devant Lalancette en train de se masser une épaule en poussant des soupirs.

— Drôle d'heure pour venir chez les gens, grommela Bellerose, étonné, en le voyant.

Le vent soufflait des gouttes de pluie dans le vestibule. Il le fit entrer.

— Je savais que vous commenciez à minuit, Doc, répondit l'autre, alors j'ai pensé...

— Qu'est-ce que je peux faire pour toi, mon ami?

Sa voix manquait quelque peu de cordialité.

— Écoutez, Doc, répondit l'autre sans paraître éprouver le moindre malaise, je me suis un peu magané l'épaule hier après-midi en déplaçant votre congélateur. J'ai pensé que ça passerait, mais bordel de viande! ça lâche pas et je tourne dans le lit depuis le début de la soirée. Ma femme a eu beau me faire des massages, c'est comme si elle avait massé le mur. En plus, j'ai pas de remède à la maison et les pharmacies sont fermées. Est-ce que j'vas aller moisir à l'urgence – sauf votre respect – pour un bobo à l'épaule? Alors j'ai pensé que vous pourriez peut-être me donner quelque chose pour endormir le mal...

Le médecin soupira, lui demanda de déboutonner sa chemise, examina l'épaule, lui fit lever le bras dans différentes positions, exerça des pressions ici et là. Wilbrod, qui n'était pourtant pas plaignard, poussait de petits gémissements.

— Reboutonne-toi. Je vais aller voir ce que j'ai.

Il revint avec un tube d'onguent et un flacon de pilules.

— Frotte-toi l'épaule avec cet onguent pendant trois ou quatre minutes et si la douleur persiste (il lui tendit le flacon), prends un comprimé aux deux heures. Ça devrait te soulager. Tu m'en parleras demain.

— Un grand merci, Doc, répondit Lalancette avec un large sourire.

Et il était retourné à son auto, aussi à l'aise que s'il sortait de l'épicerie. Romain Bellerose l'avait regardé s'éloigner, puis, haussant les épaules, avait refermé la porte avec un soupir.

Malgré le caractère un peu fantasque de son employé, Bellerose l'aimait bien et avait une confiance totale en lui. Aussi, ce matin-là, sa fille encore au lit, laissait-il sans la moindre inquiétude son homme à tout faire seul avec elle dans la maison.

Il monta dans sa Tesla et arriva bientôt à l'hôpital. Une douce allégresse le remplit soudain que n'expliquait sûrement pas la petite pluie morose qui rendait l'air tout gris. Il fut bientôt à l'urgence, balaya la salle d'un coup d'œil et constata que le travail, comme à l'accoutumée, ne manquerait pas.

La préposée à l'accueil lui tendit un bout de papier:

— Vous avez trois messages, Docteur.

Il la remercia et se dirigea vers la salle d'examen.

Une heure plus tard, il avait examiné deux cas d'éruption cutanée, remis à une jeune maman une ordonnance pour son petit garçon qui toussait à se fendre le ventre, puis effectué un examen digital de la prostate à un quinquagénaire à la pilosité d'orang-outang qui avait profité de l'occasion pour lancer deux ou trois plaisanteries grivoises. Son habituelle douleur au dos était alors réapparue. Il avala deux comprimés et se rendit à la salle de repos pour prendre un café.

Ce fut à ce moment qu'il jeta un coup d'œil sur ses messages et vit le nom de Philippe Arsenault.

L'instant d'après, une voix un peu étouffée lui répondait.

— Comment ça va, jeune homme ? fit Bellerose avec une affabilité toute paternelle.

— Très bien, répondit Philippe d'une voix assourdie. Je ne vous dérange pas trop, Docteur ?

Ce n'était plus le patient au ton détaché et un peu fendant qu'il avait soigné durant cette nuit polaire de décembre. On y sentait comme de la détresse, celle d'un animal qui aurait cherché à se libérer d'un piège.

— Qu'est-ce que je peux faire pour vous ?

— Je... J'aimerais savoir si...

La voix s'interrompit. Le médecin entendit Philippe s'éclaircir la gorge, prendre une longue inspiration, puis une autre encore.

Manifestement, il était au supplice.

— Est-ce que... est-ce que ça tient toujours... ce que vous m'aviez dit l'autre fois à la cafétéria ? réussit-il enfin à balbutier.

— Toujours, mon ami. Pourquoi ça ne tiendrait pas ?

— C'est qu'il s'agit d'une question un peu délicate, Monsieur... euh, je veux dire Docteur...

Bellerose en eut soudain pitié.

— Venez donc à la maison ce soir. Je suis un peu occupé en ce moment.

— À la maison ? répondit Philippe, étonné.

— Mais oui, à la maison. On sera plus à l'aise pour parler. Sept heures, ça vous irait ?

— Oui, bien sûr, sept heures... Merci beaucoup, Docteur... Excusez-moi de vous avoir dérangé.

— Mais non, mais non, mon ami, vous avez bien fait.

Et il lui donna son adresse.

Bellerose raccrocha, songeur. Était-il en train d'aider un fugueur ? Ce genre d'affaires risquait de lui apporter des embêtements.

— On verra bien, fit-il en agitant la main comme pour chasser une mouche.

C'était souvent sa façon de réagir aux situations fâcheuses.

Et il retourna au travail.

▲ ▼ ▲

Philippe se laissa tomber sur le canapé, épuisé. La crainte de se retrouver dans une situation de drague venait de le reprendre. Il n'avait vraiment pas besoin de cette complication ! « Bah, se dit-il au bout d'un moment, s'il insiste trop, je n'aurai qu'à lui envoyer un coup de pied là où ça fait mal. »

Il filait un mauvais coton. Et tout un. L'emploi de Fedex s'était dissipé en vapeurs. Il s'était alors mis à la recherche d'un travail, mais rien ne marchait. Il ne lui restait en poche que vingt-quatre dollars. Deux semaines plus tôt, Pablo lui en avait avancé quatre-vingts, puis quatre-vingt-dix la semaine d'après, en l'avertissant qu'il ne pourrait faire davantage. Philippe lui en devait déjà quatre cent soixante pour sa part de loyer impayée et ses frais de subsistance. Afin de diminuer ses dépenses, il se nourrissait quasi exclusivement de Kraft Dinner et de tartines au beurre d'arachide. La vue du KD était sur le point de lui soulever le cœur. Deux fois, Pablo l'avait invité à L'Étoile d'Orient. Mais Philippe sentait que ces mouvements de générosité préludaient à une demande de service.

Pendant ce temps, sa mère lui envoyait texto sur texto, le suppliant de lui dire où il se trouvait et lui répétant que, depuis son départ de la maison, son père était devenu quasiment muet, mangeait à peine et se levait la nuit pour faire les cent pas dans la cuisine. Et il fallait bien du courage pour oser lui donner un avis ou faire une suggestion.

La vie chez Pablo devenait pénible. Certains soirs, il arrivait avec un air de cochon dans le vinaigre, s'installait devant la télé et ne parlait pas de la soirée. Au bout de dix jours de vie commune, son caractère avait commencé à montrer ses aspérités. Philippe feignait de ne pas s'en apercevoir, mais cela lui demandait de plus en plus d'efforts. De façon tacite, il avait été convenu que l'entretien de l'appartement reposait sur ses épaules. Certains soirs des amis plutôt étranges arrivaient tout à coup avec des *six-packs* de bières et le regard un peu trouble des fumeurs de joints compulsifs. Ils s'installaient dans la cuisine pour jouer aux cartes ou fumer et la conversation, de plus en plus bruyante, se remplissait d'allusions obscures. Philippe s'y joignait, mais comme il n'avait jamais joué aux cartes et qu'on n'avait ni le temps ni l'envie de le lui montrer, il restait là, spectateur passif, prenant une *puff* de temps à autre, de plus en plus gêné de ne pouvoir fournir sa part. On le regardait parfois avec un drôle de sourire. Il avait le sentiment d'être un corps étranger qu'on ne tolérerait que pour un temps. Alors il s'installait devant la télé ou sortait.

Un soir, Gloria, la blonde d'un des joueurs, s'était amenée avec une boîte de carton contenant des biscuits au pot. Elle était mignonne, Gloria, un peu rondelette, avec des cheveux bouclés qui lui donnaient des airs de petite fille. Philippe la voyait pour la première fois. Tout le monde reçut un biscuit, lui-même y compris. Cela goûtait l'orange et le chocolat et c'était délicieux. Au bout d'un quart d'heure, une sorte de torpeur descendit sur le groupe. La partie de cartes ralentit de plus en plus, puis s'arrêta. Les joueurs se parlaient doucement avec des sourires rêveurs ou riaient aux éclats pour des riens. Deux d'entre eux s'étaient levés et exploraient l'appartement qui tout à coup leur apparaissait immense. Gloria, devenue très affectueuse, s'était appuyée contre l'épaule de son chum et lui caressait l'entrejambe avec un sourire béat tandis qu'il dodelinait de la tête, les yeux fermés. Pablo se tourna vers Philippe, l'œil tout embrumé :

— T'es mon meilleur, toi… Va donc me chercher des cigarettes… J'ai un de ces goûts de fumer… ça me part des orteils.

Philippe lui sourit, se leva, sortit et s'engagea dans l'escalier. Il eut le sentiment d'avoir descendu très longtemps, mais cela ne l'inquiétait presque pas. Il poussa la porte et se retrouva sur le trottoir. Un gros érable se dressait de l'autre côté de la rue. Il ne l'avait jamais particulièrement remarqué. Mais l'arbre ce soir-là attira son attention et il s'appuya contre un mur pour le contempler.

C'est alors qu'il vécut une expérience inoubliable. Il sentit brusquement *dans sa chair même* toute la vie foisonnante que l'arbre contenait. Cela ruisselait. C'était magnifique et puissant. Un savoir nouveau venait de le pénétrer. Cet érable, merveilleuse évidence, avait deux têtes. La première se dressait vers le ciel pour célébrer la vie et la répandre partout, et la seconde, épanouie dans le sol et douée d'une force gigantesque, pompait une énergie inépuisable vers le haut dans un travail inlassable et bienveillant. Philippe en avait des larmes de joie et resta longtemps perdu dans sa contemplation.

Soudain, le sentiment de sa petitesse et de sa fragilité l'envahit devant le travail sublime qui s'opérait devant lui. Il n'était plus qu'une mouche. Un rien pouvait l'écraser. Dans quelques années, on l'aurait oublié à tout jamais. Alors, tournant le dos, il remonta à l'appartement sans les cigarettes. Quand il l'aperçut, Pablo se contenta de hocher la tête en souriant. On venait de lui en donner une.

▲ ▼ ▲

C'était souvent Pablo qui menait le bal, surtout quand il avait bu. Un soir, il se vanta à ses copains d'être devenu un as pour chiper des bouteilles de bière au dépanneur, puis raconta comment il avait trouvé une combine pour avoir plein de cafés gratis dans un McDo où travaillait Sandra, une de ses blondes : il l'avait convaincue d'estampiller en cachette des cartes de fidélité qu'elle lui remettait à raison de cinq ou six par semaine. Par prudence, il les utilisait la plupart du temps dans une autre succursale. Et vive le bon café !

— Ho ! Ho ! lança un joueur, elle va se faire attraper un de ces beaux jours, ta Sandra, et *bye bye*, fifille, va te chercher une autre job.

— Fais-toi-z-en pas, répliqua Pablo, elle a des yeux tout le tour de la tête, je suis pas inquiet pour elle. Et, risques pas risques, elle est prête à tout pour moi, bonhomme. Si tu la voyais quand je la fais monter au ciel avec le bout de ma langue…

Pendant un moment il ne put ajouter un mot. C'était une explosion de gémissements, de trémoussements, d'appels obscènes, le concert sauvage de jeunes mâles en rut.

— Je me prépare à jouer bien plus gros que ça, les gars, poursuivit-il en dressant fièrement le menton. Le *cash*, ça va entrer, vous allez voir. J'vas pouvoir me payer des choses qui vont vous faire sortir les yeux de la tête.

C'est ce même soir qu'étant allé aux toilettes, Philippe avait entendu un *crisse de snob* soufflé par quelqu'un et suivi de grognements d'approbation. Il ne lui avait pas fallu une longue réflexion pour deviner de qui on parlait.

Et puis ce maudit canapé était devenu une machine à insomnies. Allez vous chercher un emploi quand vous êtes éreinté avec une gueule tordue de bâillements… La veille, il avait dû passer encore une fois la soirée dans un café : Pablo recevait Sandra et leur passe-temps exigeait de l'intimité.

La pauvreté lui était toujours apparue comme une sorte d'abstraction. À présent, il la sentait en train de le cerner. C'était bizarre et effrayant. La perspective de retourner chez ses parents avec un air de chien battu, la queue entre les pattes, s'imposait de plus en plus et lui mettait le dos en sueur. C'était l'humiliation suprême, l'aveu qu'il était incapable de prendre en main son destin.

▲ ▼ ▲

À dix-huit heures cinquante-cinq Philippe apparut dans la rue Jean-Béliveau, chercha l'adresse et s'arrêta pour contempler la demeure du docteur Bellerose. Il en eut un petit serrement à la gorge. Elle se dressait devant lui, fière et imposante, avec son toit à quatre versants, ses corniches ouvragées et sa galerie à colonnes aux enjolivures de bois efflorescentes. Seul un millionnaire pouvait en posséder une pareille.

Il jeta un coup d'œil à sa montre, attendit encore un peu, gravit les marches de la galerie et appuya sur la sonnette.

Un moment passa. Des pas se firent alors entendre, la porte s'ouvrit et Romain Bellerose apparut, le col de sa chemise déboutonné, la cravate dénouée.

— Voilà un monsieur ponctuel ! Entrez, mon ami, entrez.

Philippe enleva ses bottes et enfila les souliers qu'il avait emportés dans un sac. Il regrettait à présent d'être là. Il se sentait comme un moins que rien venu quémander une aumône. Le médecin le conduisit à son bureau. En passant devant la porte de la salle à manger, Philippe eut le temps d'apercevoir une jeune fille attablée devant une tasse fumante. Sa vue le rassura. Il n'y aurait pas d'attentat à la pudeur.

Le bureau du docteur Bellerose, comme tout ce qu'il avait pu voir de la maison, lui fit grande impression. C'était ainsi qu'il avait imaginé celui d'un banquier ou d'un premier ministre. Tant de somptuosité l'étourdissait. Il promena son regard sur la marqueterie du plancher, puis sur un tableau à la facture audacieuse (du moins pour lui) qui représentait une femme en train de fumer assise dans un fauteuil d'osier.

— Et alors ? fit Bellerose en lui montrant un siège. Qu'est-ce qui se passe, mon garçon ?

Philippe rougit et se mit bredouiller un récit confus. Le médecin, l'air bienveillant, l'écouta raconter ses déboires.

— Si j'ai bien compris, votre ami vous avait assuré que vous trouveriez un emploi et ça n'a pas marché? Ouais... malheureux, ça.

— Je m'en cherche un autre depuis deux semaines, Docteur, mais je... je ne trouve rien et bientôt je n'aurai plus... plus un sou.

La phrase qu'il s'apprêtait maintenant à prononcer était comme un caillou dans sa gorge et ne voulait pas sortir.

— Vous n'avez pas pensé à retourner chez vos parents? demanda le médecin, feignant de ne pas voir le malaise de son interlocuteur.

Il y eut un moment de silence.

— Je suis en brouille avec mon père.

— Est-ce que je peux vous demander la cause de cette brouille? Vous n'êtes pas obligé de me répondre, bien sûr.

Philippe hésita. Il était bien difficile de parler de choses personnelles à un quasi-inconnu.

— Mon père tient une boutique de reprographie à Joliette, dit-il enfin. Il m'oblige à travailler avec lui pendant les vacances et il voudrait que je travaille avec lui après mes études... Pour tout dire, il voudrait que je lui succède. Moi, ça me... pue au nez... Je n'ai pas envie de devenir sa copie conforme, vous comprenez? Alors on s'engueulait presque chaque jour.

Bellerose sourit.

— Je vois... Et vous êtes parti à cause de ça?

Philippe fit signe que oui.

— Où demeurez-vous présentement ? Chez cet ami que vous attendiez à l'hôpital ?

Philippe, surpris qu'il se soit souvenu de ce détail, fit de nouveau signe que oui.

— Et vos études, alors ? Vous alliez au cégep, je suppose ?

— J'y allais. Mais j'ai décidé de faire une pause.

— Bon... Et cet ami, vous vous entendez bien avec lui ?

Il pressentait la réponse.

— Ce n'est pas un ami, rectifia vivement Philippe, mais une *connaissance*.

Et il lui fit un récit succinct de sa vie chez Pablo Michaud. Elle lui pesait tellement qu'il voulait le quitter.

— Alors vous avez besoin d'argent ?

Le jeune homme ne répondit rien, étranglé de gêne.

Bellerose sourit de nouveau :

— Ne soyez pas si mal à l'aise, voyons... L'autre jour, je vous ai offert mon aide et ça tient toujours, comme je vous l'ai dit ce matin. Pourquoi ? Parce que vous avez une mine qui donne confiance. Parce que je vois que vous avez du tempérament... Ah ça, oui ! ajouta-t-il en riant. Je n'ai jamais agi comme ça avec personne. Avec vous, c'est différent. De combien avez-vous besoin ?

Philippe se mit à regarder le plancher comme si la réponse allait en jaillir. Il respirait par à-coups. Au bout d'un moment, il releva la tête et, timidement :

— Est-ce que deux cents dollars, ce serait trop?

— On ne va pas loin avec deux cents dollars, mon garçon. Je vais vous faire un chèque de mille. Vous me rembourserez quand vous pourrez.

Philippe le fixait, le souffle coupé.

— Ce n'est pas tant que ça, poursuivit Bellerose. Vous savez comme tout est cher. Un simple morceau de boudin va chercher dans les cinq dollars aujourd'hui... du boudin! Je vous le répète, vous avez une mine qui donne confiance. Je ne sais pas trop pourquoi, mais c'est comme ça.

Il se pencha de côté, ouvrit un tiroir, sortit un livret et prit un stylo. Puis il lui tendit le chèque.

— Merci, merci mille fois, Monsieur Bellerose, balbutia Philippe, cramoisi. Je vous jure que je vais vous rembourser au plus tard... dans deux mois... Au plus tard.

Il demeurait assis, ne sachant plus quoi dire. Soudain, fixant le médecin droit dans les yeux:

— Je... je pensais à une chose, Docteur... Je serais plus à l'aise à présent si vous vous mettiez à me tutoyer... Il me semble que ce serait plus normal, vu mon âge.

Romain Bellerose éclata de rire:

— Ça tombe bien! J'allais justement te le demander.

Il le reconduisit à la porte.

— Vous avez une belle maison, fit remarquer Philippe au moment de partir.

— Je l'ai achetée quand j'étais jeune médecin. Je l'aime beaucoup.

Léa mourait d'envie de savoir ce que son père et le jeune homme avaient bien pu se dire. Bellerose lui raconta son entretien et, après un moment d'hésitation, lui annonça le prêt qu'il venait de lui accorder.

Les yeux arrondis, elle le fixait, éberluée:

— Mais voyons, papa... Prêter mille dollars à un pur inconnu! et dans la dèche en plus! Tu ne reverras jamais ton argent, mon pauvre papa! Au moment où on se parle, il doit rire de toi.

— Et moi, répondit-il, un peu piqué, je pense le contraire... J'ai peut-être une expérience des rapports humains que tu ne possèdes pas, sait-on jamais?

— Qu'est-ce qu'il est venu faire à Longueuil? poursuivit Léa. Il se cache peut-être de la police...

— Il ne se cache de personne, ma chérie: c'est la police elle-même une nuit qui l'a amené à l'hôpital...

Et il lui raconta brièvement la mésaventure de Philippe.

— Il s'agit tout simplement, à mon avis, d'un garçon qui se sent mal dans sa peau et qui essaie de se tirer d'affaire.

— Et alors?

— Et alors, il se cherche un emploi en attendant que les choses se tassent. Voilà ce que j'ai compris, en tout cas.

— Moi, je ne lui ferais pas confiance.

— On verra bien qui de nous deux a raison, se contenta de répondre le médecin en quittant la pièce.

Il y avait à présent un peu d'inquiétude dans sa voix.

▲ ▼ ▲

On était à la mi-février et la neige s'était mise à tomber. Ce n'était pas la première, bien sûr, mais la première qui tombait avec une telle abondance. L'aspect de la ville en était transformé. Elle avait tellement tardé, cette neige du bon vieux temps, qu'on l'attendait avec impatience. Aussi une douce animation régnait-elle ce matin-là dans les rues. Les gens se souriaient, échangeaient quelques mots, même sans se connaître. Ceux qui déneigeaient leur auto semblaient trouver du plaisir à leur corvée. Une petite fille avec une tuque rose dansait sur le trottoir en tournant sur elle-même. Elle glissa, tomba sur le derrière, se releva et se remit à danser comme si de rien n'était.

Philippe se dirigeait vers un arrêt d'autobus, rue Saint-Charles, pour se rendre au parc industriel à la recherche de cet emploi qui n'avait toujours pas montré le bout du nez. La tension s'était un peu relâchée à l'appartement. Il avait remis cinq cent trente dollars à un Pablo stupéfait.

— D'où ça sort, cet argent-là ?

— Un ami, s'était-il contenté de répondre.

Pablo s'était mis à glousser en se frottant les mains :

— Tu devrais me le présenter ...

Par prudence Philippe avait déposé deux cents dollars à la Caisse populaire. Sans pouvoir appuyer sa méfiance sur des faits, il sentait que Pablo pouvait avoir la main fouineuse.

Deux jours plus tard, il passait devant la Fine Bouche, le restaurant où il avait dû poireauter toute une soirée en étirant les cafés pendant que Pablo baisait avec Sandra.

C'était une vieille construction de brique tout en longueur, un peu en retrait de la rue, sans étage, bordée en façade par une longue galerie de bois et au toit percé d'une lucarne à chaque extrémité. L'édifice était peut-être plus que centenaire. Il s'en dégageait une sorte de chaleur du bon vieux temps qui faisait naître une douce allégresse.

Un carton était affiché à la porte:

AIDE-CUISINIER
DEMANDÉ

Philippe n'avait pas la moindre expérience de la cuisine mais l'instant d'après, il était à l'intérieur. L'endroit était désert. Il se trouvait dans une grande salle rectangulaire aux murs et au plancher de bois verni. Au-dessus de sa tête et permettant de voir un toit à deux versants s'allongeaient de grosses poutres, vernies elles aussi. Elles avaient dû autrefois supporter un plancher.

Il attendit un moment, puis lança:

— Il y a quelqu'un?

Un claquement de porte se fit entendre et un homme chauve à fine moustache, de taille moyenne et portant un costume trois pièces, apparut, l'air affairé, s'avança d'un pas énergique et se planta devant Philippe. Son visage exprimait la chaleur et la bienveillance, mais on sentait que l'homme, s'il le fallait, pouvait mettre les points sur les i à quelqu'un et même un peu plus.

— Qu'est-ce que je peux faire pour vous, Monsieur?

C'était un Français.

— Je viens pour l'emploi.

— Ah bon.

Il fixa Philippe un moment, essayant de se faire très vite une idée de l'individu, puis toussota en se frottant la joue.

— Vous avez déjà travaillé dans une cuisine?

— Non. Mais j'apprends vite.

Philippe avait la gorge un peu serrée. Il le voulait tellement, cet emploi!

La réponse parut plaire à son interlocuteur.

— C'est un travail à temps plein, Monsieur: quarante heures par semaine, quinze dollars l'heure, repas fournis, deux jours de congé aux sept jours. De temps à autre il y a des heures supplémentaires.

— Ça me va.

Il frémissait d'espoir et le *Monsieur* qu'on venait d'employer lui avait extrêmement plu.

«Je pense qu'il pourrait faire l'affaire, se dit l'homme à fine moustache. Mais il a l'air trop dégourdi pour rester longtemps... Enfin...»

— J'exige du cent pour cent au travail, poursuivit-il. Mon ancien employé se traînait un peu trop les pieds. Il a eu droit à sept jours de congé par semaine.

— Je n'ai pas l'habitude de me traîner les pieds, Monsieur.

Soudain, il eut très chaud et une vague de rougeur monta à ses joues.

— Venez avec moi, dit le Français.

Ils entrèrent dans une cuisine où l'air surchauffé était chargé d'odeurs appétissantes: fumets de viandes, arômes de pâtisseries, fines odeurs d'épices. Une quinquagénaire s'affairait devant une cuisinière à gaz. Sans doute trop occupée, elle ne se retourna pas à leur arrivée. Penché au-dessus d'une table, un homme âgé et très maigre émincait des carottes.

Philippe, impressionné, promenait son regard autour de lui. Tout était plus grand, plus long, plus large que dans une maison : les deux comptoirs, les deux cuisinières, les tablettes, les armoires. Un énorme lave-vaisselle ronronnait bruyamment. Dans un évier double s'élevait une montagne de casseroles et de chaudrons. À côté se hérissait un amoncellement confus d'ustensiles et d'instruments de cuisine.

— Je suis engagé ? demanda-t-il en se tournant vers l'homme.

— Vous êtes *à l'essai*, rectifia le patron.

Il montra du menton le vieil employé :

— Vous allez remplacer Ferdinand, qui commence à être usé, le pauvre diable.

Philippe jeta un regard étonné à son nouveau patron : ils se trouvaient à deux pas de lui.

L'autre sourit :

— Il est sourd comme une cloche à fromage.

Puis jetant soudain le *vous* à la poubelle :

— Mon nom est François Ricolet. Et le tien ?

Philippe se nomma, heureux à présent de se faire tutoyer. Il lui semblait que cette brusque familiarité augmentait ses chances de garder l'emploi.

— Je commence quand ?

— Tout de suite, si tu es libre.

— Je le suis.

— Madame Lespérance, lança Ricolet à la cuisinière, voici votre assistant.

Elle laissa son énorme chaudron et s'approcha à pas pressés.

— Vous le prendrez à l'essai. Il m'a l'air déluré.

Elle regarda Philippe et fronça légèrement les sourcils en s'essuyant les mains sur son tablier :

— Comment t'appelles-tu ?

Philippe se nomma, enchanté de se faire tutoyer une nouvelle fois. Il avait l'impression de faire son entrée dans une nouvelle famille.

— Bon. Va au fond, là-bas, il y a des tabliers dans l'armoire. Tu en mettras un. Ensuite, tu laveras les chaudrons et les poêles. N'oublie pas de les rincer soigneusement. Les clients n'aiment pas le goût du savon. Il y a tout ce qu'il faut sur la tablette en dessous. Ne ménage pas tes forces, il faut que ce soit impeccable, tu m'entends ?

▲ ▼ ▲

Philippe arriva chez Pablo vers une heure du matin, fourbu mais rempli de satisfaction. Il avait lavé, frotté, récuré, passé le balai, transporté des provisions, empilé des carcasses de poulets dans le congélateur et même remplacé les nappes de la salle à manger. Il vivait les jours redoutables de l'employé à l'essai. À tout moment Anita Lespérance se retournait pour l'observer. De temps en temps, elle lui faisait un commentaire, donnait un ordre ou un conseil, mais plus le temps passait, moins elle s'occupait de lui. C'était bon signe.

Le vieux Ferdinand avait quitté les lieux vers dix-huit heures après avoir jeté un regard indéfinissable au nouvel arrivant.

Quand il l'entendit entrer, Pablo sortit vitement de sa chambre en prenant soin de refermer la porte derrière lui. Il brûlait de savoir pourquoi son copain arrivait si tard.

— Je me suis trouvé un emploi, Pablo, lui annonça-t-il avec un grand sourire. Et, en plus, c'est tout près d'ici. Je travaille à la Fine Bouche comme aide-cuisinier.

Il en mettait un peu, car jusque-là ses seuls contacts avec la cuisine s'étaient faits par l'intermédiaire de l'eau de vaisselle.

— Eh ben, ça, c'est une bonne nouvelle!

Philippe ne lui en dit pas plus. À voir les gens qu'il fréquentait, il se méfiait de plus en plus de son compagnon à présent, mais lui gardait tout de même de la gratitude pour l'hébergement – avec loyer – que ce dernier lui avait fourni.

Une découverte deux jours plus tôt avait accentué cette méfiance.

Depuis qu'il veillait à son entretien, l'appartement avait meilleure allure. Bien que Pablo eût semblé tout à fait à l'aise dans le désordre et la saleté, Philippe avait tout de même constaté que l'ordre et la propreté ne lui déplaisaient pas, mais il n'avait jamais fait de commentaire à ce sujet.

Un soir que Pablo était allé passer la nuit chez une copine, Philippe entreprit de laver la vaisselle de la veille, de ranger les bouteilles de bière vides qui traînaient un peu partout et de passer le balai dans ce qui portait le nom de *salon*. Il lui vint alors à l'esprit que le dessous du canapé qui lui servait de lit n'avait jamais été nettoyé. Il devait y avoir là des trésors de poussière. Il tira le meuble – et figea sur place.

Une seringue traînait sur le plancher.

Repoussant le meuble contre le mur, il rangea sa vadrouille et alla prendre une bière à la cuisine. Le lendemain matin, quand Pablo revint, Philippe l'attendait.

— J'ai fait une découverte, hier soir, figure-toi donc.

Pablo le regarda, surpris :

— Quelle découverte ? T'en fais, une face…

— Viens voir.

Il tira le canapé :

— J'ai découvert ça… C'est toi qui te piques ou un de tes chums ?

Pablo devint rouge d'indignation.

— Fais-moi pas cet air-là, Arsenault ! Je me suis jamais piqué ! Et mes chums non plus, ça, je te le jure !

— La seringue est tombée du ciel, si je comprends bien.

— C'est l'ancien locataire qui l'a laissée là, sûrement. C'était *à lui*, le canapé, et je l'ai jamais déplacé. Tu dois le savoir, le ménage, c'est pas mon fort. Alors arrête de me regarder comme ça, OK ?

Philippe, l'œil plissé, darda sur lui un regard glacial :

— Écoute-moi bien, mon Pablo… Je vais essayer de te croire pour cette fois, mais dis-toi bien une chose : je ne te paye pas un loyer pour vivre dans une piquerie.

Si jamais je trouve une autre seringue ou quelque chose dans le genre, je vais sacrer le camp d'ici tellement vite que tu n'auras même pas le temps de me voir partir.

L'autre se récria de nouveau qu'il n'avait rien à voir dans cette affaire et finit par le rassurer quelque peu.

Mais, à partir de ce jour, Philippe ne pensa plus qu'à partir.

Cependant, il fallait auparavant rembourser le docteur Bellerose.

▲ ▼ ▲

La fin de février approchait.

Ce jour-là, au début de la soirée, Romain Bellerose était revenu chez lui fourbu, mécontent de lui-même et avec un sentiment d'échec qui lui donnait envie de dormir pendant deux jours.

Son quart avait pourtant bien commencé. Il avait réussi à tirer d'affaire un adolescent assommé par le crack, et deux heures plus tard à convaincre une jeune femme atteinte d'obésité morbide et candidate aux maladies cardiovasculaires d'aller consulter un spécialiste pour une chirurgie bariatrique, seule façon pour la pauvre de stopper la détérioration de sa santé. Et, du même coup, il avait réussi à contacter sur-le-champ un spécialiste (chose qu'il ne faisait presque jamais) et sa patiente était partie armée du courage qui lui permettrait de retrouver peu à peu une vie normale.

Mais au milieu de l'après-midi, un couple paniqué avait fait irruption dans la salle d'examen avec un bébé inconscient. Sa respiration sifflante, son corps brûlant et des débuts de convulsion semblaient indiquer une septicémie. Pendant une heure Bellerose avait tenté de réanimer l'enfant. Debout derrière lui, le père observait ses efforts avec un visage sans expression tandis que la mère, écrasée dans un coin, pleurait en silence.

Finalement Bellerose, penché sur le petit corps inerte, s'arrêta, le visage en sueur, et se retournant vers l'homme:

— Je suis désolé... Il n'y a plus rien à faire...

Un moment s'écoula. La jeune femme, toujours recroquevillée sur sa chaise, se mit à sangloter. De l'autre côté de la cloison, la salle d'attente devint tout à coup silencieuse. On entendit au loin le ronronnement sourd d'un ascenseur.

— Je suis désolé, répéta Romain Bellerose. J'ai vraiment tout essayé.

— Je le sais, Docteur, répondit l'homme à voix basse.

Il avala péniblement sa salive et lui tendit la main:

— Merci.

C'était son deuxième échec en trois ans. Chaque fois, c'était comme un coup dans le ventre.

Quand il ouvrit la porte, Léa s'avança vers lui, gracieuse, le sourire avenant:

— Wow, papa... C'est rare que tu arrives pile pour le souper. Ça va?

— Ça va... Qu'est-ce qu'on mange ce soir?

Elle vit tout de suite qu'au contraire ça n'allait pas du tout.

Ce n'était pas le temps de poser des questions.

— J'ai fait réchauffer la lasagne. Elle est presque aussi bonne qu'hier.

— Je vais en manger un peu.

— Je te sers ton vin ?

Il fit signe que oui, enleva son manteau, poussa du pied ses bottes dans un coin et se dirigea vers la salle à manger.

— Le journal est quelque part ?

— Je te l'apporte, lança-t-elle de la cuisine.

Elle apparut, une assiette fumante à la main, une bouteille et un verre dans l'autre, et le journal glissé sous l'aisselle, déposa le tout sur la table et retourna chercher son assiette à la cuisine.

Ils se mirent à manger en silence. Bellerose remplit son verre à ras bord. Il semblait perdu dans ses pensées. De temps en temps, il jetait un coup d'œil de biais sur le journal étalé devant lui. Brusquement, il leva la tête comme s'il venait de se rendre compte de la présence de sa fille :

— Et toi, comment ça va, ma belle ?

— Bien, merci. Mais toi, j'ai l'impression que ta journée n'a pas été très bonne, hein, papa ?

— Bah, des ennuis professionnels, murmura-t-il avec son geste habituel d'agiter la main comme pour chasser une mouche. Ça va passer.

Et il eut ce petit sourire qu'elle détestait, car il lui rappelait les discussions impitoyables qu'il avait eues avec sa mère avant le divorce.

— Mon cher papa, lança-t-elle alors joyeusement, je viens de te préparer une salade de fruits qui va t'aider à vivre jusqu'à cent ans.

Il ferma à demi les yeux, la bouche amère:

— Je ne tiens pas à vivre si longtemps... pas si je dois ressembler aux centenaires que j'ai connus, en tout cas...

C'est à ce moment qu'on sonna à la porte.

Le père et la fille se regardèrent. Qui pouvait bien se pointer à cette heure?

— Laisse, papa, je vais aller répondre.

Bellerose entendit vaguement une courte conversation et Léa lança sur un ton quelque peu ironique:

— Papa, c'est pour toi.

Il se leva, se rendit dans le corridor et aperçut Philippe Arsenault. Une pensée surgit dans sa tête: «J'espère qu'il ne vient pas me demander encore de l'argent», mais il la rejeta aussitôt, un peu honteux.

— Bonsoir, jeune homme. Que me vaut l'honneur de ta visite?

— Excusez-moi d'arriver à une heure pareille, Monsieur Bellerose, mais comme j'avais un moment de libre, j'ai pensé venir tout de suite vous...

Il s'interrompit, embarrassé sans doute par la présence de Léa qui avait reculé de quelques pas et observait la scène.

— Je suis venu, reprit-il, vous remettre une partie de l'argent que je vous dois, Docteur.

Et il lui tendit une enveloppe.

— Ah bon, merci, merci, répondit Bellerose.

Son visage s'était transformé.

— Ça ne pressait pas, tu sais..., ajouta-t-il avec un grand sourire. Alors, tu t'es finalement trouvé du travail, si je comprends bien?

— Oui, répondit Philippe en rougissant légèrement. Une petite jobine de rien du tout... En attendant, ça fait mon affaire.

Le médecin vit à son air qu'il ne fallait pas lui demander plus de détails. Ils se regardèrent un instant, puis Philippe, de plus en plus rouge, ajouta:

— Je vous remettrai le reste au plus tard dans un mois... Est-ce que ça vous va?

— Bien sûr, mon garçon. Et s'il t'arrive un imprévu, je peux attendre, tu sais.

— Merci encore une fois, Docteur. Bonne soirée!

Il ouvrit la porte et sortit.

Le médecin retourna à la salle à manger, ouvrit l'enveloppe et en retira deux coupures de cent dollars. Il eut un petit toussotement de satisfaction, puis, se tournant vers sa fille avec un sourire narquois:

— Eh bien, dis donc, Léa, il est peut-être moins profiteur que tu l'avais imaginé, mon bonhomme, non?

▲ ▼ ▲

Philippe se crevait à l'ouvrage pour conserver son emploi. Chaque froncement de sourcils de la cuisinière lui faisait passer un frisson dans le dos. L'idée d'arpenter de nouveau les rues à la recherche d'un gagne-pain l'empêchait parfois de dormir. Mais, peu à peu, les bougonnements de madame Lespérance laissèrent place à un silence satisfait et trois fois elle lui avait même adressé un sourire.

Un matin qu'il était allé chercher des provisions au sous-sol, François Ricolet alla trouver sa cuisinière pour lui demander son impression sur le nouvel employé.

Anita Lespérance travaillait à la Fine Bouche depuis dix-sept ans. Elle avait la réputation d'être exigeante envers les employés et cette réputation reposait fermement sur la réalité. Le nombre d'aides et de plongeurs à qui elle avait montré la porte d'un index souverain était impressionnant. Elle se tourna vers son patron, les deux mains sur les hanches, et lui répondit avec un petit sourire (elle n'en avait pas d'autres):

— Il est pas si mal finalement... J'en suis même surprise. Évidemment, poursuivit-elle aussitôt, il a aucune expérience et ça me cause parfois des problèmes, mais il apprend vite... très vite... Drôle de caractère, tout de même... On a pas intérêt à lui marcher sur les pieds et, comme on a pas intérêt non plus à marcher sur les miens, ça crée parfois des situations... délicates. Mais on s'arrange.

François Ricolet l'écoutait, soulagé et même un peu étonné par sa réponse, car elle n'avait pas le compliment facile, et *pas si mal* dans sa bouche était un éloge grandissime. Il souhaita que Philippe Arsenault, comme tant d'autres jeunes gens qu'il avait embauchés, ne se transforme pas bientôt en courant d'air, attiré par un travail plus intéressant ou mieux rémunéré ou les deux.

Quelques jours plus tard, voyant la facilité avec laquelle Philippe faisait son apprentissage et comprenait à demi-mot, la cuisinière le mit à des choses simples: œufs au miroir, confection de salades de légumes ou de fruits, préparation de pouding, de pâte à crêpes – et le jeune homme passa brillamment toutes ces épreuves.

Mireille, Sandrine et Charlot, qui faisaient le service aux tables, étaient frappés par son assurance, sa rapidité et son aplomb, et il devint à l'occasion le sujet de leurs conversations. Sandrine, en particulier, le trouvait bien de son goût, mais les signes discrets qu'elle lui envoyait ne semblaient pas se rendre à leur destinataire, trop occupé à consolider sa place à la Fine Bouche. En fait, malgré le carême amoureux qui s'était abattu sur lui, il attendait que sa situation progresse avant de partager son intimité avec quelqu'un. C'était un orgueilleux esclave de son orgueil.

Certains jours toutefois, il arrivait au travail la mine chiffonnée et l'œil morose, ce qui n'avait pas échappé à la cuisinière et alluma un beau matin son altruisme énergique.

— Dis donc, mon pit, je te regarde la bette, là... On dirait que t'as passé la nuit dans une poubelle... Est-ce que tu bois ? Ou fumes-tu de ces espèces de cigarettes empoisonnées qui brouillent la cervelle ?

— Non, Madame Lespérance, répondit-il en retenant un sourire, c'est que je dors mal, tout simplement. Je suis coloc, voyez-vous, avec un gars qui regarde la télé jusqu'à une heure du matin... Sans compter que deux ou trois fois par semaine, il invite ses copains pour des partys à tout casser... Ils font un de ces tapages... Parfois ça va jusqu'au milieu de la nuit... Les voisins ont beau frapper dans le mur, ils s'en fichent. La police est venue trois fois, mais ça continue quand même. J'aurais envie d'aller dormir dans la cave, mais on n'y a pas accès. J'ai beau l'engueuler, il n'entend rien...

Il poussa un soupir :

— Je voudrais bien ficher le camp…

— Alors fiche-le, mon garçon… C'est ce que ferait n'importe qui avec un peu de jugeote. Ta santé va y passer.

— Les loyers sont chers dans le Vieux-Longueuil, soupira Philippe, mais je finirai bien par me trouver quelque chose.

Les exigences du métier les obligèrent à couper court à leur conversation.

▲ ▼ ▲

François Ricolet s'était toujours montré plutôt satisfait du trio qui servait aux tables de son restaurant. Dans son cas, l'expression *plutôt satisfait* se situait très haut dans son échelle d'évaluation et il ne fallait pas trop espérer aller au-delà.

Charlot Plamondon travaillait à la Fine Bouche depuis trois ans. C'était un garçon costaud à la fin de la vingtaine, robuste, placide, passionné de chasse et de pêche et qui donnait le meilleur de lui-même dans les heures de grande affluence.

Mireille Latraverse, sa compagne de travail, avait été engagée peu après lui. Elle avait eu avec le serveur une courte liaison qui s'était terminée assez paisiblement, chacun d'eux ayant trouvé un autre partenaire à peu près en même temps. Elle avait un joli visage oblong à la peau lisse et très rose qui lui donnait un air enfantin. Sa force n'était pas tant l'adresse et la rapidité que le charme. Dans le trio, c'était elle qui récoltait les plus gros pourboires.

Sandrine Declozais en était le maillon faible. La fragilité de sa santé l'obligeait quelquefois à s'absenter.

Cela mettait parfois à rude épreuve ses deux camarades de travail. Mais personne n'avait le cœur de lui reprocher quoi que ce soit. François Ricolet l'avait prise sous son aile et attendait avec une patience étonnante que les forces lui reviennent, sans doute parce qu'ils étaient compatriotes. Elle était mince, assez grande, avec un teint olivâtre et l'expression de son visage rappelait curieusement celle d'une religieuse contemplative. Sa mémoire était phénoménale.

Quelques semaines après l'arrivée de Philippe, elle avait attrapé un rhume qui semblait tourner en pneumonie. Quand elle se présentait à la cuisine, il prenait soin de maintenir ses distances. Ce n'était pas le temps de tomber malade!

Sandrine Declozais allait avoir malgré elle une influence déterminante sur sa carrière. Philippe penserait toujours à elle avec une sorte de gratitude.

▲ ▼ ▲

Romain Bellerose arriva chez lui un soir avec une faim de loup et décida pour faire changement d'aller au restaurant avec sa fille. Il promit à Léa de revenir à la maison avant dix-neuf heures trente, car elle avait un rendez-vous chez une amie. Ils se retrouvèrent à la Fine Bouche, un de ses restaurants favoris. C'était un jeudi et il y avait affluence. Le patron vint lui-même les accueillir. Le médecin fréquentait l'endroit depuis des années et appartenait à sa clientèle argentée. Ricolet s'informa de sa santé (ce qu'il est toujours bon de faire avec un médecin), adressa une remarque galante à sa fille et vint porter lui-même à Bellerose son Campari habituel et un coquetel à la grenadine à Léa (aux frais de la maison celui-là). Comme tout bon restaurateur, il gravait dans sa mémoire les goûts de ses habitués.

Léa saisit tout à coup le bras de son père :

— Papa ! fit-elle à voix basse, regarde qui s'en vient.

Philippe, tiré à quatre épingles, se dirigeait vers eux avec un sourire quelque peu tendu. Bellerose s'étonna encore une fois de sa ressemblance avec son frère bien-aimé : même démarche, même port de tête, même façon de regarder droit dans les yeux, mais sans impertinence.

Il les salua et leur présenta les menus.

Pour la première fois, Léa lui sourit.

— C'est donc ici que tu travailles, mon cachottier, dit Bellerose. Pourquoi tu ne me le disais pas ?

— C'est qu'au début j'étais plongeur, Monsieur... enfin, la plupart du temps. Ça me gênait un peu de vous l'apprendre... Mais depuis deux semaines je remplace une serveuse et elle ne reviendra sans doute pas... Alors... alors je suis un peu en retard pour vous remettre *le reste*, ajouta-t-il à voix basse, car j'ai dû faire des dépenses.

Et il pointa du pouce ses vêtements.

— ... mais je vous promets, poursuivit-il aussitôt, de tout régler au plus tard dans dix jours.

Bellerose agita la main avec insouciance et voulut répondre, mais Philippe l'avait déjà salué et s'éloignait à pas pressés.

Leur échange n'avait pas échappé à François Ricolet.

Quand le médecin et sa fille, leur repas terminé, se dirigèrent vers la sortie, il les rejoignit, et se tournant vers Bellerose :

— Vous le connaissez, ce garçon ?

— Façon de dire. Je l'ai soigné à l'urgence il y a environ trois mois.

— Ah bon. J'aurais cru que vous étiez parents ou quelque chose du genre...

— Pas du tout, répondit Bellerose en souriant. Pourquoi me parlez-vous de lui ?

— Oh, comme ça, sans plus... C'est un drôle de zèbre, ce jeune homme... Impossible de le désarçonner... Et puis il est vite sur ses patins, comme vous dites, vous autres, alors, ça... On essaie de lui montrer quelque chose et hop ! il le sait déjà. J'espère pouvoir le garder longtemps.

— Monsieur Ricolet, fit Léa à voix basse, il nous observe.

— Alors, Mademoiselle, Monsieur, se hâta d'ajouter le restaurateur en donnant à sa voix une ampleur théâtrale, je vous souhaite une excellente soirée et au plaisir de vous revoir !

▲ ▼ ▲

Léa était une jeune fille studieuse et réservée avec un regard vif et pointu et une réplique parfois sèche. De temps à autre des accès d'exubérance la saisissaient, qui avaient toujours étonné son père. Elle avait peu d'amies, mais de vraies – et aucun ami. À cause de sa beauté et de sa réserve, ses camarades de classe l'avaient surnommée *Porcelaine*. On la trouvait froide et un peu snob, alors qu'il s'agissait plutôt de timidité. Deux ou trois garçons s'étaient risqués à lui faire des avances, mais un seul avait réussi à la fréquenter un tant soit peu. Leur relation avait cessé au bout de quelques semaines.

Le divorce de Romain Bellerose et de Virginie Bouliane, qui remontait à cinq ans, avait créé une certaine distance entre Léa et sa sœur. Au moment où il s'était produit, Léontine avait dix-sept ans et Léa douze, et elles avaient fini par choisir chacune leur camp. Léontine, scandalisée par la dureté de leur père, qui avait toujours eu le verbe haut, était allée vivre chez Virginie malgré son caractère instable et son mysticisme nébuleux. Léa, qui éprouvait une grande admiration pour sa sœur aînée, l'avait imitée, mais au bout de trois mois, lassée par les sautes d'humeur de leur mère, elle était retournée à la maison paternelle. La décision de sa fille cadette avait indigné Virginie Bouliane. Elle avait accusé son ex-mari de manigances et de chantage affectif. Léa, pour s'épanouir, avait bien plus besoin d'une présence féminine que de celle d'un père toujours absent à cause de son travail. Cette situation aurait pu éloigner les sœurs l'une de l'autre. Le départ de Léontine pour la France avait calmé les choses. Pendant un certain temps, il y avait eu un froid entre la mère et sa fille cadette. Il s'était peu à peu estompé. Mais les visites que lui rendait Léa avaient un peu le caractère rébarbatif d'un devoir.

Romain Bellerose commençait à s'inquiéter du caractère renfermé de sa fille. Aussi suivait-il avec intérêt son changement d'attitude graduel envers Philippe, qu'elle avait classé tout d'abord dans la catégorie des voyous indécrottables, mais qui semblait lui apparaître à présent comme une sorte d'aventurier romantique. Une ou deux fois par semaine, elle demandait maintenant à son père de l'amener à la Fine Bouche et, chose curieuse, c'était Philippe qui les servait chaque fois, manifestant, semblait-il, plus d'intérêt pour la fille que pour son papa. Cela laissait le médecin songeur. Il ne tenait pas tellement à ce qu'une relation s'établisse entre eux : malgré son estime pour le jeune homme, les soucis et l'agitation que cela risquait d'entraîner l'inquiétaient. Il n'en restait pas moins que depuis l'apparition de ce dernier, il voyait s'atténuer chez Léa l'espèce d'indifférence pour les autres et la propension aux rêveries fumeuses qu'elle semblait avoir héritée de sa mère et qui avait mené le couple au divorce.

Pour tout dire, il était ambivalent.

Philippe, comme promis, se présenta pour le remboursement final de sa dette : il avait dû cependant emprunter quatre-vingt-dix dollars à Charlot, son compagnon de travail, pour faire le compte. On était au milieu d'avril. C'était un lundi soir. Il tombait une petite pluie décourageante qui donnait le goût d'être ailleurs et très loin.

— Viens donc prendre un café, mon ami, fit le médecin en glissant l'enveloppe du jeune homme dans sa poche sans même l'ouvrir.

C'est alors qu'un événement se produisit.

Léa apparut dans la porte du salon, fit un léger signe de tête au jeune homme et s'avança :

— J'ai des biscuits au chocolat tout frais sortis du four, papa.

Puis elle se tourna vers Philippe :

— Ça vous tente d'y goûter ?

— Impossible de refuser, lança le médecin.

Et il lui présenta un cintre.

Philippe, un peu mal à l'aise, enleva son manteau, retira ses bottes et suivit Romain Bellerose jusqu'à la salle à manger.

La pièce avec ses corniches ouvragées, ses meubles d'acajou et son tapis aux volutes fleuries lui fit grande impression.

D'un geste Romain Bellerose l'invita à s'asseoir.

— Comment va le travail au resto?

— Ça roule, ça roule.

— Le patron est satisfait de toi?

— Je pense que oui. La serveuse en congé de maladie ne reviendra pas, et il m'a demandé de la remplacer.

Léa revint avec les biscuits, prit place à la table et, s'adressant à Philippe:

— C'est la première fois que je fais cette recette, j'espère que tu vas les aimer.

Ce tutoiement subit ravit Philippe et commotionna Bellerose. Que s'était-il donc passé? Il ne reconnaissait plus sa fille. Était-ce le fameux coup de foudre qui provoque ces changements hormonaux chez l'être humain?

La conversation s'engagea sur des riens.

Pendant un moment, Philippe parut intimidé, mais peu à peu son expression changea et ses traits se détendirent comme s'il s'était dit: «Je suis invité dans une belle maison – et par un médecin, en plus – on ne doit pas me prendre pour un n'importe qui...»

Romain Bellerose participait comme il le pouvait à la conversation, mais ses pensées étaient ailleurs. Il éprouvait une sympathie grandissante pour ce jeune homme aux traits tirés, aux vêtements un peu fatigués mais à l'expression franche et volontaire. Son élocution nerveuse, son regard vif et de plus en plus assuré lui inspiraient encore une fois l'envie de l'aider, car il semblait en avoir besoin. Mais comment le faire sans blesser sa fierté? Une idée lui vint.

— Dis donc, Philippe, mon homme d'entretien vient de se faire une entorse au pied et il ne pourra pas travailler avant deux ou trois semaines. T'as des jours de congé au restaurant?

— Deux par semaine, répondit Philippe, un peu étonné.

— Que dirais-tu de venir faire des petits travaux ici dans tes temps libres? De la peinture, un peu de bricolage, du rangement... rien de compliqué...

Léa s'était mise à fixer son père. Philippe, surpris, serra les lèvres. Est-ce qu'on le prenait pour un miséreux?

— Ça me ferait plaisir, Monsieur Bellerose, répondit-il enfin avec un sourire un peu forcé.

— Je te paierais, évidemment...

— Ce n'est pas nécessaire, je vous assure, après tous les services que vous m'avez rendus.

— Je ne suis pas marchand d'esclaves, mon garçon – et je suis trop vieux pour le devenir.

Philippe se mit à rire. Et ce rire, l'espace d'une seconde, fit réapparaître le petit garçon qu'il avait été – et qu'avait été Martin.

— Merci beaucoup, Docteur... Quand voulez-vous que je commence?

— Quand tu le pourras.

— Lundi prochain, alors? Qu'est-ce que je dois faire au juste?

— J'en parlerai à mon homme d'entretien.

— J'essaierai de faire de mon mieux.

La conversation prit alors un ton cordial et détendu. Léa, intriguée, se tournait de temps à autre vers son père. Au bout d'un moment, Philippe sentit que le moment était venu de partir et remercia encore une fois le médecin pour son offre.

À son arrivée à l'appartement, il chantonnait.

Le jour où il quitterait son demi-taudis approchait.

▲ ▼ ▲

Quelques jours plus tard, vers la fin de l'après-midi, Romain Bellerose arriva chez lui la cravate dénouée et le manteau entrouvert, soulagé d'avoir terminé sa journée. Deux heures plus tôt, il avait reçu une maman dans la trentaine qui se plaignait de douleurs à un sein. Après un court examen, il lui avait remis une requête pour un gynécologue qui l'adresserait sans doute à un oncologue. Il voyait encore le regard anxieux de sa patiente. Elle devrait traverser de bien vilains moments, la pauvre.

Il monta au premier. L'escalier lui parut plus long qu'à l'accoutumée. Léa était dans sa chambre, cellulaire en main, plongée dans une conversation. Il frappa, entra et, debout sur le seuil, attendit.

— Si ça ne te dérange pas trop, je préférerais qu'on aille au restaurant vers sept heures. Je vais m'allonger un moment.

Elle lui fit un grand signe de tête, fit pivoter sa chaise et lui tourna le dos.

Il se rendit à sa chambre, tira les stores, enleva sa cravate et s'étendit sur le lit à deux places où il dormait seul depuis cinq ans. Il ferma les yeux et prit de grandes inspirations.

Un peu de temps passa.

Le sommeil ne venait pas. Des souvenirs remontaient du fond de sa mémoire. Ses insomnies se nourrissaient généralement de souvenirs, réjouissants ou pas. L'un d'eux se mit à lui tourner dans la tête.

Il avait six ans. C'était l'été. Deux petits voisins avaient attrapé une chatte errante et, s'étant concertés à voix basse en ricanant, ils avaient décidé de lui *jouer un tour*.

— Tiens-la bien, avait dit un des garçons à son camarade, j'vas aller chercher c'qu'y faut.

— Qu'est-ce que vous voulez lui faire? avait demandé Romain, soupçonneux.

— Ça nous regarde.

Il était revenu en cachant quelque chose derrière son dos.

Romain avait deviné que le fameux tour n'annonçait rien de bon et avait tenté de leur arracher l'animal qui ne cessait de miauler et de se débattre. Cela s'était terminé par un coup de pied dans le ventre qui l'avait jeté à terre, le souffle coupé. Pendant ce temps, le premier garçon s'était approché de la chatte avec un flacon d'essence à briquet. Elle poussait des cris désespérés, la pauvre, ayant sans doute deviné le sale coup qui se préparait. Romain avait essayé encore une fois de la sauver, sans plus de succès. Les garçons avaient imbibé d'essence la queue de leur victime et y avaient mis le feu. Elle s'était enfuie avec des miaulements atroces tandis qu'ils riaient aux éclats. Romain s'était alors mis à sa poursuite et avait fini par l'attraper tandis qu'elle se tordait au pied d'une clôture. De ses mains nues il avait réussi à éteindre les flammes (cela lui avait valu des brûlures et de longues zébrures aux bras), puis il l'avait emmenée chez lui pour la soigner. Il s'agissait d'une chatte errante qu'on voyait dans le quartier depuis deux ou trois semaines. Ses parents, après une longue discussion, avaient finalement accepté de l'adopter. Son père, pince-sans-rire comme d'habitude, avait proposé qu'on la nomme Jeanne d'Arc, l'héroïne du XVe siècle condamnée par les Anglais à être brûlée vive sur un bûcher. Une partie de la queue du pauvre animal était restée dénudée, ce qui avait étonné les voisins. Elle aurait pu avoir meilleur caractère, mais on le lui pardonnait. Comment en vouloir à une chatte qui avait connu l'essence à briquet?

Jeanne d'Arc semblait avoir oublié son épreuve et rôdait un peu partout. Un jour, les deux petits vauriens avaient voulu lui rejouer le *tour*. Martin, alerté par son frère, leur en avait fait passer l'envie une fois pour toutes.

Jeanne d'Arc avait vécu chouchoutée par toute la famille et s'était éteinte à un âge vénérable.

Était-il devenu urgentiste à cause d'une chatte? Il aurait alors vraisemblablement choisi la profession de vétérinaire. Comment savoir?

Ses pensées se portèrent alors en avant et l'image de la femme adorée qui lui avait donné deux filles magnifiques apparut dans son esprit. Les premières années de leur mariage avaient été heureuses et la naissance de Léontine, puis de Léa avaient fait monter en lui une tendresse insoupçonnée. Il avait eu l'impression de rajeunir.

Dès le début de leur relation, il avait remarqué chez sa femme un penchant mystique et s'amusait parfois à la taquiner à ce sujet. Peu à peu, cette ferveur avait grandi et s'était mise à changer lentement leur vie.

Par curiosité, Virginie s'était inscrite à un cours d'initiation à la théologie donné par un vieux professeur luthérien d'origine belge doué, disait-elle, d'un charisme extraordinaire. Il avait graduellement développé sur elle une emprise ondoyante et lumineuse. Un monde nouveau lui était apparu, qui élargissait sa vision de la vie et avait fait surgir en elle des aspirations cachées comportant toutefois leurs exigences. Le matin, à son lever, avant même de s'habiller, elle se plongeait à présent dans une longue méditation qui retardait parfois son arrivée au bureau (elle était relationniste à la Croix-Rouge). L'amour souriant mais curieusement détaché dont elle enveloppait ses filles, l'indifférence croissante qu'elle avait montrée pour les nécessités de la vie quotidienne, la froideur bizarre qui s'était développée dans sa vie amoureuse et avait fini par la fossiliser, tout cela avait transformé peu à peu leur mariage en enfer.

Un jour, elle avait confié à une amie que le sort de son mari, *agnostique et futur damné*, ne l'intéressait plus guère et Romain avait surpris ces propos. Une indifférence caustique s'était établie entre les deux époux qui menait de plus en plus souvent à des discussions fielleuses. Elle était devenue prude et surveillait le langage et les habitudes vestimentaires de Léontine.

— Satan, disait-elle, s'infiltre en nous par la moindre fissure pour nous pourrir et nous éloigner ainsi de Dieu.

Son comportement étrange avait attiré l'attention de Wilbrod Lalancette qui avait commencé à travailler chez le médecin. Romain Bellerose l'avait un jour entendu au téléphone.

— La patronne ? Elle est pas si mal que ça, au fond... C'est juste au-dessus des épaules que ça se gâte. Quand t'es rendu à parler tout seul et à pas être d'accord avec ce que tu dis, c'est le temps d'aller en parler avec quelqu'un d'autre, non ?

Virginie s'était mise à boire et, chose étonnante, ses cours de théologie lui avaient servi de justification.

— Pris en quantité raisonnable, l'alcool rapproche de Dieu, car il ouvre notre cœur au monde surnaturel. Dieu n'est pas contre l'alcool, malgré tout ce qu'on a pu dire. Jésus n'a-t-il pas changé l'eau en vin aux noces de Cana ? Et le vin – qui devient le sang du Christ – ne fait-il pas partie de la liturgie de la messe ?

Excédé, Bellerose s'était réfugié dans le travail. Cela avait été une erreur. Jugeant sa femme inguérissable après tous les efforts qu'il avait déployés pour la ramener à une certaine normalité, il avait déversé tout son amour sur ses filles. Cela en avait été une autre. Virginie Bouliane s'était retrouvée sur une île déserte. Son caractère s'était racorni, une angoisse délétère l'avait envahie et elle était devenue insupportable. Son mari avait fini par réaliser que vivre à deux pouvait être aussi difficile que vivre seul parce qu'à force de vivre à deux, on finit parfois par se retrouver seul.

Leur mariage avait explosé et un divorce avait été prononcé.

Romain Bellerose ne la voyait plus que rarement et par nécessité. Et quand cela se produisait, quelles scènes...

Le sommeil allait venir lorsque son cellulaire se mit à bourdonner sur la table de nuit.

— Est-ce que je te dérange, mon chéri? demanda Madeleine.

▲ ▼ ▲

Une idée taraudait Philippe depuis quelque temps: la reprise des relations avec ses parents – et particulièrement avec sa mère. Il voyait bien par ses textos que l'inquiétude la rongeait. Quant à son père, intraitable et orgueilleux comme toujours, il devait afficher un visage de marbre. Pourtant, Philippe savait que cet homme possédait une sorte de bonté rugueuse qu'il manifestait parfois de façon surprenante. Deux ans plus tôt, sa femme étant aux prises avec une grippe qui lui arrachait les poumons, il avait fermé boutique et, pendant trois jours, s'était occupé d'elle avec un zèle de garde-malade. Et Philippe se rappellerait toujours cette cabane perchée dans l'érable au milieu de la cour qu'il lui avait construite pendant son séjour dans un camp de louveteaux. Sa mine réjouie devant la joie de son garçon et les petites tapes qu'il lui avait données sur l'épaule, il n'était pas près de les oublier…

Mais cela ne rachetait pas son caractère de sombre bilieux.

La reprise de ces relations exigeait qu'il trouve un appartement convenable. Pas question de se montrer à eux dans l'espèce de chiotte où il vivait. Il passa des heures cette semaine-là à chercher sur Internet l'appartement qui ne le ferait pas chuter dans l'estime parentale. Pour des raisons pratiques autant que d'agrément, il fallait que ce soit dans le Vieux-Longueuil. Il savait bien que Pablo, enchanté d'avoir un loyer coupé en deux, prendrait mal la nouvelle de son départ. Aussi devait-il agir discrètement. Il visita en cachette quatre appartements. C'était soit trop cher, soit presque misérable. L'appartement rêvé l'attendait pourtant quelque part. Ce n'était qu'une question de patience.

Il lui apparut habile d'amadouer son copain à la vie douteuse avant de le quitter. Trop l'indisposer entraînerait des complications. À voir les amis qu'il fréquentait (certains franchement louches), il risquait d'avoir de mauvaises surprises. D'où la nécessité de mettre un peu d'huile dans les engrenages.

Une idée lui vint un après-midi. Elle comportait un risque, un risque peut-être élevé, mais il se sentit capable d'y faire face. La vitalité débordante qui nous habite quand on est jeune fausse parfois notre perception des choses et nous porte à commettre des gaffes. Il allait en commettre une.

Dès le début, Philippe avait été frappé par l'appétit insatiable de Pablo pour l'argent. Il l'avait toujours vu dépenser au-dessus de ses moyens. Le pot, la bière et les restos dévoraient son salaire comme le feu dévore les forêts. Alors il empruntait, accumulait les dettes et grappillait à droite et à gauche pour tenter de les éteindre. Lui proposer un petit travail facile et bien rémunéré – avec Bellerose il le serait – lui vaudrait sa reconnaissance. Cela pouvait servir.

Pendant une pause, Philippe téléphona au médecin et lui demanda s'il était possible de se faire accompagner par un ami pour les travaux dans sa maison.

— Pourquoi ? s'étonna celui-ci. Tu coupes ta paye en deux, mon gars.

— C'est qu'il est dans le pétrin, le pauvre, mentit Philippe, et quant à moi, avec mes pourboires au restaurant en plus de mon salaire, je commence à me tirer pas mal d'affaire à présent.

— Alors, comme tu veux, répondit un peu sèchement le médecin. C'est à toi de juger.

Philippe savait qu'il ne pouvait pas miser grand-chose sur l'honnêteté de son compagnon, mais ils travailleraient dans un sous-sol – c'est-à-dire dans un fourre-tout où les objets de valeur seraient rares ou trop volumineux pour qu'on les emporte. Du reste il se promettait bien de l'avoir à l'œil.

Le soir même, il lui parla de la belle occasion qu'il venait de dégoter pour arrondir sa paye.

— Le docteur Bellerose accepterait que je me fasse aider par quelqu'un. Est-ce que ça te tente? Tu pourrais venir après ton travail.

— Combien?

— On n'en a pas encore parlé, mais ne t'inquiète pas, c'est un homme généreux.

Pablo accepta aussitôt.

— Quand est-ce qu'on irait chez lui?

— Les lundi et mardi, mes jours de congé.

— Demain alors?

— Comme tu veux.

Pablo lui tendit la main:

— T'es un vrai chum, toi. Je te revaudrai ça.

Le lendemain, en début de soirée, ils se présentaient chez Bellerose. Le médecin étant à son travail et Léa Dieu sait où, ce fut Wilbrod Lalancette qui les reçut, appuyé sur des béquilles. En voyant Pablo, il eut un léger froncement de sourcils mais ne fit aucun commentaire.

— Suivez-moi, les gars.

À cause des béquilles, la descente de l'escalier se fit marche par marche avec quelques jurons à mi-chemin et une longue succession de mots sacrés à la fin.

Ce sous-sol avait fière allure : dallé de carreaux bleus et haut de plafond avec des murs de chêne verni. Jamais Philippe ni Pablo n'en avaient vu de pareil.

— Crisse ! laissa échapper Pablo, j'aimerais bien vivre là-dedans, moi !

— Pas mal, hein ? fit Lalancette en bombant le torse comme si la maison lui appartenait. C'est *moi* qui a tout fait ça, les tits gars.

Au fond s'ouvrait une grande salle encombrée de boîtes, de classeurs, de livres, d'appareils électriques, de meubles et d'outils de toutes sortes. Un piano droit surmonté de deux lustres de cristal trônait dans ce fouillis.

— Il faut vider la salle, bien la nettoyer et peinturer les murs. Il y aura ensuite du rangement à faire... Si ma patte peut prendre du mieux, je vous donnerai un coup de main.

▲ ▼ ▲

Comme il avait été entendu, Philippe s'était présenté le lendemain en début de matinée au domicile du médecin et avait continué à vider la salle. Vers midi, tout était terminé. Wilbrod Lalancette, installé dans un vieux fauteuil, ses béquilles appuyées contre les genoux, l'observait en lui donnant par moments une directive ou un conseil, puis se levait et allait d'une place à l'autre vérifier ceci ou cela. Romain Bellerose n'aurait pu trouver un homme à tout faire plus dévoué.

On avait ensuite cassé la croûte et, après une courte pause, avait débuté la deuxième partie de l'opération : celle du nettoyage. Le résultat devait être parfait, avertit Lalancette, car le docteur Bellerose n'acceptait que les choses parfaites. Philippe déploya les plus grands efforts pour atteindre cette perfection, ce qui lui valut des hochements de tête satisfaits.

À quinze heures trente, Wilbrod annonça qu'il avait un rendez-vous chez l'orthopédiste et ne reviendrait que le lendemain. Le simple fait de laisser Philippe travailler seul équivalait à un certificat de confiance illimitée. À seize heures, le jeune homme entendit des pas au-dessus de sa tête. C'était Léa qui revenait du cégep. Son père était à l'hôpital et ne serait de retour qu'en fin de soirée. Le jeune homme laissa brosse et savon, alla se rincer les mains et croqua une pomme. Pablo devait venir le rejoindre vers dix-huit heures après son travail et souper sur place avec lui.

Il arriva à l'heure dite, avala un sandwich et se lança dans le travail. De temps à autre, Philippe lui transmettait les directives reçues de Lalancette. Au bout d'un moment, Pablo se tourna vers son compagnon :

— Sont où les toilettes ?

Philippe pointa le pouce vers le plafond :

— Au milieu du corridor juste avant la cuisine.

Un moment plus tard, il était de retour. Philippe fut surpris de sa bonne humeur subite.

— Y'a toute une cabane, ton doc... Merci encore une fois, chum, de m'avoir trouvé cette p'tite job.

À vingt et une heures, fatigués, ils rangèrent seaux, brosses, éponges et savon, et quittèrent les lieux. Leur appartement se trouvait à quelques minutes de marche. Aussitôt arrivé chez lui, Pablo se tourna vers son compagnon, l'œil brillant, et glissant la main dans sa poche :

— Regarde-moi ça, mon chum...

Et il exhiba une montre de gousset en argent superbement ouvragée. Des pierres translucides – précieuses ? – bordaient le boîtier et lançaient des lueurs vertes.

— J'ai trouvé ça dans un tiroir plein de poussière... C'est pas croyable, laisser traîner des choses comme ça... Il doit même plus savoir qu'il l'a, ton doc.

Philippe avait pâli :

— Tu n'aurais pas dû faire ça, Pablo. C'est dégueu... Va la remettre au plus sacrant où tu l'as trouvée. Il nous rend service et tu le voles ?

— Y a des tas de choses que j'aurais pas dû faire, *man*. Mais jusqu'ici je m'en suis pas si mal tiré.

Philippe, les lèvres serrées, le fixait d'un air sombre.

— Demain, tu vas aller remettre cette montre, ou alors...

— Ou alors quoi, mon chéri ? Je savais bien que tu serais pas content. Les p'tites fifilles le sont jamais... Fais-moi pas cet air-là, Arsenault. Il est plein de fric, ton docteur. Il s'en apercevra même pas. Et moi, ça fait mon affaire... Depuis deux mois, y a un gars qui arrête pas de m'achaler pour de l'argent que je lui dois. Je pourrai le payer en vendant la montre. C'est pas tiguidou, ça ?

Philippe ne répondit rien, se rendit à la cuisine et revint avec une bouteille de bière.

— Tu m'en as pas apporté une?

— Va te la chercher.

Les idées tourbillonnaient dans sa tête. La perspective de passer pour un voleur ou d'avoir été le complice d'un voleur ou même d'avoir fourni sans le vouloir à un voleur l'occasion de faire son coup l'horrifiait. Il ne reparla pas de l'affaire et prit note que Pablo était allé porter la montre dans sa chambre. La nuit fut longue. Il en passa la plus grande partie à se tourner et à se retourner sur son mauvais canapé tandis que dans la chambre d'à côté le voleur ronflait paisiblement. Il se sentait déjà déshonoré, réduit à l'état d'une petite crapule qui répondait à la générosité par une bassesse. Des serrements d'estomac lui bloquaient la respiration.

Le lendemain matin, quand Pablo fut parti à son travail, Philippe alla dans sa chambre et, après quelques recherches, trouva la montre dans un tiroir glissée dans une vieille chaussette de laine.

À présent, il fallait jouer vite et bien. Il téléphona à l'urgence, réussit à parler à Bellerose et lui demanda s'il pouvait le rencontrer chez lui dans la soirée.

— Me rencontrer? Pourquoi? fit ce dernier, intrigué.

— Je préfère vous l'apprendre sur place.

— Me l'apprendre sur place... Ah bon... Amène-toi alors vers dix-huit heures, mon garçon, je devrais être à la maison... Il me surprendra toujours, celui-là, murmura-t-il en raccrochant.

Dès son arrivée au restaurant, Philippe alla trouver son patron pour lui demander la permission de quitter son travail à dix-huit heures pour une quarantaine de minutes.

— Tout au plus, ajouta-t-il d'un air suppliant. J'ai une affaire extrêmement importante à régler et ça ne peut pas attendre.

Ricolet fronça les sourcils:

— À dix-huit heures? En pleine heure de pointe?

Il se mit à renâcler comme un vieux cheval qui reçoit un coup de fouet sur la cuisse.

Philippe attendait sa réponse, l'œil angoissé.

— Bon, ça va pour cette fois, grommela-t-il, mais il ne faudra plus m'embêter avec tes *affaires importantes*, hein, mon gars? Mes clients ne t'attendront pas pour bouffer.

Pablo fut de retour à l'appartement à dix-huit heures dix. Philippe, sans lui laisser le temps d'enlever son manteau, lui annonça que le docteur Bellerose voulait les rencontrer immédiatement au sujet d'un travail compliqué.

Pendant une seconde, Pablo posa sur lui un regard intrigué, puis:

— Bon, alors allons-y tout de suite... J'ai faim, moi!

Quelques minutes plus tard, ayant à peine échangé deux mots durant le trajet, ils arrivaient chez le médecin.

Philippe avait le souffle court et les battements de son cœur lui montaient jusqu'aux oreilles. Il jouait gros jeu. Sa dénonciation ferait de Pablo un ennemi irréconciliable. Où logerait-il désormais? Où passerait-il la nuit? Peu importe. Il n'était pas question d'être le complice – même involontaire – d'un voleur. La pensée d'une pareille infamie lui soulevait le cœur. Il sonna à la porte. Un moment s'écoula et Léa apparut.

— On voudrait voir le docteur Bellerose, dit-il d'une voix étranglée.

Pablo se tourna vers lui, surpris.

Elle les fit entrer, puis se retournant:

— C'est Philippe, papa, avec son ami.

Romain Bellerose, l'estomac garni de somptueuses quenelles de brochet à la crème (venues du traiteur), était assis au salon, la paupière alourdie, et regardait les nouvelles à la télé.

— Ils veulent se faire payer tout de suite ou quoi? marmonna-t-il, un peu ennuyé.

Il se leva et, en les apercevant, il fut frappé par l'expression tendue de Philippe. Ses lèvres pâles et ses joues légèrement creusées lui donnaient un air maladif.

— Alors, qu'est-ce qui vous amène, mes amis? demanda le médecin en s'efforçant de prendre un ton aimable.

Pablo se tourna vers Philippe, de plus en plus étonné.

Alors Philippe s'avança, la main tendue:

— C'est Pablo qui m'a demandé de vous remettre cette montre. Il l'avait prise par erreur.

Le rouquin blêmit, poussa un cri inarticulé, ouvrit la porte et s'enfuit.

Léa, figée, avait suivi la scène en silence. D'aventurier, Philippe était devenu un héros.

Romain Bellerose, stupéfait, examina la montre.

— C'était à mon grand-père, dit-il à voix basse.

Et levant la tête:

— Il a la main leste, ton copain... Merci, mon garçon. Je ne connais personne qui aurait été capable de faire ce que tu viens de faire... Où t'en vas-tu? fit-il en voyant Philippe se tourner vers la porte.

— À la Fine Bouche, Monsieur Bellerose.

— Et où iras-tu coucher ensuite? Chez ton ami?

— Ce n'est pas mon ami.

Bellerose sourit:

— Je ne pense pas que ce soit une très bonne idée de retourner chez lui après ce qui vient de se passer. La nuit risque d'être orageuse...

— Je me trouverai bien une chambre quelque part.

— Pas sûr... J'ai des chambres libres ici, moi. Je t'en offre une. Tu pourras y coucher en attendant de te trouver un logement – si tu décides de rester dans le coin, bien sûr.

Philippe hésita, puis, avec un sourire embarrassé:

— Vous êtes bien gentil, Docteur, mais je préfère...

— Allons, ne fais pas de façons. Tu vas coucher ici.

— Je vais préparer le lit, annonça Léa.

▲ ▼ ▲

Le ciel était noir et un froid liquide traversait les vêtements et semait des frissons. Romain Bellerose stationna devant une conciergerie d'aspect quelconque et gravit en toute hâte l'escalier en courbe qui menait aux étages. Arrivé au deuxième, il ne sonna pas et entra. Madeleine l'attendait avec un sourire de petite fille.

Il la serra longuement dans ses bras, puis accrocha son manteau dans la penderie. Il était un familier des lieux depuis longtemps.

— Poil de poule ! T'as l'air congelé !

— Quel printemps, soupira-t-il. On se croirait au début de décembre.

— Je te sers un café ?

Madeleine Blanchard travaillait comme hygiéniste chez un dentiste de Saint-Lambert, la voisine huppée de Longueuil. Romain Bellerose l'avait rencontrée un après-midi dans la salle d'attente d'un ophtalmologiste. C'était une blonde grassouillette dans la mi-quarantaine, au visage poupin, au sourire facile, avec une agréable voix de contralto qui resplendissait dans son rire. De prime abord, elle faisait un contraste frappant avec Virginie. On sentait en elle une générosité naturelle prodiguée sans arrière-pensées et un appétit pour les plaisirs simples de la vie. Elle envisageait celle-ci avec réalisme et un optimisme mesuré, et la voulait sans complications et menée avec bon sens. Son esprit n'était pas hanté comme celui de Virginie par cette aspiration angoissée vers un Autre Monde et il n'était pas non plus fouetté par les tensions quotidiennes que son métier imposait à Romain Bellerose.

Elle était d'origine modeste, ses vêtements étaient sans recherche et lorsqu'on lui parlait, elle écoutait les gens avec une attention soutenue très particulière, comme s'il s'agissait chaque fois d'une chose importante. Elle avait aussitôt plu au médecin et, comme ils étaient assis côte à côte, il s'était mis à bavarder avec elle. Après deux ou trois questions diplomatiques, il avait appris qu'elle était née à Longueuil et veuve depuis quatre ans. Elle n'avait pas eu de réaction particulière en apprenant qu'il était médecin. Bellerose l'avait invitée sur-le-champ à souper au restaurant.

— Demain, je ne suis de garde qu'à partir de minuit, avait-il ajouté avec son sourire le plus enjôleur, et j'aurais envie de passer une soirée agréable… en votre compagnie.

Surprise, elle avait hésité un moment, puis avait accepté, ignorant qu'elle allait subir un examen des plus minutieux.

Bellerose avait poursuivi son enquête et avait appris à cette occasion qu'elle avait encore ses parents qui vivaient dans une maison ancestrale à Chambly. Depuis quelque temps, ils avaient beaucoup vieilli et réclamaient à présent une attention particulière. Elle les voyait deux fois par semaine. En cas d'empêchement, un de ses enfants la remplaçait. Elle en avait trois, deux jeunes adultes et une adolescente. L'aîné, Victor, était caméraman et travaillait pour une compagnie de publicité ; il était fort estimé dans son milieu de travail. Isabelle, la seconde, était manucure et sur le point d'ouvrir un salon au centre commercial de la Place Longueuil où un local venait de se libérer. La cadette, Roseline, terminait son secondaire dans le peloton de tête et voulait s'inscrire à l'École nationale de l'humour, ce qui faisait bien rire sa mère.

La vie de Madeleine Blanchard avait continué de se dérouler sous les questions du médecin. Elle exerçait son métier depuis seize ans, avait eu deux patrons et une patronne et s'était bien entendue la plupart du temps avec chacun. C'était une passionnée de lecture avec un faible pour les classiques européens, les romans d'espionnage et les livres d'art culinaire.

— Ça paraît dans mon tour de taille.

Et elle avait poussé ce rire sonore d'une tessiture moelleuse et profonde qui plaisait tant au médecin.

Il lui avait semblé être en présence d'une femme intelligente et facile à vivre. Cela contrastait fortement avec la *passionaria* mystique qui avait été sa compagne de vie durant plus de deux décennies.

— Où demeures-tu ? avait-elle demandé à son troisième verre de vin.

— Rue Jean-Béliveau, dans le Vieux-Longueuil.

— Oh ! c'est un quartier chic, ça... J'avais une de mes tantes qui travaillait dans le coin comme femme de ménage... Ça te donne une idée du milieu d'où je viens... Et tu as deux filles ? Elles doivent être instruites... Moi, j'ai de très bons enfants, et des parents qui se sont tellement échinés pour moi et mes trois frères quand nous étions jeunes... Ils n'étaient pas très riches. Ça n'a quand même pas donné de si mauvais résultats...

Et elle s'était encore mise à rire.

— Ils m'apparaissent en effet remarquables, ces résultats, Madeleine... si tu me permets de t'appeler par ton prénom.

— Oh, je veux bien.

Et elle avait rougi un peu.

Ils s'étaient fréquentés deux ou trois semaines, puis étaient devenus amants. Il la voyait à son appartement ; elle ne semblait pas pressée d'aller rue Jean-Béliveau. Quand il avait enfin réussi à la convaincre, la vue de la maison lui avait causé un saisissement. L'intérieur l'avait impressionnée encore davantage.

— J'aurais du mal à vivre dans un endroit comme ici, moi... Je me sentirais empotée.

— Au début, moi aussi je me sentais un peu intimidé, avait menti Bellerose pour tenter de la mettre à l'aise.

Mais on s'habitue vite aux belles choses, avait-il ajouté en souriant. J'ai acheté cette maison quand j'étais jeune médecin. Ma femme était horrifiée par l'hypothèque, mais je l'ai payée en quelques années... Quand on est médecin...

— C'est un beau métier, avait observé Madeleine, ne sachant trop quoi dire.

— Très beau... mais pas toujours facile, surtout dans une urgence. Il faut être bâti solide... Mais c'est un métier de privilégiés. De ça, j'ai toujours été conscient.

Tout au long de la soirée, Léa avait observé la nouvelle amie de son père, parlant peu, écoutant beaucoup. À deux ou trois reprises, Madeleine avait tenté d'engager la conversation avec elle. Ses efforts avaient tourné court.

Quand elle était partie, Romain Bellerose, un peu inquiet, avait sondé sa fille.

— Elle m'a l'air d'une bonne personne, papa...

«Mais un peu simplette», avait-elle ajouté en son for intérieur.

Il n'avait pu en savoir davantage.

▲ ▼ ▲

À la mi-mai, Philippe dénicha enfin un appartement qui lui convenait. C'était dans une des trois énormes boîtes à logements qui ornaient la rue Saint-Thomas de leur laideur. De vieilles maisons avaient dû leur céder la place avec leurs jardins transformés en stationnements et en refuges pour les poubelles. L'année précédente, on avait tout de même remplacé les trottoirs d'asphalte craquelé par de larges trottoirs de béton avec des arrondis où on avait planté des arbres. C'était autant de gagné.

Philippe trouvait la bâtisse moche, mais il serait à deux pas de son travail. Le quatre pièces qu'il allait occuper était au deuxième étage, le locataire l'avait bien entretenu, le propriétaire semblait aimable et lui assura que les voisins étaient discrets. Mais il y avait un hic: l'appartement ne se libérerait qu'en juillet. Quand il en parla à Léa devant Romain Bellerose (sans doute avec une idée derrière la tête), la réaction du médecin fut immédiate:

— Où est le problème? Tu n'as qu'à continuer de rester ici jusqu'en juillet, c'est tout...

Il n'ignorait pas les effets que cela pouvait entraîner.

Est-ce que son offre cherchait à satisfaire inconsciemment le désir obscur d'avoir le fils que Virginie ne lui avait pas donné? C'était là une question qu'il aurait pu soumettre à un psychologue. Mais cela n'aurait été, bien sûr, qu'une fantaisie inutile.

Depuis quelque temps, il observait avec un amusement mêlé d'un peu d'inquiétude le changement d'attitude de Léa envers le jeune homme. La réserve de sa fille avait peu à peu fondu. Manifestement, elle se plaisait en sa compagnie et riait beaucoup avec lui. Ils avaient de longues conversations, regardaient la télé, naviguaient ensemble sur le web. Deux ou trois fois, Philippe l'avait aidée dans ses devoirs de maths, matière dans laquelle il excellait. Cependant, quand elle était seule avec son père, elle ne parlait presque jamais de lui. C'était son affaire à elle, leur affaire à eux. Romain ne la questionnait pas et trouvait que c'était mieux ainsi.

Un couple d'amoureux était en train de se former sous ses yeux.

— Ma foi, je suis devenu entremetteur pour ma propre fille, se dit-il un soir, amusé.

De les voir débordants de cette énergie intarissable que seule la jeunesse connaît le reposait de l'interminable défilé de misères humaines que lui imposait son métier. Mais Philippe l'inquiétait quand même un peu. Il ne connaissait presque rien de lui et avait pu constater que le jeune homme avait une humeur changeante qui le rendait parfois imprévisible. Tantôt il adorait son métier de serveur, tantôt il en était dégoûté. Certains matins, lorsqu'il avait travaillé tard la veille, il aurait pu se montrer plus aimable. Dans une discussion, il lui arrivait parfois de se camper par entêtement dans une position intenable. « Le fond est bon, se disait Bellerose, mais c'est quand même un fugueur qui a abandonné ses études. J'espère qu'il ne fera pas souffrir ma petite. »

Vers la fin d'un avant-midi, il dut retourner chez lui, chassé par ses collègues inquiets de son air fourbu et par un mal de tête de catégorie A+ qui le faisait cligner des yeux et heurter de l'épaule l'embrasure des portes.

— Toi, mon cher, lui avait dit son ami Fabiano Rosetti, tu es mûr pour un examen général. C'est bien beau de soigner les autres, mais il faut s'occuper aussi un peu de soi-même.

Bellerose lui avait fait un vague signe de la main et avait quitté les lieux. Il n'avait qu'une idée : prendre une douche, puis un bon cognac et se coucher.

Il entra dans une maison silencieuse, monta lentement l'escalier qui menait à sa chambre et, en passant devant celle de sa fille, remarqua que la porte était fermée. À cette heure, Léa aurait dû être au cégep. Intrigué, il s'approcha et frappa.

— N'entre pas, papa, je suis occupée.

Il y avait dans sa voix quelque chose d'ironique et de légèrement ennuyé, comme si elle lui avait lancé : « Papa chéri, ne te mêle pas de mes affaires s'il te plaît.» À un mouvement qui se fit dans le lit, il réalisa qu'elle n'était pas seule à être occupée.

Il eut un léger sourire, haussa les épaules et s'éloigna.

Il se rappelait la fois où ses parents, revenant à l'improviste d'une visite du temps des Fêtes chez des amis, l'avaient trouvé dans la douche avec la petite voisine. Il avait quinze ans. Dans son jeune âge, il était pas mal décadenassé lui aussi.

▲ ▼ ▲

Fin mai, le propriétaire de l'appartement que Philippe avait loué lui annonça que son locataire venait de le quitter avant la fin de son bail. Si ça l'arrangeait, il pourrait emménager tout de suite. Philippe accepta, ravi. Y transporter ses effets personnels serait très simple : en retournant un jour à l'appartement de Pablo pendant son absence, il avait constaté que ses vêtements, son rasoir, sa trousse de toilette et son sac à dos avaient disparu.

L'hospitalité que lui offrait Bellerose avait beau être chaleureuse et la présence quotidienne de Léa des plus excitantes, il avait hâte d'avoir un chez-soi bien à lui.

Romain Bellerose, avec sa générosité habituelle, lui donna plusieurs meubles entreposés dans sa cave depuis des années et qu'il gardait en vertu du fameux principe de l'*au-cas-où* : des tablettes de cèdre, deux lampes de table avec leur abat-jour un peu défraîchi, une vieille table en chêne à pattes tournées avec ses chaises, qui avaient appartenu à ses grands-parents, une armoire spacieuse mais un peu bancale que Wilbrod fut chargé de retaper et un vénérable lit à deux places, meuble de famille qui avait dû contribuer à la conception de plusieurs de ses membres ; le médecin le laissa aller en faisant semblant de ne pas s'apercevoir de l'utilité qu'il allait avoir pour Léa et son petit ami. La cuisinière et le frigo étant fournis par le locateur, il ne restait plus qu'à se procurer une télé, un ordinateur et des meubles de salon.

Romain Bellerose chargea son homme à tout faire d'aider au déménagement. Philippe insista pour le payer :

— Je travaille et je peux voir à mes propres affaires, expliqua-t-il un peu sèchement à Léa qui s'étonnait de ne pas le voir profiter de la générosité de son père. C'est gentil, mais il m'a assez aidé comme ça.

C'était la première fois que Philippe lui parlait sur ce ton.

— Tu ne manques pas de caractère, toi, fit-elle en haussant les sourcils.

Il parut embarrassé.

— Des fois, j'en ai un peu trop, je crois. Excuse-moi.

Et il lui caressa la joue.

Le déménagement eut lieu un mardi. Il faisait ce jour-là une chaleur intense. Wilbrod possédait un vieux camion qui avait traversé vaillamment toutes les épreuves de la vie et il se nomma directeur général des opérations. De temps à autre, il s'arrêtait pour souffler et prendre une bière et conseilla fortement à Philippe d'en faire autant : le déménagement les avait mis en sueur et il fallait lutter contre la déshydratation qu'il appelait le *séchage de la carcasse*. Philippe suivit ce traitement deux ou trois fois, puis arrêta, lassé d'évacuer à tout moment le contenu de ses cannettes. C'est en revenant une énième fois des toilettes qu'il tomba sur la description passionnée que Wilbrod faisait à Léa des vacances de son beau-frère Léopold.

— Un pays à tout casser, ma p'tite... Et pas cher! Suffit juste qu'on surveille ses poches: les voleurs manquent pas, ça, je peux te le dire.

— Où est-ce que c'est, au juste? demanda-t-elle.

— C'est en Colombie sur l'île... l'île... l'île... de... Grosso Modo, je pense, ou quelque chose comme ça... Une place *fan-tas-ti-que*! que m'a dit le beau-frère. C'est à en pas croire ses yeux! Une plage avec du sable fin comme du sucre en poudre, toujours du beau temps, le personnel de l'hôtel à genoux devant toi, des vraies chambres de château... Et puis pour un paquet de gomme, des stylos ou une boîte de Tampax, la femme de chambre s'occupe de ta lessive et repasse tes chemises gratis... Tu te lèves le matin, tu vas déjeuner et ensuite tu te dis: «Il me reste plus rien qu'à rien faire...» Bordel de viande! C'est le paradis, je te dis! Vous pouvez être certains qu'un de ces beaux jours, ma femme et moi, on va aller là-bas se faire griller la couenne!

Après une ultime bière, Philippe régla ses comptes avec Wilbrod et se lança avec Léa dans l'installation de son appartement.

▲ ▼ ▲

Léa allait rendre visite à sa mère une fois par semaine. Peu après son divorce, Virginie Bouliane avait acheté un chic condo dans un immeuble qu'on venait de construire près de la Place Longueuil, le centre commercial de la rue Saint-Laurent. La relation de la fille avec sa mère était ambiguë. Léa était mue dans ses visites par une sorte d'amour réglementaire, écoutait Virginie plus qu'elle ne lui parlait, évitait soigneusement certains sujets (son père en faisait naturellement partie) et se montrait peu bavarde sur sa vie personnelle.

Un samedi matin, elle était en train de déjeuner lorsqu'il lui revint à l'esprit la promesse qu'elle lui avait faite d'aller la voir dans la journée.

Cette visite allait avoir des conséquences désagréables.

Virginie Bouliane était au début de la cinquantaine. De grandeur moyenne, la taille légèrement épaissie, elle possédait une luxuriance de cheveux blonds qui faisait un contraste quelque peu pénible avec ses traits fanés. Elle avait été d'une beauté remarquable dont il restait peu de traces. Vive, bavarde, nerveuse, c'était une femme inquiète. L'âge avait accentué ce trait.

À l'arrivée de Léa, elle se montra charmante et affectueuse. Connaissant le goût de sa fille pour les pâtisseries, elle l'entraîna dans la cuisine pour lui faire admirer le gâteau Boston qu'elle venait de confectionner.

— Oh! maman, il est superbe... Quand l'as-tu fait?

— Cet avant-midi... et pour toi, ma chérie.

La conversation devint joyeuse, détendue. Virginie lui annonça que depuis trois semaines elle fréquentait un ingénieur en électronique, à la retraite lui aussi. Il était veuf depuis deux ans.

— Un homme ouvert, très cultivé – et bon pianiste en plus... Je ne pouvais pas trouver mieux.

Puis, l'air taquin, elle se mit à questionner Léa sur sa vie sentimentale.

C'est alors que celle-ci, dans un élan de ferveur amoureuse, lui annonça qu'elle aussi fréquentait quelqu'un. Il était serveur à la Fine Bouche et avait dix-neuf ans. C'était un garçon très gentil, intelligent, dégourdi comme pas un – et tellement beau...

Ses yeux avaient l'expression enivrée du premier amour.

Virginie cacha sa déception de la voir se lier avec *quelqu'un du commun* et poussa plus loin. Mise en confiance et sans doute excitée par le cappuccino que sa mère lui avait servi, Léa continua sur sa lancée – et parla un peu trop.

Il avait vécu à Joliette, mais avait quitté ses parents à cause d'une brouille avec son père. Arrivé un soir à Longueuil, sur l'assurance d'un emploi que lui avait fait miroiter une espèce de copain qui avait offert de le loger, il s'était buté contre une porte fermée, puis avait eu un accident tout bête qui l'avait amené à l'hôpital. C'était Romain qui l'avait soigné et s'était rendu compte de sa valeur.

Et Léa poursuivit son récit jusqu'à l'affaire de la montre et de ce qui avait suivi.

— Il demeure chez vous? murmura sa mère, stupéfaite et atterrée.

— Plus maintenant, maman, répondit Léa en essayant fébrilement d'arranger les choses. Il vient de louer un appartement dans le Vieux-Longueuil près de son travail.

— Et combien de temps y est-il demeuré, Léa... si je peux me permettre cette question?

Elle avait un petit sourire de mauvais augure.

— À peu près trois semaines, maman... Mais tout s'est très bien passé, je te le jure.

Et elle lui disait la vérité. Du moins de son point de vue.

Virginie plissa les yeux et eut deux petits reniflements saccadés, signe chez elle d'une violente émotion. Léa comprit qu'elle venait de commettre une gaffe magistrale.

Sa mère jugea alors qu'elle en savait assez et changea de sujet. Léa la quitta une vingtaine de minutes plus tard avec le sentiment que cette conversation allait avoir des suites.

Elle en eut. Aussitôt sa fille partie, Virginie téléphona à son ex-mari.

— De quoi s'agit-il? demanda Bellerose en plissant le front.

— Il s'agit de Léa.

— Quelque chose ne va pas?

— Je t'expliquerai.

— Tu ne pourrais pas me donner une piste, au moins?

— Je te donnerai toutes les pistes que tu veux quand on se verra. J'aimerais qu'on se voie ce soir. Si possible.

Romain Bellerose soupira. Déjà il entendait gronder l'orage.

— Je t'attends à huit heures.

Un peu avant le rendez-vous, il se prépara un café très serré et l'avala en deux gorgées. Il allait avoir besoin d'énergie.

À vingt heures pile, Virginie était dans son bureau. L'étrange crise mystique qui s'était emparée d'elle des années auparavant avait changé jusqu'à son maintien – et particulièrement lorsqu'elle se trouvait en sa présence. Assise toute droite dans son fauteuil, les bras rigides et le menton volontaire, elle était la personnification de la Marche Persévérante vers le Tout-Puissant. Quelque chose d'âpre et de fiévreux se lisait dans son regard. Romain Bellerose comprit qu'elle était dans un de ses grands soirs.

— Léa m'a appris des choses terribles cet après-midi.

Il réfléchit un instant.

— Tu veux parler de Philippe ? Il n'y a rien de terrible là-dedans. C'est un excellent garçon. Je l'ai un peu aidé et je ne le regrette pas. Il a vécu ici quelque temps et s'est très bien comporté.

— Moi, je vois les choses d'une autre façon.

Elle poussa un long soupir, puis :

— Tu viens de jeter ma fille dans les bras d'un voyou.

— *Notre* fille, si tu permets… Je ne l'ai pas jetée dans ses bras et ce n'est pas un voyou.

— Alors disons que c'est quelqu'un qui doit posséder ta moralité.

Il la regarda un moment. Quelle pitié… Son visage tendu et ses mains crispées sur les accoudoirs du fauteuil annonçaient encore une de ces horribles discussions…

— Tu as bu.

— Je ne bois plus, lança-t-elle dans un sifflement furieux.

Mais une odeur de rince-bouche la trahissait.

— Je ne suis pas venue te parler de moi, poursuivit-elle, mais de ma fille.

— De *notre* fille, dois-je te faire remarquer encore une fois. J'ai de bonnes raisons de me croire son père.

— Drôle de père, lança-t-elle. Tu es en train de la détruire!

— La détruire?

— Oh, cela remonte à loin... Tu as réussi à la tourner contre moi et je l'ai perdue. Résultat: elle s'en va à la dérive et je n'y peux à peu près rien.

— Allons, tu divagues... Léa te voit chaque semaine et elle t'accompagne souvent dans tes courses. Curieuse façon d'être tournée contre toi.

— Ce n'est plus la même! Je dois savoir ce que je dis!

— Ne crie pas si fort, je t'en prie, répondit-il froidement, le plafond va nous tomber sur la tête.

Il la fixa un moment. La haine mêlée de pitié qu'elle lui inspirait formait en lui un mélange répugnant.

L'attitude de Virginie changea alors du tout au tout.

— Tu me rends la charité difficile à pratiquer, soupira-t-elle en baissant la tête.

— Tu la pratiques? Ça m'avait échappé.

Elle se mit alors à renifler par à-coups et son regard papillonna comme si elle luttait contre les larmes.

— Je regrette d'être venue... Comme chaque fois, tu me mets dans un tel état que je m'écarte du droit chemin.

— Allons, qu'est-ce que tu veux? demanda-t-il d'un ton radouci.

— Je veux lui parler… Voir quelle sorte de voyou l'a enjôlée…

Il se leva à demi, les mains appuyées sur son bureau :

— Ma pauvre Virginie… quand ils ne sont pas en train de s'asperger d'eau bénite, ce sont tous des voyous. Mais je ne veux pas reprendre nos discussions… Tu peux le voir quand tu le voudras. Il est serveur à la Fine Bouche.

— Serveur, murmura-t-elle avec une moue dédaigneuse.

— Eh oui, serveur… Ce n'est pas un métier plus bête qu'un autre. Et puis, c'est un travail d'étudiant.

— D'étudiant ? Il a quitté ses études.

— En voilà assez. Va le voir, parlez-vous, dis-lui ce que tu veux, il te répondra ce qu'il voudra… Mais je te ferai remarquer en passant que Léa n'est plus une enfant… Je te conseille de garder ça à l'esprit. Les querelles gâchent la vie. Nous en savons quelque chose, toi et moi.

Elle se leva à son tour. Il voulut la raccompagner à la porte.

— Pas la peine. Je connais le chemin.

Elle quitta le bureau, la tête droite, et traversa lentement le salon. Vingt-cinq années de sa vie s'étaient écoulées dans cette maison. Elle y avait connu des périodes de bonheur mais leur souvenir s'était comme fossilisé.

Les coudes sur son bureau, les mains sous le menton, Romain Bellerose faisait défiler les siens. Un océan de douleur remplissait la pauvre femme. Il avait contribué à l'alimenter et elle avait tenté de le noyer dedans. Ah ! si on pouvait vivre sa vie deux fois, comme la deuxième serait plus réussie…

Il monta à sa chambre, s'allongea dans son lit et se mit à regarder le plafond.

▲ ▼ ▲

Philippe venait de quitter la Fine Bouche après sa journée de travail. Une heure du matin venait de sonner à la cathédrale. Les rues étaient désertes et on sentait dans l'air que l'été approchait. La soirée avait été bonne, le patron agréable et plein d'entrain (ce qui ne lui arrivait pas nécessairement tous les jours) et les soixante-douze dollars de pourboires qui reposaient dans ses poches le faisaient siffloter.

Il décida en dépit de l'heure tardive de ne pas retourner tout de suite chez lui et poursuivit son chemin dans la rue Saint-Charles. Après ces heures de travail intense, une promenade dans l'air frais serait la meilleure façon de se préparer au sommeil.

Il entendit soudain un bruit confus quelque part à sa droite. Cela ressemblait à une course. Il s'arrêta, tendit l'oreille. Cela venait de l'arrière d'un édifice et cessa presque aussitôt. «Peut-être des chats, se dit-il. Ou un lièvre. J'en ai vu un l'autre jour. Ils prennent la ville pour une forêt.» Il se remit en marche et passait devant la ruelle qui longeait un bar laitier lorsqu'un long gémissement lui parvint de la cour arrière. La ruelle y menait.

Il s'arrêta de nouveau, interdit. Le gémissement reprit, encore plus déchirant. Quelqu'un s'était-il grièvement blessé? Ou avait eu une attaque? Peut-être se mourait-il?

Il hésita une seconde, puis, le dos en sueur, s'élança vers la cour.

Elle était assez vaste, mal éclairée, et, au fond, on y avait aménagé un stationnement. À sa gauche, derrière l'établissement, s'alignait une rangée de poubelles et de bacs de recyclage. Il fouilla du regard les lieux. Le gémissement avait cessé.

Une ombre surgit tout à coup derrière un bac, bondit sur lui et le frappa à la tête. Deux autres individus, masqués, apparurent et l'attaquèrent. Il tenta de répondre aux coups, flanqua son poing en plein visage à l'un des agresseurs qui lança un *Chien sale!* retentissant. Une volée de coups de poing et de coups de pied l'enveloppa, puis un violent choc à la tête lui fit perdre conscience.

Il se réveilla étendu sur le sol glacé. Au-dessus de lui, le ciel s'était mis à pâlir et l'aigre bourdonnement de la 132 avait commencé. Une douleur insupportable à l'arrière du crâne l'empêchait de bouger et il claquait des dents. Il eut la force de se dire: «Eh ben... ma nuque encore une fois...»

Il tenta de s'asseoir, mais n'y parvint pas.

Un peu de temps passa. Une nausée graisseuse le faisait hoqueter de temps à autre. Il se mit à pleurer doucement et les larmes coulaient sur ses joues en longues traînées froides. Il essayait de se rappeler ce qui lui était arrivé, mais seules de vagues images remontaient à sa mémoire.

Soudain, deux jets de lumière aveuglants rasèrent le sol. Un véhicule s'avançait dans la ruelle et s'arrêta. Il poussa un cri. Au bout d'un moment, quelqu'un ouvrit une portière, fit quelques pas et s'immobilisa devant lui, silencieux. Philippe n'arrivait pas à distinguer ses traits. Une peur affreuse le saisit. On venait l'achever.

À partir de ce moment, tout retomba dans le noir.

Il se réveilla sur une table d'examen. Un jeune médecin au visage basané était en train de l'examiner avec un stéthoscope, puis il se pencha sur lui et vérifia les pansements qui lui recouvraient la moitié du crâne, la nuque et l'avant-bras gauche.

Il avait reçu toute une raclée.

— Ça va, Monsieur? fit le médecin d'un ton amical. Tout est sous contrôle. Rassurez-vous. Il n'y a rien de cassé.

— Où est-ce que je suis?

— À l'hôpital Charles-Le Moyne.

— Encore une fois?

Le médecin sourit:

— Le docteur Bellerose s'en vient.

▲ ▼ ▲

Philippe se rappellerait toujours la mine inquiète de Romain Bellerose penché sur la civière où il somnolait dans la pénombre d'un corridor.

— Bout de bon sens! Qu'est-ce qui t'est arrivé, Philippe?

Puis il se mit à l'examiner.

— Qui t'a fait ça, mon pauvre garçon?

Philippe l'avait regardé avec un vague sourire, sans répondre.

Il n'avait pas envie de parler.

Le jeune médecin qui l'avait soigné était apparu, avait pris Bellerose à part et ils avaient eu une conversation à voix basse. En prêtant l'oreille, Philippe aurait pu en saisir quelques mots, mais il avait envie de dormir. On avait dû lui donner un médicament qui fait qu'on se fiche de tout.

Il fut décidé qu'on le garderait en observation et il se retrouva bientôt dans une chambre. Les contacts de Bellerose avaient-ils joué? L'hôpital débordait, on en parlait souvent dans les journaux. C'était une chambre à quatre lits que de longs rideaux de coton suspendus à des tringles tentaient de transformer en quatre chambres individuelles. À sa gauche, des crachotements coupés de plaintes et de grommellements indiquaient qu'il avait un compagnon d'infortune.

Allait-il passer toute sa vie dans un hôpital, ciboire? Il avait dormi un bon bout de temps, puis avait téléphoné à Léa pour la rassurer. Il devina tout de suite qu'elle avait pleuré. Il trouva la force de faire quelques plaisanteries sur sa mésaventure et cela leur fit du bien à tous les deux. On lui avait ensuite apporté son déjeuner. Il avait mangé un peu. Chaque mouvement de sa mâchoire se répercutait douloureusement dans sa nuque comme l'autre fois. Ils ne l'avaient pas manqué, les salauds. Salauds et lâches. On ne court aucun risque à se battre à trois contre un.

Une infirmière venait régulièrement prendre sa pression, vérifiait son pouls et lui demandait son nom, son âge, la ville où il se trouvait et l'endroit où il habitait. La quatrième fois, il lui demanda si elle était amnésique. Elle se mit à rire:

— Bon signe, ça. L'humour, c'est un signe de santé.

Romain Bellerose était revenu vers la fin de l'avant-midi vêtu de son sarrau, un stéthoscope autour du cou.

— Ma foi, Philippe, tu vas devenir notre pensionnaire, avait-il lancé avec un rire forcé.

Il avait examiné ses pansements, pris ses signes vitaux, puis l'avait regardé avec son bon sourire:

— Ça va. T'es fait solide, mon garçon... Je vais téléphoner à Léa pour la rassurer encore une fois... Je lui ai demandé de rester à la maison. Elle est déjà assez à l'envers comme ça, la pauvre...

Il se dirigea vers la porte, puis se retourna:

— Quelqu'un de la police va venir jaser avec toi. Rien de compliqué.

— C'est à cause de la montre, murmura Philippe dans un souffle.

Romain Bellerose ne l'avait pas entendu.

Alors il s'endormit.

Un policier le réveilla en toussant très fort et lui posa des questions. Philippe lui parla de Pablo Michaud. Il avait reconnu sa voix et entendu son juron favori.

À son retour chez lui au milieu de la soirée, Léa l'attendait, frémissante, les traits tirés. En le voyant, elle se mit à pleurer:

— Mais c'est horrible... On a voulu te tuer, Philippe... Qui t'a fait ça?

Il ne répondit pas.

Après avoir répété sa question deux ou trois fois sans plus de succès, elle lui caressa la joue et se rendit avec lui à la chambre à coucher. En apercevant son lit, il sentit mollir ses jambes et s'y étendit aussitôt. Ici le sommeil serait bien meilleur. Dans quelques heures, il serait retapé.

— Je vais te laisser dormir, mon chéri, tu en as besoin...

Elle sortit. Debout derrière la porte, elle resta un long moment, l'oreille tendue, à l'écouter respirer.

▲▼▲

L'enquête ne donna pas grand-chose. Ses agresseurs étaient masqués, portaient des gants et, à part le *Chien sale!* lancé par l'un d'eux, l'agression s'était déroulée en silence. Tout ce qu'on pouvait déduire avec une certitude raisonnable, c'était qu'il s'agissait d'une vengeance, Philippe n'ayant pas été détroussé. On avait interrogé Pablo. Il avait tout nié avec aplomb.

Des soupçons ne forment pas une preuve.

Il fallut expliquer en termes adéquats à François Ricolet l'absence de Philippe. Romain Bellerose s'en chargea. Le jeune homme craignait que sa mésaventure ne lui coûte son emploi. L'habileté du médecin et sans doute aussi la considération que lui portait le restaurateur permirent d'éviter cette tuile. Charlot et Mireille se débrouilleraient le temps qu'il se rétablisse. Au besoin, le patron se joindrait à eux.

Trois jours après cette histoire, le docteur Bellerose appelait son homme à tout faire pour l'installation de tablettes dans une dépense.

Lalancette aperçut Philippe en train de prendre un café dans la cuisine et resta bouche bée:

— Bordel de viande! Qu'est-ce qui s'est passé, mon ti-gars? On t'a sacré une volée?

Philippe fit signe que oui et garda le silence. Il souffrait dans son orgueil d'apparaître comme une mauviette.

Wilbrod insista, et il avait l'insistance énergique. Alors le jeune homme finit par lui donner quelques détails. Au son de sa voix et à son juron, il avait reconnu Pablo parmi ses agresseurs. Mais les preuves s'arrêtaient là.

— Trois contre un, murmura l'homme à tout faire en secouant la tête. Même Tarzan se serait fait planter… Ton ancien chum a voulu se venger… L'histoire de la montre, hein?

Philippe haussa les épaules et quitta la pièce. Les sourcils froncés, Wilbrod le regarda s'éloigner.

Le même jour, sans trop savoir pourquoi (mais au fond, le sachant), le docteur Bellerose confia à l'homme à tout faire ses inquiétudes au sujet de Philippe: à une première raclée pouvait en succéder une deuxième, sait-on jamais? Les choses risquaient de très mal tourner. Visiblement, on avait affaire à un gang.

— J'vas m'en occuper, Doc, de Pablo et de ses chums. J'en ai vu d'autres… et des bien pires.

— Ne t'en occupe pas trop fort tout de même, Wilbrod, lui enjoignit le médecin. Il ne faudrait pas avoir d'ennuis avec la police.

— Non, non, non, vous inquiétez pas. J'vas faire ça *professionnel.* Il va pouvoir se tenir encore debout, le Pablo, après que je lui aurai jasé… Quand il aura goûté à mon omelette aux clous, il aura juste envie d'aller la digérer tranquillement dans un coin – et l'idée d'en goûter une autre va le faire tenir tranquille.

— Et ses amis?

— J'm'en fais pas pour eux. Ils vont avoir reçu le message.

Un peu après dix-huit heures, Pablo venait de descendre de l'autobus, rue Saint-Charles, et se dirigeait vers son appartement lorsqu'il arriva nez à nez avec Wilbrod Lalancette.

— Salut, mon Pablo. Ça va? Il paraît que t'as perdu une montre? Est-ce que je pourrais avoir une petite jase avec toi si ça te dérange pas trop?

Et même si cela semblait le déranger considérablement, Pablo se retrouva dix secondes plus tard dans un coin sombre propice aux échanges confidentiels.

— Je sais pas de quoi tu veux parler, déclara-t-il en y mettant toute la conviction possible.

Wilbrod le saisit par le collet d'une main si vigoureuse qu'on entendit un craquement.

— Écoute-moi bien, ti-cul: moi, je te dis *tu*, toi, tu me dis *vous*. C'est comme ça que ça va se passer. Répète après moi: «Je sais pas ce que *vous* voulez dire.»

Pablo répéta, d'une toute petite voix. Il fixait, terrifié, les mains brunâtres aux doigts larges et noueux de l'ancien videur. Elles semblaient capables d'arracher une poignée de porte aussi facilement qu'on ouvre un sac de croustilles.

La conversation continua alors *vivacissimo* sur la mésaventure de Philippe.

Pablo nia tout.

— J'vas être gentil avec toi, mon gars, fit Lalancette après l'avoir écouté tout en mâchant sa volumineuse chique de gomme. Disons que t'étais pas mêlé à ça... Je suis un bon gars, j'vas essayer de te croire... Allons-y, j'essaye...

Agrippant l'épaule de Pablo, il jeta la tête un peu en arrière, ferma les yeux, puis renifla bruyamment.

— Bordel de viande, que j'ai de la misère! Plus j'essaye, plus j'y arrive pas... Enfin, ça va peut-être me venir un de ces jours... En attendant, j'vas t'envoyer un p'tit message, mon gars, lança-t-il en lui pinçant une joue. (Pablo poussa un cri.) Des moins que rien comme toi, j'en ai mis des tas à ma main. Si tu veux pas que le nez te rejoigne les oreilles, tiens-toi tranquille – *et tiens-toi loin!* Et oublie pas de passer le message à tes chums, hein? Dis-leur que quand je me fâche, des fois j'y vas un peu trop raide.

Et de sa main redoutable, il lui tordit le nez avec une telle énergie que Pablo hurla et partit ensuite avec un coup de pied au cul qui l'envoya gambader comme un dindon et lui rendit douloureuse la position assise pendant une dizaine de jours.

— Est-ce que tu n'y serais pas allé un peu trop fort, Wilbrod? lui demanda Romain Bellerose quelques heures plus tard.

— Pantoute, Doc... En fait, je regrette de pas y être allé plus fort encore... Ça serait aussi difficile de faire de ce gars-là quelqu'un d'honnête que de changer de la pisse de chat en parfum.

▲ ▼ ▲

Une dizaine de jours plus tard, Virginie téléphona à la Fine Bouche et demanda à parler à Philippe. Elle l'invitait chez elle *pour une petite conversation*. Méfiant, il prétexta ne pas se sentir bien, mais l'argument était plutôt faible puisqu'il avait recommencé à travailler cinq jours plus tôt. Elle le lui fit remarquer:

— Votre patron vient de me l'apprendre.

Finalement, ils prirent rendez-vous pour le lendemain matin.

Philippe parla de cette rencontre à Léa.

— Maman n'est pas méchante, Philippe, rassure-toi... juste un peu... comment dire... perturbée. La religion ne lui va pas du tout, tu comprends... Elle en a fait comme une dépression et, depuis, elle n'arrête pas de s'inquiéter pour moi et... *pour mon salut*, comme elle dit, le mien et celui de ma sœur... En fait, elle s'inquiète à peu près pour tout. C'est comme une maladie. Alors quand tu la verras, sois gentil, reste calme et surtout sois patient. Elle va te poser cinquante mille questions sur moi, sur toi, sur une foule de choses. Ne lui cache rien et laisse-la parler. Elle va bien finir par se rendre compte que t'es un gentil garçon... Mais ne lui parle surtout pas de papa !

— Ce qui m'inquiète le plus, Léa, c'est mon égratignure au front – et puis j'ai la joue encore un peu enflée. On croirait que je fais partie d'un gang de rue.

— Explique-lui ce qui s'est passé... dans les grandes lignes, quoi... Le gars qui travaillait avec toi avait volé une montre à papa et tu l'as forcé à la lui remettre. Alors il s'est vengé en se faisant aider par des amis. Ça va l'impressionner.

▲ ▼ ▲

Le lendemain, à dix heures, Philippe se rendait au chic édifice où logeait Virginie Bouliane. La tête haute, elle le reçut avec un sourire crispé. Sa vue déplut aussitôt à Philippe. En voyant son égratignure et sa joue enflée, elle fronça les sourcils.

— Un accident, dit-il simplement.

Virginie Bouliane représentait le type même de *l'ancienne beauté* dont l'esthéticienne essaie à grand prix de sauver les derniers vestiges d'une jeunesse envolée.

Elle portait ce jour-là une chemisette de soie bleue, un ample pantalon noir, et sa ceinture dorée tentait d'aplatir un début d'embonpoint.

— Merci d'être venu, Monsieur Arsenault.

Ils pénétrèrent dans un salon largement fenêtré, meublé dans le goût hyper chic du moment. Le pied enfonçait dans un tapis rose à fleurs beiges qui devait arracher des soupirs à la femme de ménage.

« Tout cet argent qu'elle pourrait donner aux pauvres du bon Dieu », se dit-il avec un petit sourire sarcastique.

L'intérieur cossu du docteur Bellerose ne lui avait jamais tiré ce genre de réflexions. Le médecin était bien plus riche qu'elle, mais sa bonhomie et sa générosité lui faisaient voir les choses autrement.

Elle lui indiqua un fauteuil, alla s'asseoir en face de lui et pointa l'index sur l'égratignure :

— Qu'est-ce qui s'est passé ?

Un peu embarrassé, il raconta l'affaire en trois mots.

Elle hochait la tête avec un léger sourire.

— Je peux vous offrir un café ?

— Merci, Madame, je viens tout juste d'en prendre un.

Il aspirait déjà à déguerpir.

— Très bien… Alors, entrons dans le vif du sujet, si vous permettez…

Elle fit une pause, puis :

— Vous savez, Monsieur Arsenault, qu'une mère ne vit que pour le bonheur de ses enfants. Rien ne l'inquiète plus que de les savoir dans une situation, disons… incertaine.

— Oui, Madame. J'ai une mère comme ça.

— Ah bon. Alors vous devinez la raison de notre rencontre?

— Je m'en doute un peu.

Elle eut un sourire un peu forcé, puis:

— Est-ce que je peux me permettre de vous demander où vous avez rencontré ma fille?

Philippe savait qu'elle le savait, mais fit comme si de rien n'était.

— Chez elle, Madame.

«Maudit que j'ai hâte de décrisser d'ici!»

Elle eut une petite grimace de dépit.

— J'étais un peu dans le pétrin, poursuivit Philippe, et monsieur Bellerose m'a prêté de l'argent. J'ai rencontré Léa chez lui quand je suis allé le rembourser.

— Comment avez-vous connu le docteur Bellerose?

— À l'hôpital, Madame. J'avais eu un accident et il m'a soigné.

— Voilà bien des malheurs.

— Oui, Madame.

Elle plissa les lèvres et ses mains se mirent à tambouriner sur l'appuie-bras de son fauteuil.

— Est-ce que je peux vous demander d'où vous venez?

— De Joliette, Madame.

— Vous viviez chez vos parents?

— J'y vivais.

— Et qu'est-ce qu'ils font dans la vie, vos parents ?

— Mon père tient une boutique de reprographie et ma mère est professeure suppléante dans une école primaire.

— Je vois... Et vous vous êtes enfui de chez vous, à ce que ma fille m'a dit ?

— Non, Madame. Je suis *parti*.

Il prit une grande inspiration :

— Vous n'avez pas l'air d'avoir une très bonne opinion de moi, Madame. On vous a peut-être mal renseignée.

Son ton était devenu coupant. Il ne suivait plus les conseils de Léa. Mais qui aurait pu les suivre ? Les réponses lénifiantes ne lui venaient pas.

— Pourquoi êtes-vous parti, Philippe ?

De se faire appeler par son prénom lui déplut.

— Ça me regarde, Madame. On ne se connaît pas assez pour que je vous raconte ma vie... Je suis parti parce que je voulais le faire et que j'avais le droit de le faire.

Il y eut un moment de silence.

— Je vois que mes questions vous agacent.

— Il y a de quoi, Madame. J'ai l'impression de subir un interrogatoire.

Elle rougit et ses mains se mirent à tambouriner plus vite sur les appuie-bras.

— J'en suis désolée, mais vous comprendrez que je suis très inquiète depuis quelque temps au sujet de ma fille et que...

— Je l'aime, votre fille, il ne faut pas vous inquiéter.

Mais au moment même où il disait cela, une pensée apparut brutalement dans son esprit. Est-ce qu'il aimerait toujours Léa ? La question était cruelle et intempestive, mais elle venait de surgir malgré lui dans son esprit et le narguait. Il y avait tant de filles sur la planète et tant de choses à faire, et il voulait tellement profiter de la vie, c'en était étourdissant.

— Je m'inquiète quand même pour elle, Philippe. Vous *croyez* l'aimer, mais l'aimez-vous vraiment ? Vous êtes beaucoup trop jeune et dissolu – si je peux me permettre le mot – pour l'aimer vraiment.

— Dissolu ? Ça veut dire débauché, ça ?

— Si vous l'aimiez, fit-elle sans répondre à sa question, vous la respecteriez.

— Je la respecte, Madame.

— Ne me prenez pas pour une oie, Philippe. Vous viviez tous les deux dans la même maison, mon ex-mari était souvent absent à cause de son travail, pas besoin d'être un génie pour savoir ce qui s'est passé entre vous. Vous avez parlé de débauche. Eh bien, oui, c'est le mot que j'utiliserais.

La colère continuait de monter en lui. De quoi se mêlait-elle, cette bonne femme ?

— Nous, Madame, on voit les choses autrement. J'ai dix-neuf ans, je suis majeur et Léa n'est plus une enfant. Je ne lui ai jamais imposé quoi que ce soit. Alors, ce qu'on fait et ce qu'on ne fait pas, ça ne regarde que nous, non ?

Virginie Bouliane prit à son tour une profonde inspiration. Ses lèvres s'amincirent, ses narines se pincèrent et son regard se posa sur lui avec une étrange fixité.

« Ça y est, se dit-il, ça commence. »

Jamais il n'avait vu quelqu'un dans un pareil état. Il en fut impressionné.

— Est-ce que vous croyez en Dieu? lui demanda-t-elle abruptement.

La question l'étonna. On ne la lui avait jamais posée. En tout cas, pas de cette façon.

— Hum... je ne sais pas... Un peu, peut-être... En fait je n'y ai jamais trop pensé.

— Une chose est certaine: si vous ne croyez pas en Dieu, Dieu croit en vous... Il ne demande pas mieux que de vous rendre meilleur... si vous collaborez avec Lui, bien sûr...

— Excusez-moi, Madame, mais, sans vouloir vous offenser, je ne pensais pas être venu ici pour entendre un sermon.

— À moi, Il a donné deux filles, poursuivit-elle sans paraître l'avoir entendu. Deux filles superbes, que j'adore... Elles sont au centre de ma vie. Vous en avez rencontré une par hasard. En me donnant ces filles, Dieu m'en a rendue responsable, *et cela même après leur majorité...* Ça vous étonne? Personne ne parle plus de ces choses... Une fois adultes, mes filles sont libres, bien sûr, de faire ce qu'elles veulent, mais moi, je ne suis pas libre de les aider à rester pures... Je ne parle pas, bien sûr, de la pureté physique mais de la pureté morale... Cette pureté, cependant, a des liens avec l'autre, quoi qu'on dise... Je n'ai pas à vous expliquer cela, n'est-ce pas ? Quant à moi, mon devoir est de m'assurer qu'à la fin de leur vie elles paraîtront devant Dieu aussi pures que lorsqu'Il me les a données... Est-ce que vous comprenez cela ? Voilà pourquoi je m'inquiète de votre relation avec Léa. En fait, je vous demande de ne plus la voir... Il n'y aurait que le mariage pour régulariser votre situation, mais vous êtes bien trop jeunes pour vous marier, sans compter que je ne connais rien de vous à part ce que vous venez de me dire.

Elle s'arrêta, se pencha en avant et plongea son regard dans le sien :

— Alors, qu'allez-vous faire ?

Soudain, il en eut assez. Il avait l'impression de s'enfoncer dans une boue tiède et gluante.

— Rien de ce que vous me demandez, Madame.

Il se leva :

— Est-ce que je peux m'en aller ?

Elle le regarda un instant, stupéfaite et comme sortant d'un songe, puis se ressaisit :

— Est-ce que j'ai bien entendu ?

— Oui, Madame... Pour tout vous dire, ces choses-là m'ennuient à mourir... Est-ce que je peux m'en aller ? répéta-t-il.

Elle lui fit un vague signe de tête, le regard rempli de détresse et de colère.

Après l'avoir quittée, Philippe revint par la rue Saint-Charles pour acheter un journal au dépanneur. Depuis qu'il n'avait plus d'ordinateur, cela lui arrivait souvent. Il longeait l'enfilade de restaurants – source quasi unique de l'activité commerciale de la rue – en se disant que le sort l'avait bien choyé en lui permettant de travailler à la Fine Bouche avec un patron aussi chic que François Ricolet. Il s'arrêta devant la tabagie et allait entrer lorsque la porte s'ouvrit et que Pablo apparut. Ils se fixèrent en silence quelques secondes, puis un déclic se fit. Philippe s'élança sur son ancien copain et lui asséna un coup de poing en plein visage. Pablo poussa un gémissement et dut s'appuyer contre la porte pour ne pas tomber. Il restait immobile, la main sur le nez, tandis que le sang coulait entre ses doigts et sur ses vêtements.

À quelques pas, un petit garçon avait suivi la scène, une main sur la bouche. Il poussa un cri étouffé et décampa à toute vitesse.

— Ça va mieux à un contre un, hein, Pablo? lança Philippe avec un grand sourire.

Il lui fit un grand salut et s'éloigna.

Le même jour, durant le souper, Romain Bellerose lui annonçait que son ancien copain s'était présenté à l'urgence avec un nez pas mal esquinté.

— Ouais, répondit Philippe négligemment, on s'échange de temps en temps des services comme ça. Tantôt c'est moi à l'hôpital, tantôt c'est lui.

▲ ▼ ▲

Deux jours plus tard, au début de la soirée, Romain Bellerose, calé dans un fauteuil, cognac à la main et pantoufles aux pieds, était plongé dans une réflexion qui lui faisait pincer les lèvres et froncer les sourcils. Il sortait d'une conversation avec un jeune collègue embêté par un cas inusité. Bellerose avait tenté de l'aider, gardant à l'esprit que la médecine à distance était un art bien aléatoire. Dans une heure il allait se rendre chez

Madeleine pour y passer la nuit. Léa venait de partir au cinéma avec une amie et Philippe travaillait à la Fine Bouche.

On sonna à la porte. Il se leva en poussant un soupir, se dirigea d'un pas traînant vers l'entrée, ouvrit et se retrouva devant un couple dans la cinquantaine, l'homme de grande taille, à demi chauve et l'air résolu, la femme plutôt menue, les traits fins, l'œil inquiet.

— Est-ce que vous êtes le docteur Bellerose ? demanda l'homme sans prendre la peine de se présenter.

— Oui, Monsieur, répondit-il, surpris.

— Nous sommes les parents de Philippe.

— Ah bon.

À sa mine, il sentit que la rencontre allait être désagréable. Comment y échapper ? Ils avaient bien raison d'être en rogne. La fraîcheur de la nuit avait envahi le vestibule. Il les pria d'entrer.

— On voudrait voir notre garçon, fit l'homme de but en blanc et il vrilla le médecin d'un regard impérieux.

— C'est bien ici qu'il demeure ? demanda la femme.

— Non, plus maintenant, Madame, répondit Bellerose de sa voix la plus aimable. Il est déménagé voilà...

— Où demeure-t-il alors ? coupa l'homme, de plus en plus sec.

— J'allais vous le dire, Monsieur... Rue Saint-Thomas, pas très loin d'ici. Je ne connais pas son adresse exacte. De toute façon, il est présentement au travail et ne finira sûrement pas avant minuit. Mais je peux l'appeler, poursuivit-il, et lui dire que vous êtes ici. On lui permettra peut-être de se libérer. Est-ce que vous voulez venir l'attendre au salon?

— On est pourtant mardi, poursuivit l'homme sans paraître avoir entendu son invitation. Normalement, il ne travaille pas le mardi.

Il semblait connaître beaucoup de choses sur la vie de son fils.

— Il doit remplacer quelqu'un, je suppose.

— C'est loin d'ici, la Fine Bouche?

— Robert, on n'y va pas! lança la femme, effrayée. Tu vas aller faire une scène là-bas, je te connais.

Romain Bellerose avait tout de suite deviné la source d'information de ses visiteurs, Philippe lui ayant naturellement parlé de sa rencontre avec Virginie Bouliane. Elle avait toujours possédé une capacité de nuisance remarquable.

Puisant dans ses réserves de patience, il invita de nouveau ses visiteurs à s'asseoir au salon. En usant de diplomatie, il réussirait peut-être à calmer un peu le père. La mère, elle, lui paraissait beaucoup plus parlable.

Rosalie Roberge prit place sur un canapé et son mari, après avoir jeté un regard circulaire dans la pièce, la rejoignit.

— Je vais l'appeler, annonça Bellerose en voulant quitter la pièce.

Robert Arsenault l'arrêta d'un geste:

— Je préférerais qu'on se parle auparavant.

— Comme vous voulez, soupira le médecin, et il s'installa dans un fauteuil.

— Pourquoi demeurait-il chez vous, Monsieur? demanda l'homme abruptement.

— J'aimerais mieux qu'il vous le dise lui-même... Enfin... Allons au plus simple. Il était en difficulté et je l'ai aidé pendant quelque temps. Il vous donnera lui-même tous les détails.

Robert Arsenault se mit à le fixer d'un air ambigu.

— Rassurez-vous, Monsieur, ajouta froidement Bellerose, je vis avec une de mes filles et il en est amoureux.

— On le savait, fit Rosalie Roberge.

Et elle jeta un regard désapprobateur à son mari. Il se mit à remuer sur le canapé, allongea les jambes, les ramena vers lui, puis, dressant le menton:

— Vous pouvez l'appeler.

— Mon cellulaire est dans mon bureau, répondit le médecin après avoir fouillé dans sa poche où il se trouvait. Excusez-moi. Je reviens tout de suite.

Cela lui permettrait une conversation plus libre avec Philippe.

Il réapparut bientôt:

— Votre garçon sera ici dès qu'il aura un moment. Ils en ont plein les bras là-bas et je ne pense pas qu'il pourra rester longtemps.

Rosalie Roberge se leva et, après un coup d'œil à son mari:

— On ne vous dérangera pas davantage, Docteur. Nous allons l'attendre dans l'auto.

Robert Arsenault approuva de la tête et se leva à son tour.

Romain Bellerose sourit :

— Vous risquez de l'attendre longtemps, Madame. Il est vraiment très occupé. Restez donc ici. Je vous laisserai seuls.

Arsenault hésita, puis inclina la tête et se rassit. Sa femme l'imita. Le médecin parti, il jeta de nouveau un regard autour de lui :

— Il a du fric, celui-là, observa-t-il à voix basse. La maison doit bien valoir un million.

— C'est un médecin, Robert. Ils sont bien payés. Ce n'est pas un métier toujours facile.

— Moi aussi, mon métier n'est pas toujours facile et je ne gagne même pas le dixième de ce qu'il gagne.

— Tu aurais dû te faire médecin, alors.

Pendant un moment, ils regardèrent droit devant eux sans rien dire. Romain Bellerose réapparut :

— Votre garçon vient de m'appeler. Il devrait être ici dans une vingtaine de minutes. Je vous sers un café ?

— Non merci, fit Rosalie Roberge.

Son mari secoua la tête :

— Après six heures, le café, ça ne me va pas trop.

C'était le premier signe qu'il manifestait jusque-là d'une certaine détente. Mais cela ne dura qu'un moment.

— Pourquoi vous ne nous avez pas avertis que notre garçon se trouvait à Longueuil ? Ça nous aurait épargné bien des soucis.

— Je lui avais conseillé de le faire, Monsieur. Mais il est majeur et je ne pouvais quand même pas prendre la décision à sa place. Je ne pense pas, du reste, que cela aurait arrangé les choses.

— Vous auriez dû quand même.

Il se mit à taper légèrement de la pointe du pied sur le plancher. Bellerose, le regard ailleurs, écoutait les tapements. L'homme appartenait au groupe de personnes qu'il détestait le plus au monde.

Un peu de temps passa. On frappa soudain à la porte d'entrée.

— Entre, Philippe, lança Bellerose, on est au salon.

Le jeune homme apparut, tout rouge, son manteau grand ouvert.

— Bonsoir, maman, bonsoir, papa, dit-il en s'avançant, l'air à la fois ému et contrarié.

Par discrétion, Bellerose quitta la pièce.

Rosalie Roberge se leva en larmes et se jeta sur son fils. Robert Arsenault, debout derrière elle, ne disait pas un mot. Il avait un peu pâli.

— Enfin, te voilà, mon sacripant, lança-t-elle d'une voix hachée entrecoupée de sanglots. Veux-tu bien me dire ce qui t'a pris ? Nous étions morts d'inquiétude, ton père et moi... Ah ! combien de nuits j'ai passées sans dormir... Comment vas-tu ?

Mais sans lui laisser le temps de répondre, elle le prit par les épaules et l'éloigna un peu pour l'examiner :

— Oui, tu m'as l'air de bien aller, Dieu merci.

— Il ne fallait pas t'inquiéter comme ça, maman..., répondit Philippe. Je te le disais pourtant bien dans mes textos.

Il avait peine à parler.

Son père s'avança :

— On t'a retrouvé, enfin, murmura-t-il d'une voix rauque, et il lui tendit la main. Regarde dans quel état t'as mis ta mère... Tu aurais pu au moins nous dire où t'étais. On a reviré le monde à l'envers à te chercher...

Il s'arrêta une seconde, puis:

— Il faut se parler, mon garçon. Et tout de suite.

— Dans l'auto, ajouta sa mère. On a assez dérangé monsieur Bellerose comme ça.

Ce dernier apparut encore une fois dans l'embrasure:

— Vous pouvez rester ici, Madame, j'allais monter à ma chambre.

— Merci, Monsieur, vous êtes bien gentil, répondit la femme, mais, sans vouloir vous offenser, je me sentirais plus... à l'aise dans l'auto.

— Elle a raison, ajouta Robert Arsenault. On s'en va à l'auto.

Et ils quittèrent la maison avec leur fils. Bellerose monta à sa chambre pour prendre quelques effets avant de partir chez sa maîtresse. C'est alors que, pour la première fois de sa vie, il se découvrit une nature de commère. Un peu honteux, il fut incapable de résister à sa curiosité.

Les fenêtres de la pièce donnaient sur la rue. Dissimulé derrière un rideau, il en entrouvrit une légèrement dans l'espoir de surprendre quelques bribes de conversation. Il vit alors avec satisfaction que Philippe avait refusé de monter dans l'auto.

La discussion fut courte, car le jeune homme semblait pressé de retourner à son travail. La rue étant déserte, chacun put donner libre cours à ses émotions. Robert Arsenault se lança dans une amère critique de la conduite de son fils (c'était une habitude, semblait-il), le traitant de *sans-cœur* et d'*égoïste* et l'accusant de ruiner la santé de sa mère.

Appuyée contre une portière, Rosalie Roberge s'était remise à pleurer.

— Regarde dans quel état tu l'as mise... Veux-tu donc nous faire mourir d'inquiétude, sans-cœur?

Ce *nous* étonna Philippe et lui fit oublier le *sans-cœur*. Voilà bien longtemps que son père lui avait manifesté de l'attachement. Il venait de le faire d'une façon bien détournée, mais cela reposait l'oreille des critiques habituelles. «J'aurais dû sacrer le camp de chez nous bien avant, pensa-t-il, sarcastique. Ça le ramollit.»

Au bout de quelques minutes, Philippe jeta un coup d'œil à sa montre et annonça qu'il devait retourner au travail. Il embrassa sa mère, tendit la main à son père – qui la serra en évitant son regard – et quitta ses parents sur la promesse d'aller les voir le lundi suivant.

Romain Bellerose referma la fenêtre, satisfait du dénouement de l'affaire. Soudain, il eut un sursaut:

— Bon sang! qu'est-ce qui se passe? Je deviens ridicule... Ce sacré garçon est en train de prendre beaucoup de place dans ma vie... Un peu trop, en fait... et dire que Léa en est tombée amoureuse...

C'est alors qu'il se rappela son rendez-vous avec Madeleine. Il lui téléphona aussitôt en expliquant de façon un peu confuse la raison de son retard.

— Amène-toi si tu n'es pas trop fatigué, lui répondit-elle. On ne s'est pas vus depuis cinq jours. Je m'ennuie de toi, mon beau lapin.

Madeleine était une femme bien réjouissante.

▲ ▼ ▲

Le lundi arriva. À sept heures, encore tout engourdi de sommeil, Philippe se dirigeait d'un pas traînant vers le métro pour filer jusqu'à la station Radisson d'où l'autobus partirait pour Joliette. En cours de route, il passa devant les tours à logements qui aplatissaient le voisinage de leur masse ; c'étaient elles qui l'avaient accueilli à son arrivée à Longueuil par cette nuit glaciale de décembre où sa vie avait brusquement tourné. Pour le meilleur, espéra-t-il.

Jusqu'ici, il n'avait pas eu trop à se plaindre. Mais il fallait rester vigilant et repousser les tentatives qui chercheraient à infléchir le cours de cette vie. Celles de son père, par exemple.

Vingt minutes plus tard, l'autobus s'ébranlait. Aussitôt assis, il s'endormit et n'ouvrit les yeux qu'à l'arrivée.

La maison familiale était à quinze minutes de marche. En la voyant apparaître au coin de la rue avec ses pignons, ses murs de crépi jaune et son toit bleu, il eut un mouvement d'émotion, puis fronça le nez. Il l'avait toujours aimée, cette maison où il avait voleté comme un pinson, mais bien des mauvais souvenirs l'habitaient.

Sa mère, pour l'accueillir, s'était portée indisponible à l'école où elle enseignait. Il gravit les marches du perron et n'eut pas le temps d'ouvrir la porte.

— Bon ! te voilà enfin ! s'écria-t-elle en sortant.

Elle se mit à le couvrir de caresses et à l'assaillir de questions, pétulante et agitée comme une poule qui vient de tomber sur une poignée de grains. Il essayait de se dégager en riant, tout attendri.

— Allons, maman, on est en train de se donner en spectacle, arrête.

Ils entrèrent.

— As-tu déjeuné ?

— Pas eu le temps.

— Assis-toi, je te prépare une omelette. Tu veux des rôties ?

— Oui, maman.

— Avec de la confiture de framboises ?

— Avec de la confiture de framboises, maman.

De la voir si heureuse lui faisait du bien. Il n'avait jamais ressenti rien de pareil. Il se détendait, souriait, la taquinait gentiment. L'odeur de la maison lui paraissait nouvelle à présent. Elle raviva toutes sortes de souvenirs et d'émotions.

— Je t'ai apporté un petit cadeau, maman.

Il fouilla dans son sac à dos et lui tendit la boîte de chocolats enveloppée de papier de soie qu'on achète quand on ne sait pas trop quoi offrir.

— Que t'es gentil, mon snoreau !

C'était son tendre surnom quand il était enfant. Elle déballa le cadeau avec un ravissement de petite fille. Ils prirent le café en bavardant. Émile, lui apprit-elle, son ami d'adolescence, venait de se marier.

— Déjà ? s'étonna-t-il.

Une odeur appétissante de soupe aux légumes avait commencé à se répandre dans la cuisine.

— Ton père n'arrivera qu'au souper, lui annonça-t-elle. Il est débordé de travail depuis trois jours.

Il en fut soulagé. Cela repoussait un peu les efforts de gentillesse qu'il devrait déployer en sa présence.

Robert Arsenault arriva vers dix-huit heures. Et, chose étonnante, de bonne humeur. Il ne fit aucune allusion au départ de Philippe. Pendant le repas, il parla peu, un petit sourire aux lèvres. C'était sa façon d'exprimer le plaisir que lui donnait la visite de son fils. Il évita toute allusion au rêve déçu qu'il avait entretenu de l'avoir comme assistant puis successeur dans son entreprise. Le coup de tête de Philippe semblait avoir clarifié bien des choses et une atmosphère de bonne entente quelque peu forcée régnait dans la maison.

Le repas terminé, Philippe bavarda un peu avec ses parents, puis monta à sa chambre. Elle était devenue comme un sanctuaire dédié à son souvenir. Rien n'y avait changé. On avait scrupuleusement laissé chaque objet à sa place : la lame de baïonnette sur l'appui de la fenêtre, *Les Trois Mousquetaires* entrouvert sur la commode, l'extenseur accroché au bouton de porte de la garde-robe dont il se servait pour développer ses biceps et, sur le bureau, son ordinateur avec les stylos, le carnet à couverture rouge, les bouts de papier, le paquet entamé de gomme à mâcher, *Techniques de mise en page*, son manuel du cégep qui écrasait de son poids une tablette de chocolat entamée.

Il avait l'impression d'être parti la veille.

Tout à coup, il eut un sursaut et, s'approchant vivement de sa commode, glissa la main entre le mur et le meuble et, soulagé, en retira un vieux *Playboy*. Il l'avait chipé un jour dans la maison de son oncle Henri qu'on était en train de vider après son décès ; il avait trouvé le sulfureux magazine à la cave, caché dans le fond d'une boîte à clous. L'oncle l'utilisait sans doute pour accompagner ses passe-temps manuels.

Il se hâta de mettre le *Playboy* dans son sac à dos. Sa vie intime était sauve.

Il redescendit au rez-de-chaussée. Ses parents, assis au salon, regardaient un reportage à la télé. Sa mère lui envoya un sourire.

— Je viens de téléphoner à Max, leur annonça-t-il. Je m'en vais le rejoindre.

— Bonne soirée, fit son père sans se retourner.

Max était son meilleur ami. Gros, joufflu, avec une chevelure emmêlée qui lui avait valu le surnom de *Cromagnon*, il avait une repartie redoutable qui le faisait respecter de tous, l'humour, comme chacun sait, étant l'arme absolue. Leur rencontre fut largement arrosée de bière. Ils rirent beaucoup. Philippe dut s'excuser de lui avoir donné si peu de nouvelles, et raconta en détail les péripéties de son séjour à Longueuil. Il s'attarda naturellement sur ses amours.

— C'est quand même nono d'avoir laissé le cégep, observa Max en essuyant un peu de mousse à la commissure de ses lèvres. Tu vas finir par te retrouver dans le fond de la cave. C'est une job que tu veux dans la vie ou des jobines ?

— T'inquiète pas pour moi, Max. Je suis très bien où je suis. Le salaire est bon, les pourboires ne manquent pas et le patron m'adore. Je sens qu'il a des projets pour moi.

— Hum… tu ne penses pas que ça devrait plutôt être *toi* qui aies des projets pour *toi* ?

— J'en ai. Dans un an, un an et demi, quand j'aurai les poches bien garnies, je retourne au cégep.

Max le regarda alors avec ce sourire si particulier qui annonçait le coup de canon dévastateur que tous redoutaient. Mais le coup ne partit pas.

— Bon. Je vois qu'il te reste encore deux ou trois atomes de bon sens entre les oreilles. Suffit juste que tu t'en serves.

La bière étant un excellent diurétique, ils devaient souvent aller vider leur vessie. Philippe profita de sa troisième visite à l'urinoir pour donner un coup de fil à Léa.

— T'étais constipé, mon chum ? fit Max à son retour. Essaie les pruneaux, c'est imbattable...

— Je parlais à ma blonde.

— Ah ! l'amour ! l'amour ! lança-t-il avec un clin d'œil. Non, mais est-ce que je me trompe ? On dirait qu'il y a une bosse derrière ta braguette... Surveille-moi ça, bonhomme, c'est inquiétant. Ça peut devenir grave.

Philippe retourna à la maison vers les trois heures du matin, leur rencontre s'étant prolongée sur le trottoir. Comme il avait toujours sa clef, il put entrer et monter à sa chambre en toute discrétion, la rampe de l'escalier s'avérant fort utile.

Son intention avait été de repartir le lendemain matin, mais Rosalie, qui avait pris deux jours de congé afin de profiter de sa présence, insista tellement pour qu'il prolonge sa visite qu'il dut capituler. Il consacra la journée à des petits travaux d'entretien que son père remettait depuis longtemps, accompagna sa mère au centre commercial, l'invita dans un café. Durant la soirée, il eut avec son père une conversation qui, pour une fois, ne tourna pas en foire d'empoigne. Robert Arsenault semblait s'être résigné au changement de vie de son fils. Mais le débat n'était pas clos pour autant...

Quand Philippe fut couché, une exaltation fiévreuse s'empara de lui tout à coup. Ce fut comme un coup de grisou. L'absence de Léa se mit à le torturer. Une soif exquise et terrible l'avait envahi. Il lui fallait Léa tout de suite près de lui pour apaiser un manque qui lui coupait le souffle. Étendu dans son lit, pantelant, les mains sur le ventre, il revivait avec une précision hallucinante leurs moments d'amour. Il avait l'impression que son corps s'était couvert de petites flammes qui le faisaient délicieusement souffrir. Leurs enlacements passionnés, leurs halètements, leurs regards enivrés, le sentiment indicible de ne plus former qu'une seule personne avaient fait reculer les murs de sa chambre. Il était ailleurs, sans savoir où. Et tandis que les petites flammes s'affairaient sur son corps, il connaissait les affres et les délices du premier amour, celui qu'on n'oubliera jamais.

Au petit matin, quand il apparut dans la cuisine, ses traits tirés inquiétèrent Rosalie.

— Tu as mal dormi?

— Ça m'arrive... Papa est déjà parti? s'étonna-t-il en voyant à sa place une tasse de café vide et une assiette couverte de miettes de rôtie.

— Un technicien doit venir réparer une photocopieuse à la boutique. Il te fait dire bonjour.

— Toujours bien occupé, papa, observa-t-il avec un sourire en coin.

Elle lui avait préparé des crêpes, un de ses mets favoris.

— T'es un amour, maman.

Il lui caressa la nuque.

Dehors on entendait le chien du voisin qui jappait à s'étrangler.

— Envoye dans la maison, maudite bête malfaisante ! cria une voix furieuse. T'es en train de réveiller tout le quartier !

On entendit un cri plaintif, puis un claquement de porte. Sa mère haussa les épaules :

— Chaque matin c'est la même chose, soupira-t-elle.

Son déjeuner terminé, Philippe consulta sa montre :

— J'ai quinze minutes pour me rendre au terminus.

Il enfila son manteau. Son sac à dos l'attendait à la porte. La veille, il y avait glissé son ordinateur contre le vieux *Playboy* et il venait d'y ajouter des vêtements, des livres et son extenseur.

— Merci pour tout, maman. Je t'aime beaucoup, tu sais.

Elle le serra dans ses bras, les yeux brillants de larmes. Il sentait les frémissements de sa poitrine.

— Maman, maman, la réprimanda-t-il tendrement, je ne m'en vais pas en Australie. Juste à côté, maman…

— Allez, va-t'en, mon garçon, je vois bien que ta place n'est plus ici… Reviens nous voir le plus souvent que tu peux… Bonne chance.

— Passe le bonjour à papa.

Il sortit et s'éloigna en sifflotant.

Quand il arriva chez lui pour déposer ses bagages, une petite enveloppe rose l'attendait sur le lit. Est-ce que Léa avait passé la nuit à l'appartement ? Il l'ouvrit, lut le mot qu'elle contenait et posa dessus un long baiser.

C'était le temps des jeunes amours quand le cœur exhale des parfums.

▲ ▼ ▲

Le soir, quand ils ne travaillaient pas, Romain Bellerose et son ami Rosetti allaient de temps à autre à la piscine du cégep Édouard-Montpetit faire une vingtaine de longueurs et se prouver ainsi qu'ils se gardaient en forme. Puis ils terminaient la soirée à la brasserie Tremblay en face de la bibliothèque municipale.

Depuis deux ou trois mois, leurs rencontres s'étaient espacées à cause des «accès de fatigue» de Bellerose et, ajoutait-il, de quelques affaires qui lui étaient tombées dessus et lui avaient mangé beaucoup de temps. Mais ce soir-là, Rosetti avait réussi à le convaincre de l'accompagner. Bellerose s'était contenté d'une dizaine de longueurs, puis, l'air soucieux, était sorti de l'eau pour regarder son ami faire ses allers-retours habituels.

Une fois à la brasserie, il parut se détendre. L'endroit presque désert se prêtait bien aux confidences. À la deuxième bière, Bellerose annonça à Rosetti qu'il songeait à demander un congé de deux ou trois semaines pour aller se reposer à la campagne.

— Bonne idée, ça, Romain… Une autre bonne idée serait de passer un examen général, non? Je trouve que t'as l'air un peu flagada depuis quelque temps. J'aime bien travailler avec toi, mon vieux: t'es efficace et de bonne humeur la plupart du temps, mais tu te négliges, Romain, tu te négliges… Je ne voudrais pas te retrouver parmi les patients de l'urgence, tu comprends? On en a plein les bras, pas besoin d'en rajouter.

— Je suis seulement un peu fatigué, c'est tout.

— Tu sais comme moi qu'il y a toutes sortes de fatigues.

Bellerose se mit à donner des signes d'impatience.

— Je vais y penser.

— Tu n'y penseras même pas, je te connais. Prends garde au syndrome du cordonnier mal chaussé, Romain.

— Une autre bière?

Sa voix avait des intonations de commandement.

On apporta les bières et la conversation se mit à rouler sur des riens. Fabiano Rosetti regrettait à présent d'avoir abordé cette question d'examen général. Elle avait assombri l'humeur de son ami et il lui fallait aborder un sujet bien plus épineux. Enfin, rassemblant toute sa capacité de faire passer une nouvelle désagréable pour un sujet insignifiant, il se lança:

— Romain, je sais que tu t'en fiches, mais il fallait quand même que je te le dise: imagine-toi donc que ton ex m'a téléphoné hier.

Le visage de Bellerose se durcit et ses jambes s'agitèrent sous la table.

— Pourquoi?

— Oh, elle m'a servi la même salade qu'elle t'a servie l'autre fois et qu'elle sert à d'autres, je suppose... Elle m'a parlé de la vertu de Léa qui est en train de fondre dans le péché, de sa responsabilité morale envers ses enfants, et cetera... Et elle m'a supplié de te parler. C'est ce que je fais, mais pas de la façon qu'elle aurait souhaitée.

— Il faut que ça cesse! explosa Bellerose en faisant se retourner deux clients attablés dans un coin.

Son visage empourpré avait pris une expression terrible.

— Je ne peux plus supporter ça, Fabiano. Si elle continue, je vais la foutre en clinique.

— Plus facile à dire qu'à faire… Veux-tu que j'aille essayer de la calmer ?

C'était une grande preuve d'amitié, car la corvée s'annonçait épuisante.

— Tu perds ton temps, mon pauvre Fabiano. Il faudrait te déguiser en bon Dieu. Elle n'entend personne d'autre que Lui. C'est une maladie. Et l'alcool l'a aggravée. Elle avait commencé à boire avant notre divorce et j'ai l'impression que ça n'a pas cessé d'empirer.

— Hum… Je peux quand même essayer… Nous avons toujours eu une bonne relation.

— T'es du genre optimiste, toi… Vas-y, tu verras bien… Et puis, tiens, profite donc de l'occasion pour lui prescrire des anxiolytiques, des tranquillisants, tout ce qui pourra l'aider à me ficher la paix.

Rosetti sourit :

— Habituellement, on prescrit un médicament pour le bien du patient, pas celui du médecin.

— Ça lui fera du bien à elle aussi.

Il pianota sur la table, le visage congestionné, puis :

— Si elle pouvait changer de pays, soupira-t-il. Je serais prêt à payer son déménagement… Dieu ! combien de fois elle m'a causé des insomnies, celle-là…

De le voir dans cet état aggrava l'inquiétude de son ami.

« Toute une hausse de pression, ça… Je n'aime pas ça du tout… Il faut faire quelque chose. Cette histoire le ronge. »

▲ ▼ ▲

Léa travaillait avec Philippe à l'aménagement de l'appartement. Ils en étaient très fiers. Quand le vieux lit ancestral fut monté, pourvu de sa nouvelle literie, ils l'étrennèrent en y faisant trois fois l'amour. Durant les pauses, couchés l'un contre l'autre, ils dormaient comme des poupons. Lorsque Philippe se réveillait, il soufflait à l'oreille de Léa des choses qui la faisaient rougir de plaisir.

— Dire que j'aurais pu ne jamais te rencontrer, Léa… Comme ça aurait été horrible… M'aimes-tu, Léa ? M'aimes-tu pour vrai ?

Elle le regardait, incapable de répondre, puis le couvrait de baisers.

Dans les premiers temps, il lui avait semblé que les relations amoureuses de sa copine avant qu'elle le connaisse n'avaient pas dépassé le stade des amourettes. Il avait eu envie un jour de confirmer cette impression, mais n'avait pas osé, craignant de commettre une indélicatesse. Elle ne connaissait pas encore tous les genres de caresses (est-ce qu'il les connaissait toutes lui-même ?), mais du tempérament, ah ça, elle en avait !

Une assurance pleine de gaieté, une fringale de nouveautés l'habitaient à présent. Elle voulait tout connaître, tout lire, tout voir, tout entendre, les journées étaient devenues trop courtes pour satisfaire sa curiosité. Elle venait de découvrir Tolstoï, Henry Miller, Réjean Ducharme, Dany Laferrière, rêvait de plongée sous-marine et se promenait sur la Toile dans l'empire des Incas. Une nouvelle Léa, différente et pourtant la même, venait d'éclore. Philippe se plantait parfois devant elle, la prenait par les épaules et riait de plaisir.

Vers une heure du matin cette nuit-là, ils prirent une collation – à poil, comme il se doit, et pressés l'un contre l'autre. À force d'avoir été astiquée, la vieille table de chêne aux pattes tournées connaissait une deuxième jeunesse qui semblait célébrer la leur. Avec l'appétit colossal des jeunes amoureux, ils dévoraient d'énormes sandwichs au camembert en se caressant de temps à autre du bout des doigts, la façon classique de manger durant les premières amours.

Philippe, béat de contentement, était devenu silencieux.

— À quoi penses-tu ? lui demanda-t-elle.

Il garda silence un moment, comme s'il était en train de choisir ses mots, puis, se tournant vers elle :

— Que dirais-tu, ma petite chérie, si on faisait un jour une sorte de grand voyage... très long et très loin ? J'ai soif de nouveau, d'aventures, de surprises... Ça donnerait du piquant à la vie, non ?

Elle le fixa un moment, interloquée, puis posa la main sur son bras, l'œil vaguement inquiet :

— Un voyage où ?

— En Europe.

— Ah bon... la France, l'Espagne, le Portugal, des coins comme ça ?

Il eut un sourire dédaigneux :

— Ça, c'est des coins pour touristes à bedaine... On ira là-bas quand on sera bedonnant.

— Il ne faut pas devenir bedonnant. C'est trop moche. Je veux que tu restes beau. Toujours.

Il riait.

— Mais où veux-tu aller, au juste? reprit-elle aussitôt, son inquiétude revenue.

— En Europe de l'Est, ma belle chérie: la Roumanie, la Slovaquie, la Pologne, la Hongrie, la Bulgarie... Personne ne va là-bas, ou si peu... On dirait que les gens ont peur. Pourtant... Te rappelles-tu ce reportage sur Prague qu'on a vu à la télé le mois dernier? J'étais soufflé.

Il s'arrêta comme pour faire défiler dans sa tête les images qui l'avaient émerveillé.

— L'aventure, elle est là, pas sur les plages de Wilbrod. Les choses à découvrir, c'est là qu'on va les trouver. Et c'est avec toi que je veux le faire.

Sous son regard rempli d'une passion impérieuse, elle frissonna. Un tourbillon allait l'emporter... Dieu sait où.

— Mais il faut de l'argent pour aller là-bas, Philippe, fit-elle à voix basse.

— Ça, je m'en occupe. J'en ai déjà un peu. Et puis on ne part pas demain. On partira quand on pourra partir, c'est tout.

Il y eut un moment de silence. Il lui caressait la cuisse en souriant.

— Si tu réussissais à convaincre ton père, murmura-t-il d'une voix enjôleuse, il ne te laisserait pas partir les poches vides, non?

— *Si* je le convaincs... et ça, Philippe, ce n'est pas garanti, loin de là...

Il se frotta le menton un moment tandis que de petites moues couraient sur ses lèvres, signe d'intense activité cérébrale.

— Alors, ma belle chérie, pour parer à tout, peut-être que tu pourrais te trouver un travail cet été et mettre des sous de côté, non? Ça nous ferait un coussin de plus.

Elle le regarda avec de grands yeux étonnés. Manifestement, l'idée lui paraissait nouvelle et quelque peu intimidante. Philippe parlait à la fille d'un papa plein de pognon qui n'avait jamais eu à s'occuper des questions d'argent de poche.

Il se mit à rire:

— Tu n'as jamais travaillé pendant tes vacances?

Elle eut un sourire un peu embarrassé:

— Oui, une fois, il y a deux ans. J'étais monitrice dans un camp de vacances. Mais le salaire n'était pas fameux...

Puis elle ajouta:

— Tu ne trouves pas qu'il est un peu tard pour chercher un emploi d'été?

— Quand on ne cherche pas, mon amour, il est toujours trop tard.

Et il lui donna une petite tape sur la cuisse.

▲ ▼ ▲

C'était un mercredi soir et l'été triomphait, annonçant ses chaleurs écrasantes. Le milieu de la semaine se montrait habituellement tranquille pour les restaurants de la rue Saint-Charles, mais, ce soir-là, l'euphorie qui régnait partout dans la ville avait convaincu bien des gens de laisser là poêles et chaudrons pour aller se gâter. Les terrasses débordaient de clients affamés tandis que les cuisines étaient devenues une bonne imitation de l'enfer avec leur chaleur accablante et leur personnel désespéré de ne pouvoir fournir à la demande.

La Fine Bouche faisait de très bonnes affaires et François Ricolet, posté à l'entrée, avait un bon mot pour les habitués et un grand sourire pour les autres.

Philippe desservait une table lorsque Mireille vint le trouver pour lui dire qu'une dame assise un peu à l'écart désirait lui parler.

— Je crois que c'est l'ex du docteur Bellerose.

Il se retourna et aperçut au fond de la salle Virginie Bouliane qui lui adressa un grand sourire.

— Merde, marmonna-t-il, j'espère qu'elle n'est pas venue me compliquer la vie, celle-là...

Il se dirigea vers elle, menu en main, et, avec une courtoisie quelque peu mécanique:

— Bonsoir, Madame, vous allez bien?

— Assez bien, merci... Est-ce que vous pourriez vous asseoir avec moi quelques instants, Monsieur Arsenault?

Ses yeux troubles étaient ceux d'une femme un peu pompette.

Philippe sourit:

— Malheureusement, c'est impossible, Madame, je dois travailler.

— Bon. Trente secondes me suffiront alors.

Il bloqua une grimace qui voulait lui monter au visage:

— Je vous écoute, Madame.

Ricolet, à quelques mètres, les observait, intrigué.

— J'ai beaucoup réfléchi depuis notre rencontre, poursuivit-elle en fronçant légèrement les sourcils, et je suis venue humblement vous proposer quelque chose.

Elle sourit. Mais son sourire était rempli de gravité, comme si elle allait aborder un sujet délicat et confidentiel. Philippe ferma à demi les yeux et ses lèvres se contractèrent comme sous l'effet de la douleur:

— De quoi s'agit-il, Madame?

Elle hésita une seconde, puis, le regardant droit dans les yeux:

— Si vous acceptiez que Dieu bénisse votre union avec ma fille, dit-elle à voix basse, je ne m'opposerais plus à votre relation.

Il la fixa, bouche bée.

— Vous me parlez de mariage?

— Je vous en parle, oui... Pour durer et assurer le bonheur d'un couple, une liaison doit se transformer en union – une union bénie par Dieu. J'espère vous en convaincre malgré votre incroyance. Je sors moi-même, vous savez, d'une expérience malheureuse qui prouve ce que je viens de vous dire. Figurez-vous que je fréquentais un homme remarquable, cultivé, travailleur, tout ce que vous voulez. Mais nous avons tardé à mettre en application la règle sacrée dont je viens de vous parler. Alors notre relation a tourné en échec. Je ne voudrais pas que ce malheur arrive à ma fille.

— Mais, Madame, nous sommes beaucoup trop jeunes pour nous marier...

— Votre âge importe peu, Philippe, si vous ressentez l'un pour l'autre un amour sincère. Pour Dieu le temps n'existe pas. Que vous ayez dix-neuf ou cent dix-neuf ans, Il s'en fiche. Ce qui compte pour Lui, c'est le fond de vos cœurs.

Philippe la fixait, désemparé.

«Elle est complètement fêlée, la pauvre, le Saint-Esprit lui a donné un coup de bâton sur la tête. Comment je vais m'en débarrasser? Elle va peut-être causer un scandale. De quoi j'aurai l'air?»

— Et alors? J'attends votre réponse.

Sans rien saisir de leurs propos, Ricolet devinait que les choses allaient mal pour son employé et qu'il fallait le dépêtrer. Chez le véritable restaurateur, il y a plus que le commerçant. On y trouve le fin observateur, le conseiller et même parfois le psychologue.

Il s'approcha, tout souriant:

— Excusez-moi, chère Madame, je vais devoir vous l'enlever, on est débordé ce soir, il faut être partout à la fois... Allez, mon ami, ça presse, on vous attend à la cuisine.

Et, contredisant ses propres paroles, il se mit à bavarder avec elle. Virginie avait aussitôt adopté le ton de *la femme du monde.*

— Il fait tellement beau ce soir, mon cher François, que je n'ai pu résister au plaisir de venir me gâter chez vous.

— J'en suis ravi, Madame. Voilà longtemps qu'on ne vous avait pas vue... Votre absence me chagrinait un peu, mais enfin vous voilà et le mal est réparé... J'aimerais vous faire goûter, ma chère dame, à un bordeaux fabuleux que je viens tout juste de recevoir en importation privée. Qu'en dites-vous?

Il connaissait sa faiblesse et prit ce moyen cruel pour assurer la paix de son établissement. Mais elle déclina aimablement son offre et lui demanda plutôt de l'aider à choisir un plat dans le menu. Ricolet, tout sourire, lui conseilla le suprême de canard à la crème de noix.

— Ce soir, Madame, il est sublime.

— Va pour le suprême, mon cher.

Il s'inclina et alla transmettre la commande à Mireille. Mais quand la serveuse s'approcha pour lui demander si elle désirait une entrée, Virginie, prétextant un malaise, lui demanda de l'excuser auprès du patron et se leva.

Philippe avait quitté la cuisine, où personne ne l'attendait, et s'était relancé dans le travail. Son retour tombait pile. Des clients avaient commencé à grommeler. Virginie passa devant lui la tête droite, sans un regard, et se dirigea vers la sortie. Il poussa un soupir de soulagement et décida de ne pas parler à Léa du curieux entretien qu'il venait d'avoir avec sa mère.

▲ ▼ ▲

— Il va donc falloir que je me fasse opérer, Docteur? demanda l'homme en levant un regard inquiet vers Fabiano Rosetti.

— Je pense bien que vous n'y échapperez pas, mon pauvre. La radio montre que votre hanche est usée. Il faudra la remplacer.

L'homme soupira. C'était un quadragénaire au corps bien enveloppé qui, cherchant sans doute à se rajeunir, portait un jean fuseau dont les coutures menaçaient de lâcher à la hauteur des cuisses et une chemise fleurie aux couleurs tellement vives qu'on aurait cru qu'elle allait prendre feu.

Cela le rajeunissait d'une bonne semaine.

— J'aime pas les opérations, Docteur, soupira-t-il.

Rosetti eut un sourire ironique et compatissant.

— Moi non plus, cher Monsieur. Mais souvent on n'a pas le choix, que voulez-vous ?

— Quand est-ce qu'on m'opérerait ?

— À peu près dans un an, je suppose. Comme d'habitude, les hôpitaux sont débordés.

— Ça me donnera le temps de me faire à l'idée, répondit l'homme, soulagé.

Rosetti lui tendit une requête, puis une ordonnance :

— En attendant de voir un spécialiste, vous prendrez ce médicament quand vous aurez des douleurs. Mais attention : il contient un opioïde. Il faut être prudent. Pas d'automobile quand vous en aurez pris, hein ?

— Je vais faire attention. Merci, Docteur.

Il se leva avec une grimace et quitta la salle en boitillant.

Rosetti consulta sa montre. Il était midi dix. Son quart venait de se terminer. Malgré un avant-midi chargé, il ne sentait pas cette fatigue qui à la fin de son travail embrouillait parfois ses idées et lui faisait des membres de plomb et un dos de bois. Une fraîcheur d'énergie inhabituelle lui donnait même envie de se lancer dans autre chose.

Il ne voulait pas retourner tout de suite à la maison. Sa femme était encore au travail et ses deux ados pouvaient fort bien se débrouiller tout seuls. Il quitta l'hôpital, se rendit au stationnement et, une fois dans son automobile, décida d'aller au cinéma. Voilà longtemps qu'il n'y était pas allé. *La comtesse de Bâton Rouge* venait de prendre l'affiche au cinéma Beaubien au cours d'un festival Forcier. Le film était devenu une sorte de classique et il ne l'avait jamais vu. Pourquoi pas aujourd'hui?

Soudain lui vint à l'esprit la promesse qu'il avait faite à Romain Bellerose d'aller trouver Virginie pour essayer tout doucement de la convaincre d'abandonner la croisade qu'elle menait pour la vertu de sa fille. Il éprouvait des remords: trois semaines s'étaient écoulées depuis leur conversation et il n'avait pas bougé le petit doigt. Son ami n'était jamais revenu sur le sujet, mais Rosetti ne se sentait pas moins obligé de tenir son engagement.

«Pourquoi ne pas y aller tout de suite?»

Il prit son cellulaire et l'appela. «Peut-être qu'elle n'est pas chez elle», se dit-il.

C'était là un souhait de paresseux. Mais il ne se réalisa pas.

— Fabiano! s'écria joyeusement Virginie, quelle belle surprise! Comment allez-vous?

Ils échangèrent quelques mots, puis Rosetti lui dit tout bonnement qu'il avait eu envie de la voir, comme ça, pour bavarder, et lui demanda si elle était libre au début de l'après-midi.

— Pour vous je le suis toujours, Fabiano. Quatorze heures, ça vous va?... Je vous attends.

À l'heure dite, il frappait à sa porte. On entendait des voix. Celle d'un homme et des voix de femmes.

Il n'eut pas le temps de réfléchir, Virginie apparaissait, toute souriante.

— Entrez, entrez, mon cher ami. Vous tombez à pic, il y a ici des personnes que je voulais vous présenter depuis longtemps.

Quelque chose de tendu et de crispé transparaissait dans son entrain. Cela ne plut pas au médecin.

Elle le conduisit au salon.

Un grand homme en complet brun foncé était assis bien droit dans son fauteuil, les jambes croisées, souriant, détendu, tout à fait à l'aise. À sa gauche, deux femmes dans la cinquantaine, pressées l'une contre l'autre sur un canapé, levèrent la tête et adressèrent à Rosetti un timide sourire. Il se rappelait vaguement les avoir rencontrées, mais ne savait plus trop où ni dans quelles circonstances. L'homme s'était levé et, la main tendue, se présenta avec une aisance de salonnard. Il se nommait Cyrille de Grand'Maison, était conférencier, psychologue et ancien professeur à l'Institut d'études religieuses de l'Université de Montréal. Il semblait dans la quarantaine avancée ; son visage aux traits fermes et agréables était quelque peu déparé par un nez un peu trop mince. Les deux femmes, grassouillettes et modérément ridées, étaient des sœurs et de vieilles amies de Virginie. Elle les avait invitées pour leur présenter Grand'Maison. Rosetti prit place dans un fauteuil, l'ancien professeur retourna au sien et la conversation reprit. Grand'Maison s'était lancé dans une comparaison fouillée et plutôt curieuse entre la Seconde Guerre mondiale et la deuxième croisade. Agathe et Monique Labrecque l'écoutaient, paralysées d'admiration. Rosetti, feignant l'attention la plus vive, songeait avec une certaine lassitude que sa visite était totalement inutile – et ennuyante de surcroît.

Virginie venait de servir le café et en offrit un au médecin. Grand'Maison interrompit alors sa mini conférence pour se tourner vers lui :

— Madame Bouliane m'a fait de vous les plus grands éloges, Docteur. Vous êtes urgentiste ? Un métier passionnant. Vous travaillez à faire reculer la souffrance. Quelle belle mission !

Rosetti sourit :

— Passionnante et prenante. On tente de réparer les pots cassés. Il y en a beaucoup.

— Des pots humains, observa Agathe Labrecque d'un air pénétré.

— Ma vie à moi est également passionnante, je dois dire, poursuivit avec une douce emphase le conférencier-psychologue et ex-professeur. En fait, je travaille, à ma façon, pour que ces pots humains – comme vous dites si bien, Madame – ne se cassent pas... spirituellement. Ou alors, je tente de les réparer – avec leur accord, bien sûr.

Et il se tourna vers Rosetti, attendant une réaction.

— Oui, je vois, répondit le médecin, ne sachant trop quoi dire.

Il sentait que son interlocuteur cherchait à orienter la conversation vers un sujet philosophico-religieux, mais aurait préféré qu'il se remette à sa comparaison historique, plus neutre.

Virginie écoutait avec de grands hochements de tête approbateurs. Mais la conversation bifurqua sur les problèmes du réseau hospitalier et le médecin dut répondre à plusieurs questions. Le thème de la souffrance refaisant surface, Grand'Maison parla alors de sa valeur salvatrice, puis aborda tout à coup le projet du Registre des armes à feu que venait de déposer le gouvernement pour assurer un meilleur contrôle sur les armes d'assaut. Chacun se montra d'accord avec le projet et blâma l'opposition de s'y opposer.

Rosetti cherchait avec ardeur un prétexte pour ficher le camp.

— Êtes-vous croyant? demanda tout à coup le conférencier en se tournant vers lui.

Le sujet qu'il redoutait entre tous venait d'apparaître.

— Excusez ma question un peu abrupte, s'empressa d'ajouter Grand'Maison. Vous n'êtes pas obligé, bien sûr, d'y répondre.

— Hum... croyant... je ne sais pas trop...

— Alors c'est que vous ne l'êtes pas, répondit l'autre en souriant. Mais rassurez-vous, Docteur, je n'essaierai pas de vous convertir tout de suite...

Virginie avait jeté un regard étonné sur le médecin. Les sœurs Labrecque, pétrifiées, fixaient le tapis avec un sourire indéfinissable.

— J'ai bien peur que vous perdriez votre temps, répliqua le médecin, agacé.

Il fallait absolument trouver cette phrase qui lui permettrait de partir.

— De toute façon, poursuivit le conférencier sur un ton mondain, j'en serais bien incapable. C'est Dieu Lui-même qui s'occupe de ces choses. Je ne suis en quelque sorte que... son éclairagiste.

— Que c'est bien dit, murmura Agathe Labrecque, éblouie, en se tournant vers sa sœur qui l'approuva vivement de la tête.

Grand'Maison leur jeta un regard en biais que le médecin trouva ambigu. Était-ce de la satisfaction? de l'amusement?

On changea encore une fois de sujet. Virginie se mit à raconter avec enthousiasme le voyage en Corse qu'elle avait fait deux ans plus tôt avec une amie. Agathe Labrecque, après quelque réticence, accepta de dévoiler le secret de sa recette de sucre à la crème. Monique parla avec ferveur de son chat, puis d'un livre impitoyable qu'elle avait lu sur Donald Trump – un incroyant, malgré la dévotion théâtrale qu'il affichait pour la Bible. De temps à autre, le conférencier-psychologue ramenait habilement la conversation sur la spiritualité ou un sujet connexe, mais sans jamais s'y attarder.

Il avait son petit auditoire bien en main.

Alors Rosetti se leva et annonça que son travail l'appelait.

Virginie le reconduisit à la porte.

— Me permettez-vous un commentaire, Virginie? fit-il à voix basse. Je... je le trouve un peu bizarre, ce monsieur de Grand'Maison... et même... excusez ma franchise... pas très sympathique.

— Je m'en suis aperçue tout de suite, mon cher Fabiano.

Elle avait un sourire un peu pincé.

— Excusez mon indiscrétion, poursuivit-il après une hésitation, mais... est-ce que vous lui donnez un cachet?

— Ah ça, mon cher, vous allez un peu trop loin.

Son rire sonnait faux.

Ils se quittèrent sur ces mots.

Il n'avait pu remplir la promesse faite à Romain Bellerose, mais du moins il avait essayé.

▲ ▼ ▲

Pendant qu'un déménagement se terminait, un aménagement se préparait, non sans peine. Depuis plusieurs semaines, Romain Bellerose cherchait à convaincre Madeleine de venir vivre chez lui. Cela simplifierait leur vie et la rendrait bien plus agréable.

Devant ses réticences, il avait fait appel à la logique : puisqu'ils avaient plaisir à se voir deux ou trois fois par semaine, pourquoi ne pas aller jusqu'à sept ?

Madeleine hésitait toujours.

Il invoqua finalement des raisons d'ordre social et même... sociologique.

— Tu trouves ma maison trop belle pour toi ? Un peu de lutte des classes, voyons... Je t'offre une échelle, grimpe dedans ! De toute façon, au bout d'une semaine, ce sera comme si tu y avais toujours vécu. Et puis tes enfants seront ravis... Leur en as-tu parlé ?

— Non. Je ne saurais pas trop quoi leur dire.

— Je peux le faire, moi.

— Non, laisse-moi y penser encore un peu, je t'en prie...

Elle poussa un soupir.

— J'ai peur en allant chez toi d'avoir l'air d'une patate sur un plateau d'argent.

— Tu es la plus jolie patate que j'aie jamais rencontrée, ma chérie, répondit Bellerose en lui caressant la joue. Tu es jolie, intelligente – et si gentille... Une aubaine pour moi ! Et je suis rendu à un âge où il faut sauter sur les aubaines.

— Jamais je n'aurais cru qu'une affaire comme ça m'arriverait, murmura Madeleine.

— Ah ça, je ne m'attendais pas à une réaction pareille... C'est comme si je t'imposais une pénitence...

L'espace d'une seconde il se demanda ce qui se passait dans sa tête. Était-ce un jeu? Mais il avait aussitôt rejeté cette pensée. Il ne se trouvait pas devant une rusée, mais une timide affligée d'un complexe d'infériorité.

— Et puis, poursuivit-elle, je pense à tes amis, à tes relations... J'en meurs de gêne... Des diplômés d'université, des gens riches et cultivés... Qu'est-ce que je vais faire là-dedans, moi?

— Tu dérapes, ma petite Madeleine...

— Petite?

Et elle pointa son tour de taille avec une grimace amusée.

— Il y a deux sortes de personnes que j'ai toujours évitées, poursuivit Bellerose. Les snobs et les parvenus... Ceux que je fréquente sont comme moi: d'origine modeste pour la plupart. Mes grands-parents maternels étaient cultivateurs et mon grand-père paternel, boucher. Des gens qui gagnaient leur vie avec leurs mains. Ils étaient ambitieux, travaillants. Mes amis vont te considérer comme je te considère. Voilà tout. Qu'est-ce que tu veux de plus?

— Et ta fille?

— Elle est gentille, ma Léa. Et elle est en amour pardessus la tête... Tu t'imagines qu'elle a bien autre chose à faire que de s'occuper des amours de son papa.

Finalement, après beaucoup de discussions et le déploiement de toutes les séductions qui lui restaient,

Romain Bellerose parvint à surmonter ses résistances. Cela eut lieu à la Fine Bouche un soir de juillet. Après un repas bien arrosé où les manifestations de tendresse n'avaient cessé de voltiger au-dessus de la table (et parfois en dessous), Madeleine finit par accepter de sauter par-dessus la fameuse barrière sociale et ils se mirent à parler d'annulation de bail, de meubles à garder et à laisser, puis, cellulaire en main, toute frémissante, Madeleine annonça à ses enfants le changement qui venait de se produire dans sa vie.

— Je le savais, répondirent Isabelle et Roseline.

— Je m'en doutais, répondit Victor.

Et ils se réjouirent tous les trois.

C'était Philippe qui servait à leur table. Sans trop savoir ce qui se passait, il voyait bien à leur mine qu'ils vivaient un moment de bonheur. Bellerose, radieux, poussait plaisanterie sur plaisanterie et convainquit Madeleine de prendre un deuxième digestif. Était-ce l'effet de la jubilation ? Au moment de régler la note, il remit un pourboire royal à Philippe.

Celui-ci rougit – et le refusa.

— Ah bon, fit le médecin, stupéfait. Qu'est-ce qui se passe ? Tu vis de tes rentes, à présent ?

— Tu m'as donné tellement de pourboires de toutes sortes, Romain (car il l'appelait à présent par son prénom), que je me sens mal à l'aise d'accepter celui-ci.

— Mais j'insiste, répondit froidement Bellerose.

Philippe réfléchit un instant.

— Alors, je vais le partager avec Mireille et Charlot… si tu le permets.

— Je n'ai rien à permettre, il t'appartient, mon garçon, répliqua froidement le médecin.

« Quel drôle de moineau tout de même », murmura-t-il entre ses dents quand Philippe se fut éloigné.

Madeleine n'osa pas émettre de commentaire.

▲ ▼ ▲

La plupart du temps, les coups de tête et les décisions irréfléchies ne donnent pas de bons résultats. Mais, sans qu'il l'ait prévu, le pourboire que Philippe n'avait accepté que pour le partager avec Mireille et Charlot allait indirectement faciliter son projet de voyage. Ce mouvement de générosité mêlé de vanité en avait fait des alliés quasi inconditionnels. Comme tous les employés de restaurants, ils trimaient dur et n'avaient jamais eu la chance, eux, de connaître un bienfaiteur comme le docteur Bellerose. Un événement allait se produire qui aurait pu les rendre envieux de Philippe. L'affaire du pourboire fit en sorte que cela n'arrive pas.

Quelques jours après cet incident, François Ricolet demanda le jeune homme à son bureau.

Le restaurateur, debout au milieu de la pièce, les mains derrière le dos, avait une mine si abattue que Philippe, interdit, s'arrêta sur le seuil.

— Ferme la porte, je te prie.

Philippe ferma la porte.

— Qu'est-ce qui se passe, patron ? Vous ne vous sentez pas bien ?

— Il ne s'agit pas de moi... Si ce n'était que ça...

Il y eut un moment de silence.

— Je viens d'apprendre, reprit-il à voix basse, que mon plus cher ami est décédé... C'était à la fois un père et un frère pour moi, Philippe... C'est de lui que j'ai appris le métier... Et c'est lui, quand j'ai été dans le pétrin, qui m'avait avancé de l'argent... beaucoup d'argent... sans discuter, sans même savoir si je le rembourserais un jour... Ce sont des choses qu'on n'oublie pas.

Les lèvres serrées, il respirait à grand bruit.

— Eh oui, il est décédé, soupira-t-il. Un accident stupide... Il venait de sortir de chez lui et allait traverser la rue lorsqu'un ouvrier a perdu le contrôle de son camion et l'a aplati contre un mur... Il a rendu l'âme presque aussitôt, le pauvre... Et dire qu'on allait se revoir en septembre, comme chaque...

Philippe crut qu'il allait, chose inouïe, se mettre à pleurer.

Mais il se ressaisit aussitôt et, croisant les bras sur sa poitrine:

— Je pars ce soir pour la France, mon ami. Je vais être absent une semaine, peut-être davantage, le temps d'aller réconforter sa femme et ses enfants et de régler quelques affaires.

Il se moucha avec énergie, renifla deux ou trois fois, puis, plongeant son regard dans celui de son employé:

— Tu vas me remplacer pendant mon absence.

Philippe, interloqué, fut un moment sans parler.

— Pourquoi ce ne serait pas Charlot, Monsieur Ricolet? ou Mireille? Ils ont bien plus d'expérience que moi.

— Parce que ce sera toi. Je vais annoncer la nouvelle à tout le monde. De façon adéquate, ne t'inquiète pas. Ils comprendront. À la pause de cet après-midi, tu viendras me trouver pour que je te donne mes instructions au sujet de la comptabilité et de différentes affaires. Je prends l'avion à dix-neuf heures.

Philippe, d'habitude plein d'assurance et même quelque peu frondeur, s'inquiéta de l'accueil que lui feraient ses compagnons de travail. N'allaient-ils pas se montrer offusqués ou jaloux en se voyant ainsi supplantés par quelqu'un arrivé dans la place sans expérience et qu'ils avaient dû entraîner ? Madame Lespérance accepterait-elle de bon cœur d'être sous les ordres d'un petit nouveau ?

Mais, en fait, les choses se passèrent plutôt bien. Il y eut quelques haussements d'épaules et remarques ambiguës, mais la facilité étonnante avec laquelle Philippe prit les choses en main renforça l'estime qu'on lui portait, et son doigté – une qualité qu'il dut acquérir à la vitesse de la lumière – fit le reste. Il veilla bientôt aux affaires avec pas mal d'aisance, tout à la fois serveur et patron, se rappelant les goûts et les habitudes des habitués presque aussi bien que François Ricolet, et recevant les grandes pointures avec un bagout qui, sans faire oublier celui du restaurateur, le remplaçait de façon tout à fait satisfaisante.

Des clients se mirent à jaser.

— Je gagerais ma chemise et mes chaussettes, prédit un vieux pilier du resto, que ce p'tit jeune homme va se retrouver un jour avec les clefs de la place.

Au retour de Ricolet, Philippe se garda bien d'apprendre à ses compagnons qu'une partie de l'augmentation qu'il avait reçue comme gérant temporaire allait lui rester.

▲ ▼ ▲

L'arrivée de Madeleine chez Romain Bellerose eut lieu à la mi-juillet. Elle était venue assez souvent chez le médecin, mais on aurait dit que c'est en s'y installant à demeure qu'elle découvrait la beauté des lieux.

— Poil de poule ! On dirait un château, Romain !

Le médecin se mit à rire :

— On voit que tu n'en as jamais vu.

Son arrivée demanda, naturellement, qu'elle prenne certaines dispositions. Victor, son fils aîné, s'était établi à Montréal trois ans plus tôt, Isabelle avait quitté la maison l'année précédente, mais Roseline venait de terminer son secondaire et vivait encore chez sa mère. Romain Bellerose proposa qu'elle vienne habiter chez lui, mais Madeleine s'y opposa.

— Tu ne tiens pas un foyer d'accueil, mon amour. J'adore ma fille, mais elle ne viendra pas ici.

Elle discuta de la chose avec Isabelle qui demeurait non loin du cégep Édouard-Montpetit et il fut décidé que Roseline irait vivre chez elle. Cela lui demanderait une certaine dose d'abnégation, car sa jeune sœur jouissait d'une vitalité à faire craqueler la peinture des murs.

Léa accueillit l'amoureuse de son père avec des sourires forcés et une certaine froideur. Son attitude ne venait pas du ressentiment de voir une étrangère occuper la place de sa mère, car les années écoulées depuis le divorce de ses parents avaient un peu effacé le souvenir de Virginie à la maison. Mais elle n'en considérait pas moins Madeleine comme une intruse et les exclamations de ravissement que cette dernière avait poussées pendant sa visite des lieux lui avaient amené de petites moues ironiques. Léa était-elle snob ? Si c'était le cas, sa relation avec Philippe avait sûrement commencé à faire tomber cette croûte de suffisance. Madeleine, sans trop le savoir, la débarrasserait d'une bonne partie du reste.

Voyant la distance qui semblait les séparer, elle opta pour la diplomatie. Comme Romain était souvent absent à cause de son travail, c'est à sa fille qu'il lui arrivait de s'adresser de temps à autre pour se familiariser avec les usages de la maison. Elle le faisait avec simplicité et bonne humeur, feignant de ne pas remarquer l'agacement qui perçait régulièrement dans les réactions de la jeune fille.

Peu à peu – mais parfois avec des soubresauts – les choses commencèrent à se tasser. Léa finit par constater, par exemple, que les intérêts de la nouvelle venue ne se résumaient pas à son métier d'hygiéniste plus des fadaises.

Un après-midi, elle la trouva en train de lire au salon.

— Qu'est-ce que tu lis? demanda-t-elle en s'approchant avec un léger sourire, présumant que ce serait un roman à l'eau de rose.

Une surprise l'attendait.

Madeleine déposa sur ses genoux un livre imposant à couverture souple imprimé sur papier fin.

— Des nouvelles de Stefan Zweig... Je ne sais pas si je prononce bien le nom, ajouta-t-elle aussitôt.

Zweig... Cela aurait pu tout aussi bien être pour Léa celui d'un skieur d'élite, d'un acteur yougoslave ou d'une crème à raser.

— Qui c'est?

— Un écrivain autrichien d'origine juive, répondit Madeleine, enchantée d'avoir enfin l'occasion de se mettre un peu en valeur. Un classique moderne, comme on dit. Pendant la Seconde Guerre mondiale, il a dû fuir l'Autriche à cause des nazis... Il s'est suicidé au Brésil avec sa femme en 1942: ils croyaient qu'Hitler allait conquérir le monde... S'ils avaient su, les pauvres, que trois ans plus tard il allait lui-même se tirer une balle dans la bouche... En tout cas, comme écrivain, c'est tout un bonhomme... Poil de poule, qu'il écrit bien! Et il en a pondu, des livres, alors là... Il devait travailler vingt-six heures par jour, ce monsieur Zweig... Un peu déprimant parfois, je dois dire, mais il a une de ces façons d'aller au fond de nos tripes... Tu devrais lire ses nouvelles, c'est un enchantement.

Il y eut un court silence. Léa jeta un coup d'œil sur le livre:

— T'aimes beaucoup la lecture, à ce que je vois.

— C'est un de mes passe-temps favoris, chère... avec certains téléromans – et la cuisine..., ajouta-t-elle en souriant.

Léa avait eu l'impression jusque-là que les goûts littéraires de Madeleine (si elle en avait) se limitaient aux romans Harlequin ou à des choses du genre. Leur conversation lui donna à réfléchir.

La réaction de Philippe, quand il fit la connaissance de Madeleine la semaine d'après, l'amena à poursuivre ses réflexions.

— Sympa, cette femme, tu ne trouves pas? Et pas mal délurée en plus... C'est une bonne nature, il n'y a pas de doute. Ton père est bien tombé.

— En tout cas, elle m'a l'air facile à vivre, reconnut Léa.

Peu à peu, Porcelaine s'humanisait.

La comparaison qui se faisait dans son esprit entre le bon sens et la simplicité de Madeleine et le caractère exalté de sa mère commençait à porter ses fruits.

La semaine précédente une discussion avec Virginie qui avait failli tourner en querelle l'avait rapprochée de la compagne de son père.

Virginie n'avait pas abandonné sa mission de marieuse et attendait le moment propice pour la faire aboutir. Elle voulait à présent discuter de l'affaire avec Léa. Une fois celle-ci convaincue, il serait facile de convaincre Philippe. Dans ces choses, la sensibilité d'une femme diffère de celle d'un homme. Philippe lui avait sûrement parlé de leur conversation au restaurant. Comme ils avaient dû se moquer d'elle ! Mais, sans qu'elle le sache, un germe avait sûrement été déposé dans l'âme de sa fille – un germe qui ne demandait qu'à se développer. Son devoir de mère chrétienne n'était-il pas de l'aider ? Mais, bizarrement, discuter avec sa fille lui faisait peur et elle avait reporté plusieurs fois leur rencontre.

Une visite de Léa allait tout régler.

Ce matin-là, elle était en congé et traînait au lit avec des soupirs de bien-être lorsqu'il lui vint tout à coup à l'esprit qu'elle n'était pas allée voir sa mère depuis une dizaine de jours. Elle ressentit des remords et se leva aussitôt. Après un déjeuner sur le pouce, elle attrapa un roman de Salinger qui traînait sur un meuble et sortit. Virginie adorerait sûrement le roman – ou du moins il lui changerait un peu les idées...

À cette heure, nul besoin de s'annoncer. Sa mère se trouvait sûrement chez elle. Cette visite surprise lui ferait plaisir. Virginie la reçut avec des effusions de tendresse et un petit serrement au cœur. De toute évidence, le Ciel lui envoyait un signe avec cette visite matinale. Le moment était venu de combattre pour le Bien.

— Comme c'est gentil d'être venue, ma chérie. Tu vas bien ? On va pouvoir causer tout doucement... Je te sers un café ?

Sa main tremblait un peu quand elle lui présenta la tasse. Tout de suite Léa sentit qu'il allait se passer quelque chose. Elle se mit à regretter son lit.

— *Franny et Zooey*..., fit Virginie en prenant le livre. Quel drôle de titre... Tu as aimé ça ?

— J'ai adoré, maman.

— Salinger... Connais pas... mais je suis sûre que je vais l'adorer moi aussi...

— C'est un très grand écrivain, maman... Dommage qu'il ait si peu écrit.

Elles prirent l'une après l'autre une gorgée de café.

— Où est-ce que j'avais la tête ? s'exclama tout à coup Virginie. Hier j'ai fait des biscuits et je ne t'en ai pas offert.

— Je viens de déjeuner, maman.

Elle dut quand même en prendre un.

— Comment va Philippe, ma chérie ? demanda Virginie au bout d'un moment.

Et elle se mit à contempler sa tasse avec une étrange intensité, comme si elle lui faisait une demande.

« Ça commence », se dit Léa.

— Il va bien. Le restaurant marche très fort ces jours-ci. Il travaille dur.

Virginie releva la tête. Léa remarqua que sa mère avait un tic qui soulevait légèrement sa commissure droite. C'était nouveau.

Un moment passa.

— Vous êtes-vous parlé de la petite discussion que j'ai eue avec lui il y a quelque temps au restaurant?

— On s'en est parlé un peu.

— Tu as dû y réfléchir?

— Comme ci comme ça.

— Et quelle est ton opinion à ce sujet, ma chérie?

Son visage contracté faisait peine à voir.

— La même que lui, maman.

Elle trouvait ce début de journée pénible.

— Et je pense que n'importe qui ferait comme nous. Se marier si jeunes... Ça ne tient pas debout. Les gens ne se marient plus à notre âge...

Il y eut un autre moment de silence.

— Je m'attendais un peu à cette réponse, Léa... mais ce matin, ma chérie, si tu le permets, je veux t'aider à faire le point. Ce qui se fait de nos jours n'est pas nécessairement ce qu'il faut faire. Je dirais même que lorsqu'ils le font, les gens se trompent très souvent.

Léa devint toute rouge:

— Je ne veux pas de ton point, maman, parlons d'autre chose... As-tu des courses à faire? Je vais t'accompagner.

— Je n'en ai pas, mon amour.

Elle eut un sourire douloureux et regarda sa tasse comme si toute la misère du monde s'y trouvait. Puis, relevant la tête:

— Réfléchis tout de même à ce que je vais te dire, Léa. C'est tout ce que je te demande... Entretenir des relations avec un homme sans établir de liens solides avec lui est une très mauvaise idée, crois-moi. Ton bonheur et ta sécurité en seront menacés... Les hommes aiment le changement, beaucoup plus que les femmes. Cela cause de grands malheurs. Mais il y a bien plus. Réalises-tu que vous vivez tous deux dans la boue ? Dieu, malgré toute sa Patience, finira par se lasser, ma chérie. Seule une union bénie par Lui saura le satisfaire... Je ne te demande qu'une chose aujourd'hui, Léa chérie, c'est de réfléchir à ce que je viens de te dire, seulement y réfléchir... De grâce, promets-le-moi, je suis si anxieuse...

Léa s'était levée d'un coup. Les mains crispées sur le bord de la table, elle la fixait avec une expression de colère et de chagrin que sa mère ne lui avait jamais vue.

— Maman, si tu continues une seconde de plus, je m'en vais... Ton bon Dieu m'embête. Quand je suis avec toi, on ne peut pas faire deux pas sans qu'Il apparaisse. Même quand tu n'en parles pas, je Le sens toujours sur le bout de ta langue, ça devient insupportable... Je voudrais être patiente, mais ce matin c'est au-dessus de mes forces... Des amoureux comme nous, il y en a des millions et le ciel ne leur est jamais tombé sur la tête. Si tu ne changes pas de sujet tout de suite, je fous le camp, est-ce que c'est clair ?

Virginie poussa un soupir, puis, levant les mains dans un geste d'impuissance :

— Alors tu me demandes de ne plus être ta mère, c'est ça ?

Léa eut un sourire étrange.

— C'est ça.

Et elle partit.

▲ ▼ ▲

Depuis quelques jours, une préoccupation majeure occupait l'esprit de Léa: ce fameux emploi d'été. Il était devenu pour elle une question d'honneur, le début symbolique de son indépendance financière. Philippe s'était bien gardé de revenir sur le sujet; il craignait de poser le pied sur une mine. Le message qu'il avait envoyé à mots couverts à sa blonde, c'était que papa l'avait un peu trop chouchoutée et que cette vie dans la ouate n'était pas la meilleure façon de se tremper le caractère.

Par acquit de conscience, il s'était informé auprès de Ricolet – la belle saison ayant amené son affluence habituelle de clients – s'il n'aurait pas besoin d'une employée supplémentaire.

La ville, comme chaque été, avait transformé une longue section de la rue Saint-Charles en rue piétonnière. Les employés municipaux avaient couvert l'asphalte de dessins multicolores et les restaurants s'étaient prolongés à l'extérieur. Cela créait une atmosphère de vacances qui répandait le sourire et stimulait les affaires.

— Et pourquoi j'engagerais quelqu'un, mon gars? On a davantage de clients? On n'a qu'à travailler davantage, voilà tout. C'est ce que je fais, c'est ce que tu fais, c'est ce que tout le monde fait ici dans la boîte! Béni soit l'été! Les jours gras compensent les jours maigres.

Il s'était arrêté tout à coup et, plongeant son regard dans les yeux de Philippe:

— Dis donc, ajouta-t-il avec un sourire narquois, ne serais-tu pas en train d'essayer de dégoter un emploi pour ta petite amie? Désolé, mon cher, la lutte contre le chômage ne fait pas partie de ma mission.

— Bête comme ses pieds à matin, avait marmonné Philippe en s'éloignant.

▲ ▼ ▲

Sans le dire à personne, Léa s'était lancée à la recherche de cet emploi dès la fin de ses cours d'été. Le premier jour, elle s'informa auprès de ses amies (sans succès), explora Internet (sans succès) et parcourut enfin les petites annonces de Kijiji. On y cherchait des baristas, des employés de centres d'appels, des dispensatrices de soins réconfortants pour salons de massage, des secrétaires de bureau *avec expérience*, des techniciennes de laboratoire – et une dame de compagnie pour une vieille femme seule.

Le lendemain n'apporta pas plus de succès, le surlendemain non plus et le mois de juillet s'était raccourci de deux jours.

Vers le milieu de l'après-midi, elle était assise dans la cuisine, plongée dans une méditation morose sur la condition humaine, lorsque Wilbrod Lalancette apparut, le front en sueur, une ceinture porte-outils serrée à la taille.

— Aurais-tu par hasard un grand verre d'eau bien froide à m'offrir, ma tite fille? La carcasse me sèche.

— Tout de suite, Wilbrod.

Elle revint avec un verre couvert de buée. Il l'enfila en trois gorgées et poussa un soupir de bien-être.

Elle s'était rassise, silencieuse, le regard absent, comme si elle se retrouvait seule de nouveau.

Lalancette, après toutes ces années chez le médecin, avait acquis dans la famille une sorte de statut de *mononcle* et, debout sur le seuil, il se mit à l'observer.

— Ça n'a pas l'air d'aller trop trop, ma douce...

Elle leva la tête avec une petite grimace.

— Ça ne va pas si mal, mais ça pourrait aller mieux.

Il continua de l'observer, puis rajusta sa ceinture.

— Sauf ton respect, Mademoiselle, est-ce que je peux te demander ce qui te chicote ?

— Je me cherche un travail, soupira-t-elle, et je n'en trouve pas.

Il eut l'air étonné :

— T'as besoin d'argent ?

— Oui.

Et ce fut tout.

— Ton père peut pas t'en avancer ? s'aventura-t-il d'un ton circonspect.

La question était audacieuse – presque effrontée. Il ne s'en était pas souvent permis de pareilles depuis qu'il travaillait chez Romain Bellerose.

— Je préfère que non.

Wilbrod Lalancette regarda le plafond (où il n'y avait rien de particulier à voir), puis se tapota la bedaine. La pauvre petite lui faisait pitié, mais pas trop quand même... Ces enfants de riches qui se promenaient en pantoufles de velours ne connaissaient pas la vraie vie. Dans la vraie vie, on en bavait plus souvent qu'à son tour et les fins de semaine ne se passaient pas sur les terrains de golf ni dans les chalets chics. Lui s'en tirait pas mal, mais c'est qu'il savait se débrouiller, contrairement à tant d'autres.

Léa fixait le plancher, silencieuse. Manifestement, elle avait hâte qu'il s'en aille.

Soudain, le visage de Lalancette s'illumina:

— Je pourrais peut-être t'aider, ma belle.

— Ah oui?

Elle avait levé la tête, surprise et déjà pleine d'espoir.

— Donne-moi deux minutes que je voye ce que je peux faire.

Il sortit un cellulaire de sa poche et s'éloigna:

— Tu m'excuseras, c'est *personnel*, ajouta-t-il en se retournant.

Léa l'entendit chuchoter. Il s'interrompait quelques secondes, poussait une petite exclamation feutrée et la conversation reprenait. Elle se termina brusquement par un éclatant *Merci, Rose-Marie, t'es bien fine!*.

Il revint dans la cuisine, rayonnant:

— Si t'as le cœur à l'ouvrage, je te l'ai trouvée, ta job, ma fille... Évidemment, faut pas être bizouneuse... Ma sœur Rose-Marie est gérante au Tigre Géant sur le chemin de Chambly. Une de ses employées va bientôt accoucher et elle se cherche une remplaçante... Si tu veux, ça serait toi – à condition de pas avoir un bébé dans la bedaine...

Léa se mit à rire:

— Pas que je sache. Et qu'est-ce que je ferais?

— Ce que font les autres: placer de la marchandise, répondre aux clients, passer le balai, des choses comme ça. Mais je t'avertis: on chôme pas au Tigre Géant... Le commerce marche fort. Tu serais payée au salaire minimum, deux jours de congé par semaine. Ça t'intéresse? Faut répondre vite, ma sœur est pressée. Elle pourrait te voir demain.

— Oui, ça m'intéresse, Wilbrod ! répondit Léa, toute rouge de plaisir. Merci ! Merci ! T'es un ange ! T'es un *archange* ! Jamais je n'oublierai le service que tu viens de me rendre !

Et elle lui saisit les mains, les yeux brillants de larmes.

Le soir même, quand Philippe revint de son travail vers minuit, elle lui annonça, toute fière, la bonne nouvelle.

Il eut un sourire étonné :

— Le Tigre Géant ? Comment t'as trouvé ça ?

Un mouvement de vanité la poussa à commettre un petit mensonge :

— J'ai cherché, j'ai trouvé, c'est tout.

— T'en as parlé à ton père ?

— Est-ce qu'il le fallait ?

Le lendemain matin à huit heures quinze, elle se retrouvait dans un autobus bondé qui filait sur le chemin de Chambly. Tous les sièges étant occupés, elle se tenait debout, la main agrippée à la barre, secouée par les cahots et les coups de frein. Un enfant quelque part au fond pleurait à s'arracher les cordes vocales. Pressé contre elle et ne paraissant en éprouver aucun déplaisir, un jeune homme à grosse moustache faisait de la réclame olfactive pour sa lotion à barbe.

Huit minutes plus tard, elle se présentait, le cœur battant, au Tigre Géant, la chaîne de magasins spécialisée dans la marchandise bon marché et les aubaines inoubliables. Elle poussa la porte.

En ce début de matinée, l'endroit était désert et silencieux. Une odeur de vernis à ongles et de teinture flottait dans l'air et du fond du magasin parvenait un bruit de voix confus. Elle s'avança, tourna la tête à droite, puis à gauche, et aperçut enfin une vieille femme au visage sec qui s'approchait, maigre et anguleuse, les bras chargés de serviettes de bain. Léa, un peu intimidée, lui demanda où se trouvait la gérante.

— Au fond à gauche dans le bout des jouets, répondit l'autre avec un coup de menton.

Elle enfila une allée, incertaine, intimidée, craignant de n'avoir pas pris la bonne direction. En passant devant une allée transversale, elle entendit des voix et s'arrêta. Tout au fond, quatre hommes causaient près d'un chariot plein de marchandises. Le silence se fit brusquement.

— Belle poupoune ! lança quelqu'un.

Il y eut un commentaire qui souleva des rires mais elle ne put le saisir. Elle avait repris sa marche, toute rouge, le visage crispé. Où Wilbrod l'avait-il donc envoyée ?

Rendue presque au fond du magasin, elle aperçut une femme dans la quarantaine, plutôt forte de taille, engagée, cellulaire en main, dans une discussion animée qui semblait tourner au vinaigre.

— Bon, lança-t-elle brusquement, tu me rappelleras, Rudy. Moi, j'ai dit ce que j'avais à dire.

Et elle glissa le cellulaire dans sa poche.

Au premier coup d'œil, on pouvait constater que Rose-Marie et son frère Wilbrod sortaient du même moule. Grande et même costaude, la poitrine généreuse, la mâchoire carrée, le front large et l'œil fouineur, on sentait qu'elle aimait passer du bon temps mais qu'il ne fallait pas lui marcher sur les pieds.

— Est-ce que vous êtes la gérante? demanda timidement Léa en s'avançant.

— Vingt-quatre heures par jour, ma fille.

Elle l'enveloppa d'un regard scrutateur, puis:

— C'est Wilbrod qui t'envoie?

— Oui, Madame.

— T'es la fille du médecin?

— Oui, Madame.

— T'as pas peur de travailler?

— Non, Madame.

— Il t'a parlé des conditions?

— Oui, Madame.

— Appelle-moi Rose-Marie, ça sera plus simple. Viens avec moi, j'vas te montrer ce qu'il faut que tu fasses à matin.

Elle s'arrêta tout à coup et, se tournant vers Léa:

— Juste une chose en passant: garde ça pour toi, que ton père est médecin. Ça va t'éviter bien des questions. Si on te demande ce qu'il fait, tu répondras qu'il travaille dans un hôpital, un point c'est tout. Si on pousse plus loin, dis qu'il est – je sais pas, moi – infirmier ou gardien de stationnement ou quelque chose comme ça. Ici, c'est du monde ordinaire. Les gens travaillent fort et essayent de faire de leur mieux. Quand ils le font pas, je les mets à la porte. Compris?

— Oui, Madame.

— Rose-Marie, ma fille, Rose-Marie. Ici, il y a pas de Madame.

Vers dix-neuf heures, Léa descendit de l'autobus, fourbue mais fière de sa journée, et se hâta vers la maison où Madeleine l'attendait avec un bon souper.

▲ ▼ ▲

Madeleine vivait chez Romain Bellerose depuis près d'un mois. Il voulut que son arrivée soit célébrée par une fête. Elle demanda que ce soit intime. Seuls ses enfants y seraient invités. Romain Bellerose connaissait Roseline, la plus jeune, mais bien peu les deux autres.

La fête eut lieu à la mi-août. Pour l'occasion, Madeleine avait voulu préparer un petit buffet, mais Romain s'y opposa et s'adressa à un traiteur. Pour donner un caractère de magnificence à l'événement, il avait acheté un magnum de champagne et avait pris soin de téléphoner à Philippe pour s'assurer de sa présence, ce qui en disait long sur l'affection qu'il lui portait. On avait convié les enfants pour dix-huit heures. Ils arrivèrent à l'heure pile et pendant un moment se montrèrent peu loquaces, impressionnés par la beauté des lieux. Roseline, dans la spontanéité de ses dix-sept ans, fut la première à se dégeler et le champagne fit bientôt la même chose pour les autres.

— Tu devais avoir les yeux ronds, maman, en arrivant ici ? lança la jeune fille avec un sourire taquin.

Sa beauté piquante et son sans-gêne comique lui permettaient la plupart du temps de dire n'importe quoi.

— Comme toi, ma chérie.

— Moi, si je décide de vivre un jour avec un homme, je veux d'abord voir sa cabane.

— Ça, ma petite sœur, c'est une remarque un peu conne, lui souffla Isabelle en lui pinçant le bras.

La rigueur un peu sèche de la future femme d'affaires venait de s'exprimer.

— Il ne faut pas juger quelqu'un à sa *cabane*, ma belle, intervint Romain Bellerose, amusé. Il y a des choses bien plus importantes. Pas vrai, les amoureux?

Il s'était tourné vers Philippe et Léa qui observaient la scène en souriant. Ils répondirent par un vague signe de tête.

Victor inspectait les lieux du regard et n'avait pas dit trois mots. C'était un grand gaillard à chevelure noire, au visage énergique, au rire et à la colère faciles. Son assurance et sa curiosité toujours en éveil rappelaient étonnamment le caractère de Philippe. Deux mois plus tôt, il avait rompu avec sa blonde et cherchait fiévreusement une femme qu'il pourrait combler de son affection. Il causa un moment avec Léa, puis alla trouver Romain Bellerose et le questionna sur l'histoire de la maison et la technique de sa construction. Le médecin, pris un peu au dépourvu, répondait de son mieux.

Roseline, quant à elle, s'était mise à faire du charme à Philippe sans paraître remarquer la froideur de Léa – ou s'en fichant.

— Il faut une photo, réclama soudain Victor, que le champagne rendait de plus en plus gai. Ce soir, c'est un grand soir, hein, maman?

Tout le monde réclama une photo. Romain Bellerose s'approcha de Madeleine et la prit par la taille.

— Devant le foyer, proposa Philippe.

— Non, non, les mit en garde Isabelle, il n'y a pas de feu, ça porte malheur.

— Alors devant la fenêtre.

Victor secoua la tête:

— Trop de lumière, ça ne sera pas bon.

Et il proposa que le couple se place devant le buffet où trônait un imposant paris-brest. Les cellulaires se mirent à cliquer. Deux photos furent jugées dignes de commémorer l'événement. Madeleine les examina en souriant et les montra à Romain qui approuva de la tête. Mais Isabelle n'était pas tout à fait satisfaite:

— Il faudrait vous voir enlacés, maman. Ça serait encore plus beau.

On refit des photos.

À mesure que le niveau du champagne baissait dans le magnum, le bruit des conversations montait et les propos devenaient de plus en plus libres. Retirés dans un coin, Philippe et Léa se bécotaient. Roseline circulait avec un peu de crème fouettée à la commissure des lèvres et bouffonnait. Elle vivait un événement extraordinaire et en parlerait à ses amies pendant des semaines. Madeleine lui jetait par moments un regard préoccupé. Une bêtise est si vite faite...

Il approchait vingt-deux heures. Romain Bellerose parut soudain fatigué et son entrain tomba. Madeleine alla glisser un mot à Isabelle, qui se mit à toussoter en jetant des regards significatifs à son frère et à sa sœur. Victor, après avoir remercié le docteur et embrassé sa mère, donna le signal du départ. Quelques minutes plus tard, tout le monde était parti.

La nouvelle vie de Romain Bellerose et de Madeleine Blanchard venait d'être dûment célébrée.

▲ ▼ ▲

Une cour spacieuse s'étendait derrière la maison de Wilbrod Lalancette et il aurait pu y stationner son camion, mais une haute palissade de planches construite huit ans plus tôt entourait le terrain et l'en empêchait. Alors il stationnait devant chez lui.

Ses voisins immédiats habitant des bungalows, la palissade les empêchait de voir la cour et cela les avait intrigués. L'un d'eux lui avait demandé à quoi elle servait.

— À protéger ma vie privée, mon gars. J'en ai seulement une et j'y tiens. Un de ces jours, je vas me creuser une piscine et on pourra se baigner les fesses à l'air, ma blonde et moi, sans que la police vienne nous achaler.

La piscine était demeurée à l'état de projet et, comme toutes les choses qu'on a constamment sous les yeux, plus personne ne portait attention à la palissade.

Le 16 août au matin, Lalancette sortit de chez lui pour aller au travail et s'arrêta brusquement à la vue de son camion. Puis il en fit lentement le tour.

On avait crevé les quatre pneus, arraché la poignée de la portière côté conducteur et un des phares se trouvait sur le sol en miettes.

Il devina tout de suite d'où venait le coup. Pablo n'avait manifestement pas oublié leur petit entretien confidentiel. Il téléphona à Philippe pour connaître son adresse et, le camion réparé, se rendit chez lui. On lui apprit que ce dernier avait décampé à la cloche de bois trois semaines plus tôt. Ne faisant ni une ni deux, il se rendit alors chez Fedex où travaillait l'illustre personnage. On lui annonça que ce dernier avait quitté son emploi le mois précédent. Deux ou trois questions supplémentaires posées avec discernement lui apprirent que c'était plutôt son emploi qui l'avait quitté.

Wilbrod se mit à mâcher sa chique de gomme à une cadence martiale:

— Tu perds rien pour attendre, mon morpion, marmonna-t-il en quittant les lieux.

Dix minutes plus tard, il était à la Fine Bouche en train de raconter sa mésaventure à Philippe.

Pendant un moment ils se regardèrent en silence.

— Si tu ne lui avais pas donné une raclée à cause de moi, soupira ce dernier, ça ne serait pas arrivé.

— T'en fais pas, mon gars. J'ai toujours eu du plaisir à soincer les minables. Je dirais même que ça me repose le bras. Ya un petit huit cent quatre-vingts piastres qu'il faut que je lui tire des poches, plus une amende, mais j'arrive pas à l'attraper, ciboire! Il a changé d'adresse et il a fiché le camp de Fedex. La chienne l'a pris, tu comprends. Je suis sûr qu'il est encore dans le coin. Peut-être que tu pourrais m'aider? Un détail, une petite histoire de rien du tout, ça pourrait me mettre sur une piste.

Philippe, la mine basse, se mordillait les lèvres.

— Ce que je sais sur lui tient dans le creux de la main, Wilbrod: c'est un voleur, un paresseux qui fréquente des minables comme lui, boit comme un trou et court les filles. Pour le reste... Il est peut-être retourné à Joliette. Ses parents vivent là.

Wilbrod, les mâchoires serrées, renifla bruyamment, sa chique de gomme immobilisée entre deux molaires.

— Ça me surprendrait. C'est dans les grandes villes que les gars de son espèce aiment se cacher…

Il poussa un soupir.

— Allons, mon gars, force-toi un peu… T'as vécu avec lui, tu connais ses habitudes… Est-ce qu'il aime le baseball, le hockey, les shows de fesses ? Est-ce qu'il se tient dans les arcades ? Est-ce qu'il s'habille à l'Armée du Salut, aux Petits Frères des Pauvres ?

Philippe continuait de se mordiller les lèvres.

— La seule chose qui me revient, dit-il enfin, c'est qu'il est fou de la cuisine asiatique… C'est à peu près tout ce qu'il mange.

— Il va souvent au restaurant ?

— La moitié de son argent passe là. Il déteste cuisiner.

Le visage du videur s'éclaira et sa chique de gomme reprit du service.

— Tiens, tiens, tiens… Intéressant, ça… Tu viens peut-être de me fournir un tuyau.

Il salua Philippe et s'éloigna en sifflotant, perdu dans ses réflexions.

Dans la soirée, il lui téléphona pour s'informer s'il avait une photo de Pablo.

— Hum… J'en doute… Laisse-moi fouiller dans mon cellulaire, on ne sait jamais.

Dix minutes plus tard, il lui faisait parvenir un cliché pris durant une beuverie. On y voyait un Pablo hilare assis entre un grand moustachu au front ridé et une petite blonde au sourire forcé. Pablo la tenait solidement par la taille comme pour l'empêcher de s'échapper. À l'avant-plan luisaient des bouteilles de bière, la plupart vides, et une grenouille de faïence la gueule grande ouverte et pleine de mégots qu'elle essayait désespérément d'avaler.

— Merci bien, lui répondit Lalancette, enchanté. Je te donne des nouvelles, mon gars.

«Qu'est-ce qu'il veut faire avec ça?» se demanda le jeune homme, intrigué.

Dans les deux jours qui suivirent, Lalancette fit le tour des dix-neuf restaurants asiatiques de Longueuil en remettant à chacun de leurs propriétaires une copie de la photo et son numéro de téléphone avec la promesse d'une récompense de deux cents dollars à celui qui l'avertirait de la présence de Pablo dans son établissement.

Deux autres jours s'écoulèrent et, soudain, au début de la soirée du troisième, l'événement tant espéré se produisit. Le patron du Jasmin Fleuri, sis chemin de Chambly, lui annonça à voix basse l'arrivée du *monsieur*.

— Est-ce qu'il est accompagné? demanda Wilbrod.

— Il est seul.

— J'arrive.

Huit minutes plus tard, Wilbrod stationnait son camion non loin du restaurant. À sa droite s'étendait un terrain jonché de débris de démolition. Un immeuble venait d'y rendre l'âme. On apercevait au fond un imposant amoncellement de matériaux devant lequel une pelle hydraulique montait la garde.

Le videur eut un sourire étrange et ses yeux se mirent à pétiller.

— Ça pourrait être amusant, ouais…

Pablo sortit du restaurant trente-deux minutes plus tard. Il n'avait pas fait trois pas que Lalancette surgit devant lui, la main tendue:

— Content de te revoir, mon gars. J'avais justement envie de jaser avec toi. Si on allait là-bas près du tas de débris, ça t'irait?

Et il l'empoigna par un bras.

— Lâche-moi, répondit faiblement Pablo, livide. Je sais pas ce que tu me veux et je veux rien savoir de toi.

— Dis donc, Pablo, aurais-tu oublié ta petite leçon?

Et il lui pinça une joue tellement fort que ce dernier poussa un cri

— Je sais pas ce que vous me voulez, se corrigea Pablo, et j'ai rien à vous dire.

— Eh bien, moi, j'en ai, mon chou, et on va aller faire une causette là-bas, tranquillement pas vite.

Et sous le regard étonné d'un vieil homme à barbe blanche et chapeau de paille qui avançait sur le trottoir d'une jambe incertaine, Wilbrod entraîna Pablo et ils disparurent derrière l'énorme amoncellement.

«Est-ce qu'il s'en va le tuer?» se demanda le vieux monsieur avec un frisson. Il s'arrêta, se gratta une joue, puis, haussant les épaules, reprit sa marche.

Un réverbère dressé sur le bord d'une rue transversale répandait une lueur sinistre sur les lieux. Pablo avait la gorge si contractée qu'il avait peine à respirer. C'était comme s'il avait avalé d'un coup la moitié d'une orange.

— Qu'est-ce que vous allez me faire? demanda-t-il d'une voix étouffée.

— J'vas faire de toi un homme honnête, mon gars. Tu te reconnaîtras plus. T'en avais de besoin. Tu nuis à trop de monde.

Le saisissant par les épaules, il se pencha vers lui, l'œil rempli de lueurs féroces:

— Tu me dois huit cent quatre-vingts piastres pour les dommages à ma camionnette – et tu vas me les rembourser tout de suite sinon les tripes vont te sortir par la gueule. T'es chanceux, d'ailleurs: le garage m'a fait un bon prix et je te charge rien pour le temps que tu me fais perdre. Ah! oui, j'oubliais... Y'a une amende de deux cents piastres qui s'ajoute. C'est pour t'aider à penser avant d'agir.

— De quelle camionnette vous parlez? réussit à demander Pablo.

Lalancette se contenta de lui pincer de nouveau la joue puis, reculant d'un pas et l'enveloppant du regard:

— Bordel de viande! T'as donc une belle chemise, Pablo... Enlève-moi ça.

Le jeune homme le fixa, stupéfait.

— Enlever... ma chemise?

— C'est bien ça que je viens de dire.

— Pourquoi?

— Parce que je te le demande. Vas-y, vas-y, dépêche... J'ai bien d'autres choses à faire que de m'occuper d'une petite crotte comme toi.

Pablo soupira et enleva sa chemise d'une main tremblante.

Wilbrod s'en empara.

— Tes jeans maintenant.

— Mes jeans ?

Wilbrod, les lèvres serrées, fit signe que oui.

Pablo, d'une main de plus en plus tremblante, enleva ses jeans, puis les tendit au videur.

— Maintenant ton caleçon.

— Jamais ! lança l'autre d'une voix étranglée. Je suis pas de ce genre-là.

— Penses-tu que ta petite queue m'intéresse, gnochon ? Allez, allez, enlève-moi ça et tout de suite !

Et il lui tordit le nez.

Pablo poussa de nouveau un cri, enleva son caleçon et, la main sur le sexe (c'était sûrement le premier geste de pudeur de toute sa vie), il se mit à fixer Wilbrod, effaré. Ce dernier fouilla dans les jeans et lui tendit un cellulaire.

— À présent tu vas me trouver ces mille quatre-vingts piastres, mon garçon. T'auras tes guenilles quand j'aurai mon argent. Pas de chèque. Je veux du *cash*.

— Je pourrai jamais trouver ça ! se lamenta Pablo.

— Quand on veut, on peut.

Il déposa le caleçon sur la chemise, la chemise sur le jean, roula le tout et le glissa sous son aisselle.

— Pendant que tu travailles, j'vas aller me chercher un *take out* à ton restaurant et je reviens.

Il fit quelques pas, puis se retourna :

— Que l'idée te prenne pas d'appeler tes amis, je pourrais me fâcher.

Et fouillant dans sa poche, il en sortit un coup de poing américain.

— J'ai autre chose en plus si le besoin se fait sentir.

Huit minutes plus tard, il était de retour avec une boîte de carton dans une main et une bouteille de bière dans l'autre. Il poussa du pied un seau de plastique qui traînait près de lui, le renversa, s'assit dessus et commença à manger.

Pablo, désespéré, se démenait, passant d'un interlocuteur à l'autre, inventant une histoire puis une autre, cajolant, suppliant et jurant qu'il rembourserait sa dette au plus tard dans un mois.

Une demi-heure passa. Le videur se leva, alla chercher une deuxième bière et revint s'asseoir, observant Pablo avec le sourire. Il y avait peu de chance qu'il trouve une telle somme en si peu de temps, mais la scène qu'il avait sous les yeux valait à elle seule mille dollars.

La lune s'était levée et les fesses de Pablo luisaient sous ses rayons. Tout nu dans ses souliers, gigotant et discutant d'une voix éraillée, il faisait pitié, mais cette pitié n'atteignait pas Wilbrod. Il avait devant les yeux un bon à rien qui le resterait toute sa vie.

Il alla chercher une troisième bière. Quand il revint, un miracle venait de se produire. Pablo avait éteint son cellulaire et debout devant le monticule, ses parties intimes cachées avec un bout de planche, il attendait son bourreau.

— Je l'ai trouvé, l'argent, lui annonça-t-il d'une voix haineuse.

Wilbrod le fixa quelques secondes sans parler, essayant de dissimuler son contentement.

— Ah oui ? Et j'vas l'avoir quand ?

— Dans vingt minutes à peu près. Quelqu'un s'en vient vous le porter.

— Très bien. On joue franc, hein, mon garçon ? J'ai un don pour reconnaître les faux billets.

— C'est du vrai... Est-ce que je peux me rhabiller, maintenant ?

Lalancette secoua la tête :

— Pas avant que j'aie eu mon *cash*, Pablo.

Vingt minutes plus tard, un grand homme maigre à la bouche un peu de travers, la taille serrée dans un tablier de boucher, apparut sur le trottoir et, après avoir promené son regard sur les lieux, se dirigea vers le monticule de rebuts. Il s'arrêta devant Lalancette et lui tendit des billets de banque, attendit que le videur les eût comptés, tâtés, examinés avec une lampe de poche, puis s'en alla.

Alors le videur lança ses vêtements à Pablo et se dirigea vers son camion, l'œil aux aguets et la main dans sa poche, prêt à toute éventualité. Rien ne se produisit.

« Une bonne affaire de réglée, ça », murmura-t-il en démarrant.

▲ ▼ ▲

Un des effets les plus marquants de l'arrivée de Madeleine sur le comportement de Léa fut l'habitude qu'elle prit d'aller de plus en plus souvent passer la nuit chez Philippe. Au début, cela agaça Romain Bellerose. Il avait l'impression que sa fille lui échappait peu à peu. Mais comment s'y opposer ? N'était-ce pas ça, la maturité ?

Il se serait montré encore bien plus inquiet s'il avait entendu certains propos du jeune homme. Ce dernier parlait de plus en plus souvent à Léa de son projet de voyage à travers l'Europe de l'Est *pour connaître la vie*.

— Je quitterais la Fine Bouche pour de bon. De toute façon, je commence à m'y emmerder. Et toi, tu pourrais repousser ta dernière année de cégep d'un an, non?

Léa souriait, hésitante.

Ce rêve tournait constamment dans la tête de Philippe. Il évitait, bien sûr, d'en parler au restaurant, car les froncements de sourcils de François Ricolet pouvaient être suivis parfois d'effets bien déplaisants.

Un jour, il parla de son projet à Wilbrod Lalancette qui réparait une balançoire chez un voisin. Philippe avait développé une grande confiance en l'homme à tout faire et croyait pouvoir se fier à sa discrétion.

— Tiens, tiens, tiens... Mon histoire de Grosso Modo te travaille, hein?

Philippe, pour lui faire plaisir, avait toujours manifesté un grand intérêt pour l'île.

— Mais voyager, mon homme, reprit Wilbrod, ça demande de l'argent... d'autant plus qu'en voyage *on travaille pas*. En as-tu assez?

— J'en ai mis de côté.

— Tu veux partir pour combien de temps?

— Un an.

Du coup, Grosso Modo venait de disparaître. Wilbrod eut une petite grimace et poursuivit son travail. On ne pouvait quand même pas forcer les gens à aller au paradis.

— Tout seul?

— Avec Léa.

La chique de gomme de Lalancette se mit à danser dans sa bouche. Décidément, ce gars-là était fait avec du bon bois. Sa crânerie lui plaisait. Elle le ramenait à des histoires de son jeune temps.

— Est-ce que le doc est d'accord pour que tu partes avec elle pour un an?

— On ne lui en a pas encore parlé. Il faut d'abord s'organiser... Je compte sur toi, hein, pour ne pas...

Wilbrod l'arrêta d'un geste:

— Je me mêle jamais des affaires des autres. Les miennes me suffisent.

Il leva la tête et se mit à suivre un moineau qui voltigeait autour d'un vieux saule comme s'il n'arrivait pas à choisir la branche où se poser. Se tournant alors vers Philippe:

— Je viens d'avoir une idée, mon chum, pour que tu te mettes un peu plus d'argent dans les poches. T'es en congé, demain?

— Oui, c'est mardi.

— Eh bien, si tu veux, je pourrais aller te prendre chez toi demain matin vers sept heures. Est-ce que c'est trop tôt?

— Pas du tout, Wilbrod, je suis un lève-tôt, répondit le jeune homme en tordant un peu le cou à la vérité.

— Et un couche-tard aussi, je suppose? reprit l'autre avec un sourire complice. Quand j'avais ton âge, j'étais les deux, moi aussi... Des bonnes années, ça...

À sept heures pile, Wilbrod s'amena dans son camion et klaxonna trois fois. Dix minutes plus tard, ils s'arrêtaient devant une petite maison à pignons et aux murs recouverts de clins d'aluminium bleus. Philippe fut un peu surpris de voir son compagnon habiter un endroit aussi modeste. Une jeune femme au teint café au lait apparut à la porte et leur envoya la main en souriant. Wilbrod lui répondit par un bec du bout des doigts.

— C'est ta femme ? demanda Philippe, stupéfait.

— C'est mon petit oiseau, se contenta de répondre l'homme à tout faire avec une douceur qui l'étonna.

— Comment elle s'appelle ?

— Agrippine. Ils donnent des noms comme ça dans son pays.

Il fit signe à Philippe de le suivre et ils s'engagèrent dans un passage étroit entre la maison et la palissade de planches qui entourait le terrain et débouchèrent dans une cour gazonnée assez vaste. Au centre se dressait une remise d'aspect misérable ombragée par un pommier.

— C'est toi qui as construit cette palissade ? demanda Philippe, étonné par sa hauteur.

— Ouais. C'est plus intime.

Son sourire était ambigu.

Il se dirigea vers la remise, déverrouilla la porte et ils entrèrent.

— Tu le savais pas, mon flo, mais en plus de mes trois cents métiers, je suis aussi antiquaire dans mes temps libres.

Il pointait le doigt vers trois grosses armoires qui se dressaient au milieu de la place.

De style ancien et à motif plis de serviette, elles mesuraient plus de deux mètres de hauteur. Elles étaient magnifiques, l'une peinte en bleu, les deux autres en rouge écarlate.

Philippe s'en approcha et se mit à les examiner :

— Mais elles sont neuves, Wilbrod !

— J'ai un petit truc pour les faire vieillir... C'est pour ça que je t'ai amené ici.

Le jeune homme le fixa, de plus en plus intrigué.

Wilbrod se planta devant lui et, d'un ton doctoral :

— Tu leur mets de la teinture sang-de-bœuf, jaune pissenlit ou jus de bleuet, tu leur donnes des petits coups de couteau et de bâton par-ci par-là, puis tu creuses un trou, tu les enterres et t'attends trois ans... Tu les avais enterrées neuves... tu les ressors antiques ! C'est aussi simple que ça. J'en ai six en train de mûrir dans la cour. Et quand tu les vends, allô le profit ! Une ou deux fois par année, je pars pour les États-Unis et je fais ma tournée.

Il caressa une armoire.

— Mais attention... la vente est délicate... Faut être prudent, trouver les bons mots, avoir l'air de connaître son affaire... Et puis faut voyager... tu peux pas vendre cinq armoires au même antiquaire, ça passerait pas. Je veux plus faire de tournées au Québec, c'est devenu risqué. Aux États-Unis, les innocents manquent pas... Je donne rien en sous-traitance, ça mange les profits. Depuis cinq ou six ans mes affaires marchent pas pire, ajouta-t-il d'un air satisfait. Quand j'aurai assez de pognon, Agrippine et moi, on va se retrouver dans toute une cabane, mon gars!

Philippe promenait un regard ébahi sur les meubles.

— Et tu m'amènes ici pourquoi, Wilbrod?

— Pour creuser les trous. Cent piastres le trou, ça ferait ton affaire?

Philippe se mit à le fixer, étonné de se faire offrir un tel salaire.

Wilbrod sourit:

— Ça va t'aider à financer ton voyage... Faudrait me creuser une dizaine de trous pour que je prenne de l'avance. À mon âge, creuser, ça commence à me donner des courbatures. La terre est meuble, mais mon dos commence à l'être aussi, bordel de viande... T'es jeune, ça sera un pet pour toi. En deux heures, tu l'auras creusé, ton trou. Bien sûr, tu vas devenir sale comme une semelle de botte, mais Agrippine te donnera tout ce qu'il faut pour te nettoyer.

Philippe se mordillait les lèvres, étonné, hésitant.

— Est-ce que je pourrais y penser, Wilbrod?

— Penses-y tant que tu voudras, mon ami... Mais garde la langue dans ta poche, hein... Si je t'ai amené ici, c'est parce que j'ai confiance en toi.

Le lendemain, Philippe acceptait son offre. La semaine suivante, il se mettait à creuser les trous. Un peu à contrecœur. Participer à une fraude ne l'enchantait pas plus que ça. Mais l'homme à tout faire lui avait toujours inspiré de l'amitié. Et puis, ne l'avait-il pas aidé puissamment dans une passe difficile?

De temps à autre, Wilbrod venait voir comment allait le travail.

— T'as donc l'air occupé pour quelqu'un qui fout rien, lança-t-il un jour à Philippe alors que ce dernier, le visage ruisselant de sueur, venait d'extirper une énorme roche qui ne devait pas se trouver là. C't'une farce, c't'une farce, ajouta-t-il aussitôt en voyant sa mine renfrognée. Les farces, ça donne de l'énergie. Tu le sens pas?

Il s'éloigna en sifflotant et entra dans la maison.

— Drôle comme un cheval en train de crever, marmonna Philippe en se remettant à l'ouvrage.

Une bonne demi-heure s'écoula. Et voilà qu'une deuxième pierre montra sa face terreuse et déprimante. Il s'arrêta et essuya de la main la sueur acide qui lui brûlait les yeux.

— Avez-vous soif, Monsieur? fit une voix de femme. J'ai de l'eau fraîche pour vous.

Philippe leva la tête.

Un thermos à la main, un verre dans l'autre, elle le regardait avec un sourire compatissant.

— Oh oui, j'ai soif, Madame. Merci, c'est gentil.

C'était le *Petit Oiseau*. Il était d'une beauté somptueuse. Avec son short bleu ciel et sa blouse de soie rose, il semblait échappé d'un recueil de poésie hindoue.

Il devait être dans la trentaine, de taille moyenne, un tout petit peu rondelet avec un visage aux traits fins, inoubliables, des yeux vert émeraude, des cuisses qui appelaient les caresses et une voix... une voix... à se rouler par terre. Tout cela dans la même personne. Ça donnait un peu le vertige.

Succomber à ses charmes n'était que suivre le cours de la nature. Que Wilbrod ait pu conquérir une telle merveille portait à s'asseoir pour reprendre son souffle.

— Vous en voulez d'autre? demanda la jeune femme après qu'il eut vidé son verre. Il fait tellement chaud...

— Je veux bien, oui, merci.

Elle le remplit de nouveau, puis regarda Philippe avec ce sourire qui donnait envie de faire n'importe quoi.

— Comment trouvez-vous mon Wilbrod? Spécial, n'est-ce pas? poursuivit-elle sans lui donner le temps de répondre. C'est un cœur d'or. À sa manière, bien sûr.

— Oui, Madame. Je suis content de l'avoir rencontré. C'est quelqu'un de très bien. Il m'a rendu de grands services.

— Il m'a parlé de vous. Il vous aime beaucoup... Je reviendrai vous voir tout à l'heure, ajouta-t-elle en s'éloignant.

Philippe la contemplait, abasourdi.

«Qui aurait dit? s'étonna-t-il. Un pétard comme ça avec Wilbrod... On connaît bien mal les gens...»

Et il se remit à l'ouvrage.

L'homme à tout faire revint le voir quelques heures plus tard. Philippe s'empressa de le questionner sur sa compagne. Il répondit avec un soupçon d'agacement, comme importuné ou méfiant. Agrippine était Haïtienne, arrivée au pays à l'âge de quatorze ans, l'aînée d'une famille de cinq enfants. Son père était soudeur, sa mère institutrice. Elle avait suivi un cours d'infirmière et travaillait à l'hôpital Maisonneuve-Rosemont. Elle était en congé pour deux semaines.

Quelque chose dans sa voix laissait entendre que les renseignements s'arrêteraient là.

Deux semaines plus tard, Philippe avait creusé huit trous et les avait recouverts de vieilles planches et de retailles de contreplaqué pour éviter, disait Wilbrod, que des senteux viennent mettre leur nez dedans. La terre, transportée au fond de la cour, s'allongeait en une large platebande contre la palissade du fond. Il restait encore quelques trous à creuser, car Wilbrod avait renouvelé l'équipement de son atelier pour augmenter la production. Mais Philippe, malgré le Petit Oiseau, sa beauté ensorcelante et ses verres d'eau fraîche, lui annonça qu'il abandonnait la pelle. C'était vraiment trop plate. Et très éreintant. « Sans compter, ajouta-t-il en son for intérieur, que je n'ai pas du tout envie d'avoir un jour à jaser avec la police. »

— Bon, c'est comme tu veux... Je comprends qu'y a des choses plus intéressantes dans la vie... Mais tu gardes notre secret, hein ?

— Compte sur moi.

Wilbrod fouilla dans sa poche, sortit un paquet de gommes, prit un morceau et en offrit un à Philippe.

Celui-ci le remercia et s'éloigna, soulagé de voir qu'ils restaient en bons termes. Son travail lui avait rapporté un beau petit magot qui serait bien utile pour le Grand Voyage.

▲ ▼ ▲

Léa arrivait de chez une amie où elle venait de visionner un film. L'amie habitait une belle maison victorienne rue Grant près du fleuve. Pendant longtemps, ce coin délicieux avait été fort recherché jusqu'à ce que le ministère des Transports décide au milieu des années soixante de remplacer la berge du fleuve par une autoroute qui se mit alors à fournir jour et nuit aux résidents une rumeur continue, signe du Progrès. À présent il fallait une certaine résistance nerveuse pour laisser les fenêtres ouvertes durant les beaux soirs d'été.

Il était vingt-deux heures et une douce pénombre enveloppait la ville comme d'une fine poussière. En atteignant la rue Saint-Charles, Léa se dirigea vers l'ouest pour se rendre à l'appartement de Philippe. Tout en marchant, elle repassait dans sa tête un épisode du film où un comédien, qui jouait le rôle d'un boucher un peu épais mais rempli de bonne volonté, ressemblait à son père d'une façon stupéfiante. Elles avaient bien ri.

Soudain, elle aperçut à quelques pas devant elle un type à cheveux roux qui s'avançait et elle s'arrêta, décontenancée. Il s'était arrêté lui aussi et la fixait avec un sourire étrange. C'était le voleur de montre.

— T'es la blonde d'Arsenault, toi, hein?

Elle ne répondit rien.

— Tasse-toi, p'tite plotte, tu prends toute la place.

Il s'approcha et, d'un coup d'épaule, la repoussa si violemment qu'elle perdit l'équilibre et tomba à genoux dans la rue en poussant un cri.

Il se frottait les mains en ricanant:

— Tu diras bonsoir pour moi à ton chum, lança-t-il en s'éloignant.

Léa, les genoux écorchés, arriva toute tremblante chez Philippe et, à son retour du travail, lui raconta sa mésaventure.

— Chien sale, murmura-t-il, les yeux remplis de feu. Attends que je te tombe dessus...

Il la consola de son mieux, puis sortit et se dirigea vers l'endroit où s'était produit l'incident, espérant trouver le rouquin dans les environs.

— Incroyable comme il a la mémoire courte... Il a encore besoin d'une leçon.

Deux heures plus tard, il revenait bredouille.

Quand il raconta l'histoire à Wilbrod Lalancette le lendemain matin, le videur sentit de nouveau s'épanouir en lui l'âme du redresseur de torts et promit qu'il réglerait son compte une fois pour toutes au petit rouquin.

L'astuce du restaurant asiatique risquant de ne plus fonctionner, il se cassa la tête pour en trouver une autre. Sans succès.

— Je t'aurai bien un jour au bout du bras, mon rat.

Une semaine passa.

Un jour qu'il filait en camion sur le chemin de Chambly pour une course chez un marchand de bois, il aperçut à sa gauche la taverne Arlequin, renommée pour la fraîcheur piquante de sa bière et la chaleur de son accueil. Il était dix heures. Une irrésistible envie de bière s'empara de lui, d'autant plus que Bob Racicot, le propriétaire, était un vieux copain qu'il adorait affronter dans des discussions vigoureuses sur l'état du monde; elles portaient depuis quelque temps sur l'état pathétique des Canadiens qui s'enfonçaient chaque année un peu plus dans le déshonneur et le ridicule.

Quelques instants plus tard, il pénétrait dans l'établissement.

Deux personnes se statufièrent. Lui-même et Pablo Michaud assis à une table devant un pichet de bière. La statufication ne dura qu'une seconde. Sous l'œil stupéfait de Bob Racicot, Wilbrod se rua vers lui tandis que le rouquin se précipitait vers les toilettes où il s'enferma.

— Qu'est-ce qui se passe, Wilbrod? s'écria Racicot.

— Je te raconterai ça tout à l'heure, répondit le videur. Pour l'instant, j'ai besoin de lui parler avec mon pied, à ce bout d'étron.

Il se mit à secouer la porte. Peine perdue.

Alors il frappa dedans à coups de poing. C'était une solide porte de merisier à l'épreuve du temps, mais non des assauts. Elle se mit bientôt à émettre des craquements.

— Arrête, Wilbrod! T'es en train de la défuntiser, tabarnac! Elle m'a coûté une petite fortune, cette porte-là!

— Je t'en ferai une plus belle, répondit-il en continuant de frapper.

— Une plus belle... Tu parles... En attendant, mes clients vont être obligés de pisser devant tout le monde!

— Tu vas l'avoir dans deux jours.

— Et le vernis?

— Je viendrai la vernir durant la nuit. Elle sera prête au matin.

Et il continua son assaut à coups d'épaule. C'était en effet une porte de qualité et il fallut un bon bout de temps pour la détruire.

Wilbrod se précipita dans les toilettes, les poings fermés, puis s'arrêta, haletant.

— Bordel de viande!

Il n'y avait personne.

Une petite fenêtre s'ouvrait au-dessus d'un lavabo. Elle servait à l'aération et quatre barreaux d'acier la protégeaient du surplus d'énergie de certains citoyens à la recherche de revenus rapides.

Il manquait deux barreaux.

Bob Racicot soupira, un peu mal à l'aise.

— Ouais... il aurait fallu que je refasse le jointement. Le ciment s'est effrité.

Wilbrod Lalancette se tourna vers lui. L'expression de son visage était difficile à déchiffrer.

— Je m'en occupe.

▲ ▼ ▲

Léa avait pris son travail au Tigre Géant comme un défi. Et, en effet, c'en était un.

D'abord, il lui fallut mémoriser la disposition de la marchandise, très abondante. Il y avait les vêtements pour la famille, la literie, les serviettes, débarbouillettes et rideaux de douche, les savons, shampoings, déodorants et parfums, les produits de beauté, ménagers, hygiéniques, utilitaires, les jouets, les jeux pour enfants et pour adultes, les outils de bricolage, le matériel scolaire, les surplus d'édition, l'équipement de plein air, plus une quantité invraisemblable de pacotille inclassable – et à tout cela s'ajoutait l'épicerie.

Elle réussit à en faire un classement dans sa tête en deux jours, ce qui lui valut un petit compliment de Rose-Marie Lalancette.

Mais, chose tout aussi importante, il lui fallut gagner sa place parmi les employés. Il y en avait une douzaine. Tout le monde avait senti très vite qu'elle venait d'un étage supérieur de la société. Celui des riches et de ceux qui *avaient fait des études*. On la questionna à ce sujet. Elle suivit les recommandations de la patronne et déclara que ses parents travaillaient à l'hôpital Charles-Le Moyne, sa mère comme réceptionniste et son père comme préposé au stationnement.

Elle avait commis une erreur.

On ne disait pas *préposé au stationnement* mais *gars du parking* tout simplement. Aussi personne ne fut dupe. Léa ne faisait pas du tout fille d'un *gars de parking*. Elle faisait plutôt fille d'un papa qui stationne sa Mercedes *dans* le parking. Elle se retrouva au milieu d'un îlot de silence. Elle eut beau se montrer modeste et gentille (plus qu'elle ne l'aurait été à la maison), l'îlot ne fondait que bien lentement – trop lentement. Judy était celle qui lui parlait le plus souvent, sans doute parce qu'elle aussi était une nouvelle arrivée. Il s'établit entre les deux filles une sorte de camaraderie.

Le moment le plus délicat de la journée était celui des lunchs qui se prenaient le midi et le soir dans la cuisinette. Comme tous les employés ne pouvaient manger en même temps, ils y allaient à tour de rôle par groupes de quatre ou cinq. La cuisinette ne pouvant en recevoir davantage, les groupes ne variaient presque jamais. Les employés ayant le plus d'ancienneté mangeaient à midi et les autres quand ils le pouvaient.

Celui dont faisait partie Léa était formé de:

1. Amanda, la caissière, un joli bout de femme de vingt ans, gentille, le rire facile, passionnée de motocyclette et un peu sourde à cause d'une fréquentation trop assidue des discothèques;

2. Judy, engagée quelques mois plus tôt, costaude avec de magnifiques yeux bruns, maîtrisant raisonnablement le français, pleine d'entrain et souvent distraite, ce qui lui attirait parfois les remontrances de la patronne;

3. Madame Vallières, qui mangeait toute seule dans un coin, sans parler à personne, disant qu'il lui fallait «se reposer l'esprit». C'était une grande femme dans la soixantaine, maigre, à la peau fripée et aux yeux de hibou, divorcée, parlant peu mais parlant raide, la plus ancienne employée du groupe. Elle connaissait le magasin peut-être mieux que la gérante;

4. Joseph Groleau, cinquante ans, petit, chauve, avec des traits qui avaient dû être agréables dans sa jeunesse, atteint de mutisme pour des raisons conjugales, sa femme utilisant tous les mots de la maison. Il s'occupait de l'entretien des lieux et du placement de la marchandise, ce qui le mettait régulièrement en contact avec tout le personnel. Il écoutait les conversations en faisant de temps à autre de petits signes d'approbation, même si la plupart du temps il n'y avait pas d'approbation à donner. Il fixait parfois Léa avec un drôle d'air qui, au début, l'inquiéta un peu. Mais c'était un homme paisible et aimant son travail, et il venait parfois donner un coup de main aux autres dans les moments de grande affluence. On avait appris que son père s'était enrôlé durant la Seconde Guerre mondiale et que son retour à la maison après l'armistice n'avait pas été facile pour la famille.

Pendant quelques jours, Léa trouva les repas plutôt pénibles. Ses compagnes bavardaient entre elles sans trop tenir compte de sa présence et leurs commentaires et allusions lui étaient souvent obscurs. Mais, peu à peu, à force de gentillesse et de modestie, elle réussit à se gagner une petite place dans les conversations.

Le menu de ces lunchs se révéla pour elle un tournant crucial. Celui de ses compagnes de travail se composait généralement d'un sandwich au jambon ou aux œufs (parfois les deux combinés), d'un Coke, d'un Seven Up ou, plus rarement, d'un jus de fruits, qui étaient suivis généralement d'une pâtisserie commerciale (les *faites maison* n'apparaissant que rarement). Le Tigre Géant offrait gracieusement un café perco.

Aussi y avait-il eu des drôles de mines lorsque Léa était arrivée le premier midi avec un thermos de crème de champignons, une salade de crevettes et de fromage suisse et un croustillant aux noix de Grenoble. Amanda, ironique, lui avait demandé si son père, en plus de travailler au *parking, avait un gros restaurant.*

Dès le lendemain, Léa prit soin de calquer ses menus sur ceux de ses compagnes.

Les journées de travail étaient fatigantes, la pause des repas souvent interrompue, les clients parfois impolis et madame Vallières pas toujours facile.

C'était un mercredi après-midi vers quinze heures, et on aurait dit que la clientèle du Tigre Géant s'était enfuie chez les concurrents. Amanda et Judy jasaient dans un coin en plaçant de la marchandise, Rose-Marie Lalancette discutait au téléphone et Léa, qui venait de servir un des rares clients, était agenouillée devant une tablette en train de disposer des oursons en peluche et des Barbie. Madame Vallières déboucha dans l'allée une grosse pile de robes de chambre dans les bras et, en passant devant Léa, s'accrocha dans un de ses pieds et faillit tomber tandis que les robes de chambre allaient s'étaler sur le plancher.

Elle se tourna vers Léa, furieuse:

— Tu pourrais pas faire attention, espèce de nounoune? J'ai failli me casser la gueule!

— Excusez-moi, Madame, fit Léa, confuse, tout en ne voyant pas en quoi elle avait eu tort.

— Excuse-toi tant que tu voudras, tu sais pas travailler! Je te regarde aller depuis que t'es arrivée ici, c'est une vraie pitié! Un enfant ferait mieux! On voit bien que t'as passé toute ta vie dans la dentelle, *Mademoiselle*. Laisse donc ta place à quelqu'un qui a de l'allure.

Léa s'était levée, toute pâle, et fixait la vendeuse sans un mot.

Madame Vallières, comme saoule de rage, continuait ses insultes tout en ramassant les robes de chambre. Judy et Amanda, attirées par les éclats de voix, observaient la scène, silencieuses. Soudain, monsieur Groleau déboucha d'une allée, figea sur place, puis eut une réaction qui entra dans les annales du Tigre Géant. Se plantant devant la vendeuse, il abattit les mains sur ses épaules en la fixant d'un œil si terrible qu'elle se tut. Elle voulut reculer, mais en vain.

— Si tu recommences ça, Violette, lança-t-il d'une voix étranglée, je te mets mon pied au cul... Laisse-la tranquille.

Et il s'en alla. Madame Vallières avait blêmi et demeurait immobile devant les robes de chambre étalées à ses pieds.

— Il la porte vraiment pas dans son cœur, la Vallières, fit Amanda en se penchant à l'oreille de sa compagne.

— Mais il a l'air de porter l'autre.

Commotionnée et devenue silencieuse, Madame Vallières s'était remise à ramasser les robes de chambre.

Léa pleurait à présent et voulut s'éloigner, mais elle n'avait pas fait trois pas que la patronne apparut à son tour, courroucée, et lui fit signe de rester.

— Qu'est-ce qui se passe, Violette? Je t'entendais de mon bureau. On aurait dit que le plafond allait monter dans le ciel!

Madame Vallières raconta l'incident à sa façon.

— Peu importe, c'est pas une façon de parler aux gens, ça, Violette. Elle t'a pas planté un couteau dans le dos, jériboire! Contrôle-toi un peu!

Madame Vallières, les bras de nouveau chargés, s'éloigna sans un mot.

— Elle doit être dans ses règles, souffla Amanda à l'oreille de Judy.

— Ça doit être des vieilles règles. Sont pires que les nôtres.

Elles pouffèrent de rire.

Léa avait repris son travail. Amanda vint lui tapoter l'épaule:

— T'en fais pas, elle est comme ça avec tout le monde.

▲ ▼ ▲

Près d'un an s'était écoulé depuis l'épisode du Tigre Géant et l'été était revenu. Philippe travaillait toujours à la Fine Bouche et Léa, en attendant de partir avec lui pour l'Europe de l'Est, avait décidé de poursuivre ses études et venait d'être acceptée en psychologie à l'Université de Montréal. Les problèmes de sa mère avaient-ils joué dans sa décision? Son choix avait secrètement déçu Romain Bellerose qui aurait souhaité (sans jamais le dire) qu'elle embrasse la médecine. Il lui trouvait une sensibilité qui l'aurait empêchée de devenir une machine à diagnostics comme certains de ses collègues. Son ardeur au travail couplée à une acuité intellectuelle remarquable (et parfois redoutable) la prédestinait selon lui à ce métier. Mais sa vie lui appartenait, s'était-il dit. De toute façon, il n'aurait jamais pu la faire changer d'idée.

— Pourquoi la psychologie ? lui avait-il pourtant demandé.

— Pourquoi pas ?

C'était un peu court comme réponse et cela ressemblait beaucoup à de l'indécision.

Philippe, lui, à la grande déception de ses parents et à l'étonnement de Romain Bellerose, avait repoussé son entrée au cégep et semblait tout à fait heureux au restaurant. Les clients l'aimaient et certains demandaient même à se faire servir par lui. L'attachement de plus en plus visible que Ricolet lui portait laissait présager toutes sortes de choses heureuses. Mais, sans le dire à personne (sauf à Léa), il était de plus en plus lassé de son métier de serveur et s'il continuait à le pratiquer, c'était, bien entendu, à cause du Grand Voyage. Il économisait dans ce but comme un damné et se retrouvait à présent avec un pécule de quinze mille dollars qui s'arrondissait un peu plus chaque jour grâce à cette délicieuse pluie de pourboires. Par économie, il avait abandonné le vin et la bière, n'allait plus au cinéma, portait toujours les mêmes vêtements, n'achetait plus de journaux, se rabattant sur son cellulaire, qu'il n'avait pas remplacé malgré les jurons que ce dernier lui tirait chaque jour.

Bellerose, perplexe, avait fini par remarquer ces changements.

— D'après moi, avait conjecturé Madeleine, il se ramasse un capital pour ouvrir un restaurant.

▲ ▼ ▲

Longtemps, on a le sentiment d'avoir été bâti pour l'éternité. Cette illusion commence généralement à se dissiper vers la fin de la vingtaine. L'illusion, que contredit notre raison, est plus forte qu'elle. De temps à autre on voit pourtant des humains tomber autour de soi, mais c'est comme si la mort restait quelque chose d'un peu théorique qui ne nous concernait pas. En général, ces malheureux étaient vieux, malades ou accablés par la malchance et n'avaient rien de commun avec nous. Notre raison nous dit pourtant que nous connaîtrons un jour leur sort. Mais notre corps nous affirme le contraire, et avec quelle passion !

Voilà ce que vivaient Philippe et Léa dans leur éclatante jeunesse. Mais depuis longtemps, cette illusion avait quitté Romain Bellerose et il voyait le passage des années le fragiliser peu à peu. Alors pourquoi se montrait-il aussi négligent pour sa santé et narguait-il ainsi la mort ? Le spectacle de la misère humaine avait-il fini par l'ennuyer au point de le pousser à quitter la scène ? Pourtant non, le goût de vivre était toujours là. La relation qu'il avait avec ses enfants était plus que satisfaisante, il avait trouvé une compagne agréable, intelligente, sensible, et il vivait dans l'aisance entouré de la considération de tout le monde. Qu'aurait-il pu demander de plus ?

Il ne se comprenait pas.

Ce matin-là, il déjeunait avec Madeleine en écoutant distraitement la radio et n'avait pas dit trois mots depuis son lever. Elle se mit à l'observer, l'œil inquiet.

— Ça ne va pas ? demanda-t-elle enfin.

— Je vais bien. Un peu fatigué, c'est tout.

— Pour quelqu'un qui va bien, je te trouve bien triste, Romain.

— On ne peut pas toujours rire aux éclats.

Elle fut surprise et presque froissée par ce ton rêche, inhabituel chez lui.

— Je gage que c'est à cause de la nuit dernière.

Il allait mordre dans sa rôtie mais s'arrêta:

— Parce que j'ai fait patate? Pas du tout. Ça arrive à tout le monde.

Alors, prenant son courage à deux mains, elle aborda le sujet qu'il détestait:

— Romain, je sais que tu aimerais mieux que je te parle d'autre chose, mais ta santé m'inquiète. Je n'ai rien d'un médecin, mais quand on s'arrête au milieu d'un escalier pour reprendre son souffle, c'est qu'il y a quelque chose qui ne va pas quelque part... Tu t'es levé deux fois cette nuit pour aller à la salle de bain et je t'ai entendu ouvrir la porte de la pharmacie. Ce n'était sûrement pas pour te vaporiser du déodorant...

— Quand je ressens un petit malaise, je sais ce qu'il faut faire et je le fais.

Puis il sourit, allongea la main et lui caressa les doigts:

— Excuse-moi, ma chérie, ce n'est pas mon meilleur matin... ça va passer.

Il consulta sa montre et termina rapidement son déjeuner. Dix minutes plus tard, il quittait la maison. En arrivant à l'hôpital, il s'arrêta à la cafétéria et prit un double espresso pour se requinquer et monta au champ de bataille. Un adolescent aux prises avec une surdose de crack était tombé en convulsions. Une petite fille à la voix éclatante s'était présentée avec les bras rouges et enflés. Un commis de magasin dans la quarantaine s'était mis à cracher du sang.

L'avant-midi s'écoula rapidement. Le travail lui avait donné de l'allant. À la pause du midi, il dîna avec Fabiano. D'habitude loquace et grand amateur de cancans et d'histoires désopilantes, Rosetti affichait ce jour-là un sérieux qui finit par intriguer son compagnon.

— T'as donc une drôle de mine ce matin, Fabiano... Viens-tu de faire faillite ? Est-ce que ta femme s'est sauvée avec le voisin ?

— Rien de tout ça, Romain.

Il respira un bon coup puis, déposant sa cuillère à café :

— J'ai reçu un appel de ton ex ce matin.

— Tu n'es pas obligé de m'en parler, répondit froidement Bellerose.

— Je crois que je vais le faire quand même... Nous avons causé une dizaine de minutes – et pourtant, le travail ne manquait pas, comme tu le sais.

Il prit une gorgée de café, fit une petite grimace, puis déposa sa tasse.

— Elle s'en va à la dérive, Romain, vraiment à la dérive...

— Ça, mon cher, vingt-cinq ans de mariage me l'ont appris... As-tu quelque chose de neuf à me dire sur un autre sujet ?

— Ne t'emporte pas, Romain. C'est une femme en détresse que j'avais au bout du fil... Rien à voir avec les autres fois, je t'assure... Je ne suis pas psychologue, mais, à mon avis, elle a besoin d'aide et c'est pressant.

— Et en quoi ça me concerne, Fabiano? Je ne saisis pas.

Rosetti contempla un instant sa tasse et, d'une voix presque craintive:

— Romain, elle veut te voir. Elle n'osait pas te téléphoner.

— Je n'embarque plus dans ces histoires-là, Fabiano. Et je ne veux pas reprendre la discussion effroyable que j'ai eue avec elle à propos de Léa. La revoir ne ferait qu'empirer les choses.

— En tout cas, j'aurai passé le message, soupira son ami.

Ils ne parlèrent plus beaucoup pendant le reste du repas.

▲ ▼ ▲

À dix-huit heures, son quart terminé, Bellerose quitta le travail, salua en passant Gabrielle, l'infirmière au triage, prit l'ascenseur et se dirigea vers la sortie. Depuis une dizaine de minutes, sa petite pointe de douleur au sternum était réapparue et il était soulagé de partir. Souvent, quand il avait beaucoup travaillé, la pointe réapparaissait. Comme elle n'était accompagnée d'aucun autre symptôme, il l'attribuait à la fatigue ou à la nervosité. Peut-être aussi menait-il une vie un peu trop sédentaire et que sa carcasse lui envoyait des messages. Du reste, cela disparaissait rapidement.

Madeleine arrivait de son travail vers dix-huit heures trente. Il avait décidé de lui faire une surprise. Il s'arrêta à la pâtisserie Rolland, médita devant l'étalage des gâteaux, tous plus tentateurs les uns que les autres, et opta finalement pour le *Grand Rolland*, sublime assemblage de dacquoises, de croustillant à la noisette, de crème brûlée à la vanille et de mousse gianduja, le tout recouvert d'un miroir de chocolat. C'était l'apothéose du plaisir gourmand. Chaque fois, la vue du *Grand Rolland* jetait Madeleine dans l'extase. Elle le gronderait encore une fois de faire exploser son régime, mais son visage réjoui dirait tout le contraire. Après tout, un régime, ce n'était qu'une préparation à la bonne bouffe.

Arrivé chez lui, il se rendit à la salle à manger et déposa le Tentateur au centre de la table.

La gourmandise de Madeleine lui fit penser à celle de Léa – qui avait joint au plaisir de déguster celui de cuisiner. Elle était devenue, en effet, une pâtissière remarquable qui se raffinait de jour en jour – au temps où elle cuisinait à la maison. Et il se rendit compte tout à coup qu'en fait elle ne demeurait *presque plus* à la maison et se contentait de deux ou trois apparitions par semaine – la plupart du temps sans y passer la nuit – et que ces apparitions étaient en train de devenir... des exceptions.

Comme sous l'effet d'un choc, il promena un regard abasourdi autour de lui. Le train-train quotidien, son travail à l'hôpital, mille petits soucis et la présence de Madeleine avaient détourné son attention d'un fait capital : Léa, en fait, *avait déserté le nid familial*. Il faut dire que la famille en question n'était plus représentée que par lui-même, Léontine vivant au loin et Madeleine ne pouvant prétendre en faire partie, du moins aux yeux de sa fille.

Il se rendit au salon et se laissa tomber dans un fauteuil. Était-il idiot – ou indifférent à ses devoirs de père? ou les deux? Comment cela s'était-il produit sans qu'il en prenne vraiment conscience? Peut-être avait-il surestimé Philippe en lui confiant sa fille, pour ainsi dire, les yeux fermés? Évidemment, l'idée même de *confier* à qui que ce soit une personne majeure était ridicule et appartenait à une autre époque. Quelque chose lui avait échappé. Et, malgré tous ses raisonnements, une tristesse accablante s'empara de lui.

Alors il fit ce qu'il n'aurait jamais cru faire et monta à la chambre de Léa pour vérifier le contenu de sa garde-robe et de ses deux commodes, et confirmer ainsi sa brutale prise de conscience. Il constata en effet que ses vêtements, ses livres et des tas de petits objets l'avaient presque tous suivie. Voir la situation s'exprimer d'une façon aussi concrète fut comme un coup sur le crâne. Appuyé contre une commode, il se mit à fixer le plancher. En plus d'avoir été un mauvais époux (du moins selon Virginie), avait-il été aussi un mauvais père?

Il se rappela soudain la visite de Léa et de Philippe la semaine précédente vers la fin d'un après-midi. Il les avait invités à souper. Madeleine devait arriver bientôt de son travail et serait ravie de les voir. Elle l'avait été et les avait serrés si tendrement dans ses bras qu'il s'était dit: «Nous, les hommes, nous n'arrivons pas à manifester ainsi nos sentiments... Nous sommes des descendants de bûcherons et de soldats.»

Le repas, comme toujours, s'était déroulé dans la bonne humeur. Il faut dire que Madeleine avait le don d'animer une conversation en évitant les sujets délicats ou en les abordant par la bande, mine de rien, comme s'il s'agissait d'une chose plaisante. Un peu émoustillé par le vin, Romain s'était dépensé comme jamais en plaisanteries.

Puis la conversation avait bifurqué à la suite d'une remarque de Madeleine sur un téléroman à succès qu'elle avait vu deux jours plus tôt :

— C'était tellement vide et insipide... Je plaignais ces pauvres comédiens d'avoir des sottises pareilles à la bouche. On doit finir à la longue par s'abrutir. J'ai dû aller faire une promenade pour me requinquer.

Léa, sans avertissement et avec une ferveur qu'on ne lui avait jamais vue, s'était alors lancée dans un coq-à-l'âne étonnant :

— Moi, je trouve que ceux qui ne profitent pas de la vie gaspillent tout simplement notre oxygène. À force de perdre leur temps en niaiseries, ils... ils alimentent la niaiserie mondiale, voilà ce que je pense. Je méprise ces gens-là... C'est un troupeau et rien d'autre.

Sa profession de foi était tombée comme un caillou dans une assiette.

Philippe l'approuvait de la tête et dans le silence qui avait suivi il avait renchéri.

— Mes parents n'ont jamais voulu sortir de leur maudite vie plate. Et qu'est-ce qui est arrivé ? Ça leur a comme ramolli la cervelle... Je les aime, bien sûr, et je n'oublierai jamais tout ce qu'ils ont fait pour moi, mais je ne suivrai pas leur chemin, ah ça, vous pouvez en être sûrs... À force de rester dans ta chambre, tu finis par ressembler aux murs.

Romain Bellerose avait senti passer comme un message, l'annonce d'un projet – un projet qui risquait de lui déplaire. De quoi pouvait-il bien s'agir ?

Après leur départ, il avait questionné Madeleine avec l'idée qu'elle possédait peut-être certaines informations.

Elle avait souri :

— Je n'en sais pas plus que toi, mon chéri, sinon je t'en aurais parlé. Moi aussi, je sens qu'ils mijotent quelque chose et que ce quelque chose risque de te mettre de mauvaise humeur… Ce soir, ils étaient en train de préparer tout doucement le terrain – pour éviter un tremblement de terre peut-être. Mon petit doigt me dit qu'ils vont nous annoncer bientôt une drôle de nouvelle.

— Je n'aime pas les suspenses. Je vais tirer les choses au clair à la prochaine occasion.

L'occasion allait se présenter d'elle-même.

Toujours immobile dans la chambre de Léa, il entendit alors des pas au rez-de-chaussée. Madeleine venait d'arriver. Un bienheureux soulagement se répandit en lui. Il descendit et la serra dans ses bras.

— Je suis content de te voir, mon bel amour.

Elle sourit, un peu surprise de ce débordement de tendresse qui ne lui était pas coutumier.

— Moi aussi, mon chéri. T'as bonne mine ce soir, ajouta-t-elle en allant un peu au-delà de sa pensée. Tu as passé une bonne journée?

— J'ai une épreuve à te faire subir, lui annonça-t-il sans répondre à sa question, et je suis sûr que tu vas échouer. Suis-moi.

Il l'amena à la salle à manger. Le *Grand Rolland* trônait au milieu de la table, déployant ses charmes diaboliques.

Elle eut un sourire découragé:

— Poil de poule… Et moi qui viens de perdre deux kilos… T'es cruel, Romain.

— Faut savoir se donner des petits plaisirs à l'occasion, Madeleine... Sinon la vie ne vaudrait pas une crotte de chat.

Son ton l'intrigua. Quelque chose sonnait fêlé. Elle sentit qu'il valait mieux passer à autre chose.

Ils préparèrent ensemble un petit repas vite fait. Romain la questionna sur sa journée (rien de spécial ne s'y était passé), puis lui raconta la curieuse histoire de cette femme de quarante-neuf ans qui la nuit précédente s'était présentée tout inquiète à l'urgence avec une enflure au bas-ventre, craignant d'être... enceinte.

— Ma grand-mère, Docteur, est tombée enceinte à quarante-cinq ans et la même chose est arrivée à une de ses sœurs à quarante-*six*! *Le Journal de Montréal* en avait parlé! On voit bien que c'est de famille... Mais à mon âge, Docteur, je suis pas du tout préparée à élever un autre enfant, d'autant plus que je travaille à plein temps dans un bureau d'assurances... Imaginez-vous l'énergie que ça me demanderait? Je l'ai plus, cette énergie.

Il l'avait palpée sans dire un mot. L'enflure semblait annoncer quelque chose de beaucoup moins réjouissant que l'arrivée d'un enfant. C'était sans doute un cancer des ovaires et une ascite avait provoqué le gonflement du ventre.

— Ressentez-vous une douleur?

— Comme des élancements parfois. Les mêmes que j'avais quand j'étais enceinte. Je l'ai été trois fois.

— Vos intestins fonctionnent?

— À peu près.

Il poursuivit son examen. Elle le fixait d'un œil angoissé.

— Alors, c'est quoi, Docteur? demanda-t-elle au bout d'un moment.

— Vous n'êtes sûrement pas enceinte, Madame... C'est autre chose. Avez-vous un médecin de famille?

Elle fit signe que oui.

— Lui avez-vous parlé de votre problème?

— Non.

— Pourquoi?

— Parce que je l'ai pas encore vu. Et j'aime pas tant que ça le voir, je dois dire. Ça explique pourquoi je suis venue ici. C'est un vieux ronchonneur qui écoute jamais ce qu'on dit. En fait, pour vous dire la vérité et sauf votre respect, Docteur, j'aime pas trop les médecins. Excusez-moi, mais c'est comme ça. Malgré tout, j'avais quand même décidé de prendre rendez-vous avec lui, mais ça me menait... ça me menait à une semaine après ma mort! Mon mari arrête pas de me demander: «Qu'est-ce que ça peut bien être?» C'est alors que cette histoire de bébé m'est passée par la tête et elle voulait plus en sortir, Docteur, ça gâchait mon humeur. Alors mon mari m'a dit: «T'as pas le choix, Josée, il faut que t'ailles à l'hôpital.» Si j'aime pas les médecins, Docteur – sauf votre respect encore une fois – vous comprendrez que j'aime encore moins les hôpitaux. Mais... mais... il faut ce qu'il faut... alors... alors me v'là. J'aimerais bien que vous me disiez tout de suite ce que j'ai et qu'on en finisse une fois pour toutes avec cette histoire.

— J'ai bien peur, Madame, que vous ayez encore à surmonter votre peur des hôpitaux. Je ne peux pas vous dire avec certitude ce que vous avez, mais vous n'êtes sûrement pas enceinte. Il va falloir passer d'autres examens.

La fourchette suspendue au-dessus de son assiette, Madeleine écoutait sans dire un mot.

— C'est tout probablement un cancer des ovaires... et avancé. Sournois, ces cancers-là. Souvent quand on les détecte, il est trop tard... Elle me regardait, la pauvre, comme si je venais de la condamner aux galères...

Il poussa un soupir :

— Une des choses pénibles dans notre métier, Madeleine, c'est la rencontre avec les démunis... heu... comment dire... culturels. J'ai toujours eu l'impression qu'ils souffrent plus que les autres. Ils avancent dans la vie les yeux bandés... c'est-à-dire dans la peur.

Il y eut un silence.

— Si on allait écouter les nouvelles avant le gâteau ? proposa Madeleine pour alléger un peu l'atmosphère.

Une demi-heure plus tard, le *Grand Rolland* prodiguait ses délices, Madeleine mêlant ses soupirs de plaisir aux grimaces de remords. Le reste de la soirée se déroula paisiblement. Retournés au salon, ils regardèrent de nouveau la télé, puis Madeleine se plongea dans la lecture tandis qu'un peu alourdi par son repas Romain parcourait les journaux en bâillant. À vingt-deux heures, ils étaient au lit. Le *Grand Rolland* ennuya Bellerose un moment, puis il parvint à s'endormir.

Mais vers quatre heures, il se réveilla brusquement et les choses commencèrent à se gâter. Il se mit à penser à Virginie. Elle l'avait – en quelque sorte – appelé à son secours. Complication infernale ! Pourquoi l'appeler *lui* parmi tous les hommes sur la planète ? Il fallait être complètement déséquilibrée pour implorer l'aide de l'homme qu'elle avait tant fait souffrir en oubliant qu'il lui avait rendu la pareille. Et si la pauvre, poussée par ses lubies, se retrouvait un jour dans une situation intenable ? Quelle réaction auraient alors ses filles ? Lui reprocheraient-elles de ne pas l'avoir aidée alors qu'elle le lui demandait ? Léa s'éloignerait-elle de lui à son tour ? Ses interrogations tournaient au supplice.

Son refus de la veille se mit à fondre. Il se tournait et se retournait dans son lit, soupirant et toussotant, tandis que Madeleine était plongée dans un sommeil paisible. « Bon, décida-t-il tout à coup, je vais arrêter la voir demain matin en allant au travail... si elle veut bien me recevoir – car elle pourrait tout aussi bien changer d'idée. »

Il espérait que sa décision lui apporterait le sommeil. Mais il resta les yeux ouverts jusqu'au petit matin.

Au déjeuner, Léa – qui était rentrée très tard et, par exception, avait passé la nuit à la maison – lui trouva l'air bien fatigué encore une fois.

— Depuis quelque temps, ma fille, *tout le monde* me trouve l'air fatigué. Ça en devient... fatigant. Je vais très bien, je t'assure. Je me suis un peu trop lancé dans le *Grand Rolland* hier soir, c'est tout.

À huit heures, il téléphona à l'hôpital pour annoncer qu'il serait un peu en retard et monta dans son auto. L'édifice où habitait Virginie était à deux coins de rue de chez lui. Il eut un sourire désabusé à la pensée qu'ils soient à la fois si proches et si loin l'un de l'autre. Aller chez elle lui faisait un effet bizarre. Cela ne lui était presque jamais arrivé. Personne ne répondit quand il s'annonça à l'interphone. Il allait et venait dans le vestibule, désemparé, irrité, avec le sentiment de revivre un de ces épisodes tumultueux de la fin de leur vie commune, lorsqu'un homme se présenta, une clef à la main.

— Vous demeurez ici, je suppose? lui demanda Bellerose.

L'inconnu fit signe que oui.

— Je dois absolument aller voir quelqu'un, Monsieur. Il s'agit d'une affaire importante. Pouvez-vous me laisser entrer?

— Bien sûr, Docteur, fit l'autre en inclinant la tête.

Bellerose le regarda, surpris.

L'homme sourit:

— Je suis un de vos anciens patients.

— Ah bon. Je ne vous avais pas reconnu.

— Vous en voyez tellement.

Et il s'effaça devant lui.

— J'espère que tout va bien aller, lança-t-il tandis que Bellerose se dirigeait à pas précipités vers l'ascenseur.

L'instant d'après, il frappait à la porte de Virginie.

— Qui est-ce? demanda-t-elle.

«Elle s'est encore saoulée», se dit-il avec irritation.

— C'est moi. Fabiano m'a dit que tu voulais me voir. Je suis là.

Il entendit un toussotement, puis un long soupir.

— Ah bon… Merci d'être venu.

Il y eut une pause, puis:

— Je ne peux pas te voir tout de suite, Romain... J'en suis désolée... Je ne me sens pas bien... J'en suis vraiment désolée... Pourrais-tu revenir ce soir?

Le visage empourpré, il cherchait ses mots. Aucun ne lui venait.

— À quelle heure? demanda-t-il enfin.

— Vingt heures, est-ce que ça te va?

— Très bien. Vingt heures. Je serai là. J'espère que je ne me serai pas déplacé pour rien.

— Non, non, sois sans crainte. Ce soir, je serai mieux. Excuse-moi, Romain. J'aurais voulu te recevoir, mais en ce moment je ne peux vraiment pas.

À quelques reprises pendant son travail, Bellerose pensa à ce rendez-vous. Chaque fois, il ressentait un serrement à l'estomac. Dans quel guêpier venait-il encore de se fourrer?

À vingt heures, après avoir soupé sans appétit, répondant de façon évasive aux questions inquiètes de Madeleine, il sonnait de nouveau à l'appartement de Virginie. Elle le fit monter tout de suite. Il l'aperçut devant sa porte, le sourire crispé.

— Excuse-moi pour ce matin, murmura-t-elle. Je n'étais vraiment pas bien, je t'assure.

— Ça va, répondit-il sèchement.

Elle l'amena au salon. Le luxe *tendance* qui régnait dans la pièce le frappa. « Elle ne dépense pas son argent qu'en alcool et en bondieuseries », pensa-t-il méchamment.

Par la baie vitrée, on apercevait le centre commercial et son immense stationnement où les autos s'agglutinaient par groupes.

Elle lui indiqua un fauteuil et s'assit en face de lui. Elle portait un chemisier de soie rose, une jupe noire et des escarpins roses. À son cou luisait le collier de perles qu'il lui avait offert au dixième anniversaire de leur mariage. Il fut surpris qu'elle l'ait conservé. Manifestement, elle s'était mise sur son trente-six. Ses yeux étaient brillants et rougis comme si elle avait pleuré. Ce pouvait être également l'effet de l'alcool ou de certains médicaments ou les deux.

— J'ai beaucoup hésité avant de parler à Fabiano, commença-t-elle d'une voix assourdie. Je savais que cette rencontre risquait d'être pénible, mais j'y tenais absolument.

— Ça va aller, répondit-il comme s'il réconfortait une malade.

Elle le fixa un moment, les mains agrippées aux appuie-bras du fauteuil, et son visage se crispa si fortement que les rides s'en accentuèrent.

— Je veux d'abord te demander pardon, Romain, pour toutes les souffrances que je t'ai causées pendant les dernières années où nous vivions ensemble... Je me suis comportée d'une façon abominable.

Stupéfait, il fut un moment sans parler.

— On a eu chacun nos torts, répondit-il enfin.

— Il y en avait beaucoup de mon côté... Les enfants souffraient, mais je ne le voyais pas – ou plutôt je ne voulais pas le voir.

Elle s'arrêta un instant comme pour reprendre son souffle, puis, se penchant un peu en avant :

— Mais j'ai beaucoup changé, Romain... mes habitudes aussi... Vivre seule m'a permis de réfléchir... Je ne vois plus les choses de la même façon. J'ai fait des liens entre certains événements...

Il crut voir soudain où elle voulait en venir et la sueur se répandit sur tout son corps.

— Tu devines ce que je veux te demander, n'est-ce pas, Romain ? Je veux te demander... qu'on se donne une seconde chance... oui... qu'on vive ensemble de nouveau... Ça t'étonne, n'est-ce pas ? Et même ça te fait peur... Je le vois à ton visage... Mais laisse-moi continuer... Je ne suis plus la même, Romain... J'ai cessé il y a quelque temps de m'intéresser à ces questions de spiritualité. J'ai réalisé qu'elles me rendaient malheureuse... Voilà... J'ai tout dit... Je ne m'attends pas à ce que tu me répondes tout de suite, bien sûr... Je te demande seulement d'y réfléchir... comme je l'ai fait moi-même...

Il la regardait, penchée en avant dans son fauteuil, toute pâle, l'œil suppliant, mais les lèvres serrées en un pli volontaire – et il admira sa folie courageuse.

Un moment passa. On entendit, assourdi par le triple vitrage des fenêtres, le grondement d'un camion.

— Est-ce que tu as pris de l'alcool, Virginie ?

Il avait posé sa question tout doucement, d'une voix précautionneuse, presque craintive.

— Oui, j'en ai pris, répondit-elle en baissant humblement les yeux, et deux comprimés de citalopram en plus... parce que... parce que j'avais très peur de cette rencontre, tu le devines bien... Sans l'alcool et le citalopram, j'aurais tout annulé... Mais pour l'alcool, reprit-elle vivement, c'est devenu une exception, je te jure... Je ne bois presque plus, je suis sur le point de gagner...

Elle poussa un soupir et s'affala dans son fauteuil comme si elle venait de se débarrasser d'un poids écrasant.

— Qui est ton médecin, Virginie?

Elle nomma quelqu'un. Son nom ne lui disait rien. Il demeurait à Montréal. Elle le voyait depuis dix mois environ. Elle voyait également un psychologue.

— Est-ce que je peux espérer une réponse un de ces jours, Romain?

Il la regardait, étonné que Léa lui ait caché l'arrivée de Madeleine, et se mit à chercher fébrilement la réponse qui lui ferait le moins mal. Mais cette réponse n'existait pas.

— C'est que je vis avec quelqu'un, Virginie, répondit-il enfin. Je suis désolé... Je ne m'attendais pas du tout à...

Elle eut un faible sourire, un sourire qui semblait venir des profondeurs les plus intimes de son être et qu'on n'a probablement qu'une fois dans sa vie.

— Ah bon..., répondit-elle à voix basse, je ne savais pas... Excuse-moi... Si j'avais su, bien sûr, je ne t'aurais pas demandé de... Non, évidemment, je ne l'aurais pas fait...

Il y eut un moment de silence, puis ils se levèrent et elle le reconduisit à la porte. Il se tourna vers elle:

— Si jamais tu as besoin de quelque chose, Virginie, de n'importe quoi, tu comprends, de n'importe quoi... donne-moi un coup de fil et je viendrai... Je te le promets.

Il lui tapota l'épaule.

Que ce geste dût paraître cruellement impersonnel à la femme qu'il avait tant aimée et qu'il voyait à présent s'éloigner, Dieu sait où, comme une épave dans la tempête.

Léa ne lui avait pas fait de commentaires particuliers sur l'état de sa mère. Léontine, qui l'appelait chaque semaine, non plus. La crise qu'elle traversait était donc récente. Sa vie semblait n'être qu'une succession de crises. Mais cette fois-ci, la gravité en semblait décuplée. Léa était bien jeune pour s'impliquer dans une pareille affaire. Léontine aurait sans doute pu se montrer utile mais elle se trouvait à deux mille kilomètres.

En arrivant chez lui, il téléphona de nouveau au fidèle Rosetti.

— Je sors tout juste de chez Virginie, Fabiano...

Il lui raconta leur entretien.

— Je l'écoutais, le cœur brisé... Jamais vu quelqu'un d'aussi misérable. Et pourtant, toi et moi, on en a vu, des gens...Tu avais raison, elle a besoin d'aide et ça presse. Le psychologue qu'elle consulte ne semble pas comprendre grand-chose à son cas... Sur le coup, je lui ai offert mon aide, mon aide *totale* en quelque sorte, mais l'émotion me faisait déparler. Je ne dois plus la voir, ça ne ferait qu'empirer les choses... Il n'y a que toi, mon vieux qui... je sais que je t'impose là encore une fois une corvée... une corvée terrible... mais je ne connais personne d'autre capable de s'en charger.

Il y eut un silence au bout du fil.

— Écoute, Romain, je voudrais bien l'aider, mais franchement... je n'ai pas la moindre idée de ce que je pourrais faire...

— Elle t'appelle parfois, Fabiano... Ça doit bien vouloir dire quelque chose, non?

— Tu penses?

Il entendit son ami pousser un soupir – le soupir excédé de celui à qui on demande une tâche impossible à laquelle il ne pourra pourtant pas se dérober.

— Bon, répondit-il enfin, puisque tu me tords le bras… J'irai demain sonner à sa porte encore une fois… Mais ne me demande pas de la prendre comme maîtresse, Romain, ajouta-t-il dans un effort pour alléger la conversation, ma femme n'aimerait pas ça…

— Je t'en prie, épargne-moi tes plaisanteries, je n'ai pas du tout le cœur à rire.

Il passa le reste de la soirée dans un quasi-silence. Madeleine le regardait de temps à autre, tandis qu'assis dans un coin, il pitonnait sur son cellulaire.

Il eut bien du mal encore une fois à s'endormir cette nuit-là.

Le lendemain matin, Madeleine partie à son travail, il donna un coup de fil à Léa et lui demanda de venir déjeuner avec lui. C'était un de ses jours de congé. Il l'avait réveillée. Elle ne fit aucune remarque et répondit qu'elle serait là dans une demi-heure. Par la fenêtre il la vit arriver, le visage un peu chiffonné, curieuse de savoir ce qui lui valait ce rendez-vous matinal.

Il avait préparé du pain doré et un arôme d'arabica flottait dans la cuisine.

— Bien dormi, papa ?

C'était devenu une phrase rituelle.

— Oh, tu sais, répondit-il avec un sourire résigné, le sommeil, c'est un ami qui fréquente de moins en moins les gens de mon âge.

Il servit le pain doré, versa le café, puis attaqua le sujet de plein front. Depuis longtemps, le nom de Virginie n'était mentionné que rarement dans leurs conversations et personne ne semblait en souffrir.

— As-tu vu ta mère récemment ?

— Il y a trois jours.

— Et comment l'as-tu trouvée ?

— Pas bien. Pas bien du tout.

— Pourquoi ne m'en as-tu pas parlé ?

Elle posa sur lui un regard étrange et comme fermé.

— J'ai pensé que ça ne t'intéresserait pas.

Il encaissa le coup.

— Je l'ai vue hier soir.

— Ah oui ? Ça me surprend.

— Fabiano m'avait dit qu'elle voulait me voir.

— Ah bon. Elle avait peut-être besoin de se faire engueuler ?

Ce ton froidement désinvolte l'agaçait de plus en plus.

— J'ai l'impression, ma chouette, que tu as passé une mauvaise nuit… On peut se reparler plus tard, si tu veux.

Elle eut un sourire embarrassé.

— Non, ça va. Excuse-moi.

Il y eut un court silence.

— Ta mère traverse une crise majeure, Léa… On ne sait pas où ça pourrait la mener. J'ai demandé à Fabiano d'aller la voir pour essayer de la calmer un peu.

— Il ne réussira pas.

— Mais toi, qui la vois régulièrement, j'aimerais que tu m'avertisses si jamais tu t'apercevais de quelque chose d'inquiétant.

— Pourquoi, papa? Elle n'est plus ta femme.

Il rougit et son visage se contracta comme sous l'effet de la douleur:

— Change de ton, veux-tu... Elle l'a été assez longtemps pour que je m'inquiète à son sujet... Et alors? Qu'est-ce que tu réponds?

— Je ferai ce que tu me demandes, répondit-elle froidement, évitant son regard.

Elle prit une dernière gorgée de café et se leva.

— Merci pour le déjeuner, papa. Ton pain doré était super, comme d'habitude.

Et elle quitta la pièce.

Il resta assis, les sourcils froncés, à la fois mécontent et consterné.

— Oh, j'oubliais, papa, lança Léa du vestibule. J'ai téléphoné hier à Léontine. Elle devrait t'appeler aujourd'hui.

Il se prépara un deuxième café, revint s'asseoir, puis s'empara brusquement de son cellulaire. Il valait mieux devancer l'appel de sa fille. Cela le mettrait en meilleure position. La conversation allait sûrement se montrer plus désagréable encore que celle avec Léa. Elle roulerait, bien sûr, sur ses devoirs d'ex-mari, si cela existait.

Il l'eut tout de suite au bout du fil. Après les formules d'usage (*J'espère que je ne te dérange pas? Tu vas bien? Quel temps fait-il chez vous?* etc.), il entra dans le vif du sujet.

— Léa t'a sans doute appris que ta mère traversait une mauvaise passe?

— Oui. J'allais justement te téléphoner à ce propos.

La voix était ferme, froide et articulée. Cette voix était apparue chez Léontine vers la fin de l'adolescence. C'était celle d'un examinateur et d'un juge, à la fois courtoise et impitoyable. Au début, il s'en était amusé. Mais, peu à peu, il s'était mis à la craindre.

— Je l'ai vue hier, Léontine. En la quittant, comme son état m'inquiétait un peu, j'ai demandé à un de mes collègues de s'en occuper. Je dois lui reparler. On verra alors ce qu'il faut faire. Rassure-toi, Léontine, elle est entre bonnes mains.

— Je n'en doute pas, papa. Mais j'ai quand même pris des arrangements ce matin et j'arrive dans deux jours.

II resta silencieux, abasourdi.

— Es-tu sérieuse? articula-t-il enfin. C'est insensé, Léontine. Ta mère n'est pas mourante. On s'occupe d'elle.

— Mon billet est acheté, papa.

Ils parlèrent encore un moment, mais durent bientôt raccrocher, n'ayant plus rien à se dire.

Romain Bellerose, l'air absent, se leva avec la raideur d'un automate. Il prit sa douche, se rasa, enfila ses vêtements et quitta la maison pour l'hôpital.

Durant une pause, Fabiano Rosetti le prit à part et lui raconta sa visite chez Virginie.

— J'y suis resté trois quarts d'heure. Elle parlait, parlait, mais je n'arrivais pas à entrer dans le vif du sujet.

— Les antidépresseurs, hein?

— Sans doute. Mais, cela dit, je l'ai trouvée dans un état plutôt... acceptable... Aucune allusion, bien sûr, à votre conversation de la veille. Elle n'a prononcé ton nom qu'une fois, comme ça, en passant. Je l'ai questionnée sur sa santé, ses projets, ses ennuis, si elle en avait. Elle m'a répondu: «Je suis une femme un peu défraîchie à présent, Fabiano, tout est là.» Impossible d'en tirer autre chose. Fermée comme une huître. J'ai voulu l'ausculter. Refus. Je lui ai demandé finalement ce qu'elle faisait de ses journées. «Je suis très occupée, Fabiano, pourquoi me demandez-vous ça? Je vois des amis, je vais au gym, je vais au cinéma au moins deux fois par semaine, je viens de m'inscrire à un cours d'histoire de l'art, le temps passe vite, trop vite...» Je lui ai demandé si elle voyait un spécialiste. Elle se doutait bien que tu m'avais parlé de ta visite. Elle s'est mise à rire: «Un spécialiste? J'en vois un, mais je pense à le laisser tomber. Je suis déjà bien assez spéciale, vous ne trouvez pas?» Tu vois son état d'esprit? Et puis, finalement, je me suis dit que devenir son médecin quand elle en a déjà un, c'est risqué – et pas très déontologique, soit dit en passant. Il faudrait le contacter, celui-là.

— Elle ne voudra pas te donner son nom... Comment était-elle habillée?

— Correctement. Rien qui m'ait frappé.

Bellerose poussa un soupir.

— Ce n'est pas la femme que j'ai vue hier soir... Celle que j'ai vue était en plein désarroi... Ça ressemble à de la cyclothymie... Il faut se méfier des cyclothymiques, comme tu sais... Ils sont imprévisibles.

Penchant la tête, il se mit à frotter nerveusement la manche de sa blouse:

— Cette histoire nous dépasse, mon vieux. Mes filles vont peut-être réussir mieux que nous… Merci pour tout, Fabiano, fit-il en lui donnant une bourrade affectueuse, t'es quelqu'un de vraiment chic, tu sais.

▲ ▼ ▲

Léontine avait une taille élancée, des traits harmonieux hérités de sa mère mais plus fermes, exprimant un caractère résolu et peu expansif. Sa chevelure d'un blond cendré qui tombait en somptueuses vagues sur ses épaules avait fait l'envie de bien des femmes, mais trois ans plus tôt les ciseaux du coiffeur l'avaient brutalement raccourcie. Léontine parlait peu, souriait rarement, écoutait les autres avec attention et manifestait ses opinions calmement et avec clarté. En d'autres mots, elle était plutôt intimidante. À ses côtés, Léa faisait un peu l'effet d'une petite fille.

Elle avait décidé de ne pas annoncer sa visite à Virginie afin de profiter de l'effet de surprise, car cette dernière avec les années avait développé une habileté remarquable pour cacher éraflures et blessures sous une sorte de vernis mondain. Accaparée par ses études, Léontine n'était pas venue au Québec depuis deux ans, se gardant bien d'avouer qu'elle en avait peu souffert. Mais l'annonce de l'état misérable de sa mère avait réveillé en elle un fond d'affection mêlé d'indignation. Pourquoi l'avait-on laissée dépérir à ce point?

Elle arriva au jour dit à quatorze heures. Romain Bellerose, trop occupé, n'avait pu se rendre à l'aéroport.

— C'est un peu froid comme accueil, s'était-il excusé, mais je n'ai pas réussi à me libérer. Par contre, il y aura une petite fête pour toi ce soir, ma chérie.

Il n'avait pas tenu compte de Wilbrod Lalancette. Personne ne l'avait mis au courant, mais le bonhomme avait l'oreille fine et, sans en parler à personne, il avait décidé d'aller la cueillir à l'aéroport, poussé par son attachement pour la famille autant que par le plaisir de lui faire une surprise.

Vers treize heures, il sauta dans son camion et fila vers l'aéroport. Quand elle l'aperçut en train d'agiter la main parmi la foule, Léontine eut un grand sourire.

— C'est papa qui t'a envoyé?

— Non, ma fille, je me suis envoyé moi-même.

— Ah bon.

— Je voulais voir de quoi t'avais l'air dans un aéroport.

Elle le regarda, étonnée, puis amusée.

— Et alors? Est-ce qu'il me va bien?

— On voit tout de suite que t'es une maudite belle femme.

Elle se mit à rire:

— Il faudrait que tu me voies à Charles-de-Gaulle, Wilbrod... Les bras t'en tomberaient.

— Ça coûte trop cher.

Il lui avait toujours inspiré de la sympathie. Avec lui, peu importe les circonstances, on savait toujours à quoi s'en tenir. Ils causèrent tout au long du retour. L'homme à tout faire ne craignait pas les questions indiscrètes, frôlant parfois l'inconvenance. Ce jour-là il s'intéressait particulièrement à ses amours.

— Une belle fille comme toi, les gars de Paris doivent faire la file pour te connaître un peu plus, non?

Elle riait et répondait par d'habiles périphrases.

— Ton père va être content en sacrament de te revoir, dit-il quand ils arrivèrent à Longueuil.

— Je m'en vais plutôt chez maman, Wilbrod.

Il lui jeta un coup d'œil en biais et ne réagit pas. «Oh là là!... Ça sent la guenille brûlée, se dit-il. Faut pas se mêler de ça.»

Wilbrod avait son franc-parler mais aussi, quand la situation l'exigeait, son franc silence. Il se contenta de s'éclaircir la gorge deux ou trois fois et déposa Léontine chez sa mère.

Cela fait, il prit quand même la peine de s'arrêter chez Romain Bellerose pour lui annoncer la décision de sa fille au cas où ç'aurait été une nouvelle.

C'en était une.

▲ ▼ ▲

— Mais... Léontine? Qu'est-ce que tu fais ici? balbutia Virginie en ouvrant la porte à sa fille toute souriante, une valise à ses pieds.

— Je voulais te faire une petite surprise, maman, répondit-elle en riant.

C'était la première fois qu'elle voyait sa mère en jean. Il y avait une petite déchirure à son genou gauche.

— Eh bien, c'en est une, ma chérie! Une merveilleuse surprise! Je croyais que c'était Léa à l'interphone. Vos voix se ressemblent tellement. Entre! Entre, ma chérie!

Mais sans tenir compte de ses paroles, elle se jeta en larmes dans les bras de sa fille.

Léontine se libéra bientôt de son étreinte, s'empara de sa valise et entra. Elle était frappée par la maigreur de sa mère, par sa volubilité fiévreuse et l'expression rigide et tendue de son visage. Ses yeux brillants et légèrement dilatés semblaient lancer des appels à l'aide. Venait-il de se passer quelque chose?

Un soupçon s'empara de Virginie.

— Est-ce que par hasard quelqu'un t'aurait parlé de moi, Léontine? Ta sœur, peut-être?

— À quel sujet, maman? répondit sa fille avec le plus grand naturel. Léa m'a parlé de toi, bien sûr. Mais alors?

— Laisse, laisse, répondit-elle en l'entraînant vers le salon. Je disais ça comme ça... Ton voyage s'est bien passé? Comment trouves-tu mon ameublement? Je viens tout juste de l'acheter.

Elles s'attablèrent dans la cuisine.

— Veux-tu un café, mon chou? Une tisane? Un verre de vin? J'ai un excellent bordeaux.

— Non merci, maman.

Le décalage horaire commençait à l'alourdir. Réprimant ses bâillements, elle répondait patiemment à toutes les questions de sa mère sur sa vie à Paris, ses études, le nouvel appartement qu'elle venait de louer, les amis qu'elle s'était faits. Il semblait que Virginie eût oublié leurs conversations précédentes, leurs courriels et leurs coups de fil. Pas une fois, bien sûr, le nom de Romain Bellerose ne fut prononcé, mais Léontine, à l'expression de sa mère, pouvait deviner les moments où sa pensée lui traversait l'esprit.

— Ma pauvre chérie, s'écria-t-elle tout à coup, je parle, je parle et tu tombes de sommeil. Une petite sieste te fera du bien. Viens, que je te montre ta chambre...

Je suis moi-même un peu fatiguée tout à coup... La surprise, tu comprends... Ta visite m'a sciée en deux, vraiment.

Au moment de la quitter, elle prit sa fille par le bras et plongeant dans ses yeux un regard brûlant d'affection :

— Je m'endormais chaque soir en priant pour toi, ma chérie. Mais depuis quelque temps, je t'envoie plutôt de bonnes pensées. Ça me paraît plus efficace.

Ne sachant que répondre, Léontine lui caressa la joue.

Quand sa mère fut partie, elle attendit quelques minutes, puis s'empara de son cellulaire et, pour être sûre de ne pas être entendue, se glissa dans la garde-robe et tira la porte sur elle autant qu'elle le put. Le jeu de la cachette de son enfance lui revint à l'esprit. Malgré son inquiétude, elle esquissa un léger sourire.

L'instant d'après, elle avait son père au bout du fil.

— Papa, Wilbrod t'a sans doute dit que je me trouve chez maman ?

— Il me l'a dit, en effet, répondit sèchement Romain Bellerose.

Puis il ajouta :

— Je pensais avoir le plaisir de te serrer dans mes bras aujourd'hui, ma fille.

— Ne te fâche pas, papa, je t'en supplie. Si tu voyais dans quel état je l'ai trouvée...

— Je connais tous ses états, Léontine.

— J'ai hâte de te voir, papa, et de voir aussi Léa, mais il faut absolument que je passe la journée de demain avec elle pour essayer de trouver une façon de...

— C'est qu'on avait préparé une petite fête pour toi ce soir, ma belle. Je t'attendais vers la fin de l'après-midi... On aurait eu le temps de causer un peu, tout doucement... Mes invités devaient arriver ici vers dix-neuf heures. Je t'aurais présenté Madeleine, ses enfants et le copain de Léa... Je suis un peu déçu.

— Mon Dieu, papa, je suis désolée... Est-ce que je peux passer demain matin à la maison?

— Demain, je travaille jusqu'à midi et je serai ensuite occupé au moins jusqu'à quatorze heures à brasser de la paperasse. Amène-toi plutôt vers dix-neuf heures... Je vais réinviter tout le monde... Mais peut-être que ton horaire est trop chargé? ajouta-t-il avec une ironie un peu aigre.

— Allons, papa, tu deviens méchant... Je suis venue *aussi* pour te voir et voir Léa. Est-ce que je dois le préciser?

— Allez, à demain, ma fille, fit-il d'un ton un peu radouci. Nous t'attendrons vers dix-neuf heures.

Étendue sur son lit, Léontine fixait le plafond. Cela lui servit de sieste. Une heure plus tard, elle aidait sa mère à préparer un souper sur le pouce.

— Tu m'as prise au dépourvu, ma chérie, j'allais faire mes courses demain. On mangera à la bonne franquette.

La soirée se passa en causeries devant la télé. Léontine essaya à trois ou quatre reprises d'aborder le sujet de la santé, mais chaque fois ses efforts tombaient à plat. «Laissons passer un peu de temps, se dit-elle enfin. Si j'y vais trop vite, elle va se douter de quelque chose.»

Durant la nuit, un incident l'alarma.

Vers trois heures, des coups à sa porte la réveillèrent

— Est-ce que je peux entrer, Léontine?

Et, sans attendre de réponse, Virginie entra et fit de la lumière. Assise dans son lit, sa fille la regardait en clignant des yeux, encore tout engluée de sommeil. Devant elle se tenait une femme tremblante, livide, la chevelure en désordre, les lèvres agitées par un tic.

— Qu'est-ce qui se passe, maman? Tu te sens mal?

— Viens dormir avec moi, ma chérie... J'ai besoin d'une présence... Tout à l'heure, j'ai fait un cauchemar... Ou peut-être que ce n'en était pas un... Une voix m'appelait de quelque part... je ne sais plus trop d'où... enfin, ça n'annonce rien de bon... Mais si tu es là, je pourrai me rendormir, j'en suis sûre.

Léontine, atterrée, quitta son lit, s'avança vers sa mère et la prit dans ses bras.

— Allons, maman, calme-toi, je t'en prie... C'était un cauchemar, rien de plus... Ça arrive à tout le monde...

— Et si c'était autre chose? On ne sait jamais.

Le moment ne se prêtait guère à une discussion psychologico-spiritualiste.

— Ça t'arrive souvent, ce genre de cauchemar?

— Comme celui-là, c'est la première fois.

Elle l'enveloppa d'un regard suppliant:

— Viens dormir avec moi, je t'en supplie. Mon lit est très confortable.

Léontine eut une petite grimace de contrariété devant les heures d'insomnie qui s'annonçaient. Elle s'efforça de n'en rien laisser paraître:

— Bien sûr, maman, si ça peut te rassurer.

Et elle la suivit, troublée par ces rôles inversés de la mère et de l'enfant.

Elle réussit néanmoins à se rendormir et se réveilla vers sept heures, observa un moment Virginie plongée dans un sommeil apparemment paisible, puis, quittant doucement le lit, alla prendre une douche, s'habilla, se rendit au salon et parcourut le journal de la veille.

Il approchait dix heures quand Virginie se leva, le visage reposé et de bonne humeur. Elle ne fit aucune allusion à l'incident de la nuit. C'était comme si rien ne s'était passé. Sa fille l'imita. À chaque jour suffit sa peine.

Après avoir déjeuné, elles partirent faire des courses. Contrairement à ce qu'elle avait dit à Fabiano Rosetti, Virginie ne sortait plus que rarement et faisait livrer ses achats le plus souvent possible. Léontine l'invita à dîner au restaurant, puis réussit à la convaincre d'aller chez le coiffeur le lendemain. Elle, autrefois si coquette, semblait à présent se laisser aller. Comme l'après-midi était magnifique, elles prirent un café sur une terrasse.

Virginie jacassait sans arrêt en remuant sur sa chaise.

— Je te trouve bien nerveuse aujourd'hui, maman, observa sa fille au bout d'un moment.

Virginie figea et, regardant Léontine droit dans les yeux :

— C'est la solitude qui m'a rendue comme ça… Et puis, je vieillis, Léontine. Les vieilles femmes aiment jacasser en se trémoussant pour oublier un peu ce qui les attend.

Il y eut un moment de silence.

En dépit de la pensée claire et ordonnée et du calme qu'elle manifestait dans les situations les plus délicates et compliquées, Léontine se sentait dépassée devant la partie qui s'annonçait et une inquiétude gluante l'envahit. Tout ce qu'elle obtiendrait sans doute de Virginie en parlant avec elle de ses problèmes serait une discussion orageuse qui tournerait en crise de nerfs ou en queue de poisson. Pourtant il fallait agir, et vite: son séjour au Québec n'était que d'une semaine et il était impossible de le prolonger.

Virginie semblait inconsciente du débat qui agitait sa fille:

— Si on allait au cinéma? Il y a plein de bons films à l'affiche. Voilà une éternité que je n'y suis pas allée. Il faut bien que je m'occupe un peu de ma culture... et peut-être toi aussi, non?

▲ ▼ ▲

Malgré le froid larvé qui s'était établi entre eux depuis le divorce, Léontine avait hâte de revoir son père.

À dix-neuf heures, elle arrivait devant la maison familiale et, envahie par la tristesse, s'arrêta un moment pour la contempler. Dans cette maison s'était déroulée la plus grande partie de son existence, et sa vue l'aurait remplie de joie si elle avait pu oublier les années de discorde entre ses parents. Ils avaient été une des principales raisons de son départ pour la France. Le divorce avait apporté la paix, mais c'était une paix sanglante qui se mêlait à ses souvenirs de jeunesse et les gâchait. Elle n'avait jamais parlé de ces choses à personne. Le temps et l'éloignement avaient commencé à distendre les liens qui l'unissaient à ses parents, mais l'appel de Léa l'avait bouleversée, et c'était remplie de remords qu'elle s'était précipitée à Longueuil au secours de sa mère.

Elle poussa un soupir, gravit les marches de la galerie, sonna et entra. La conversation s'arrêta net dans le salon et, l'instant d'après, dans un bruit de pas précipités, tout le monde apparut. Romain s'avança en souriant:

— Enfin, te voilà, toi, s'écria-t-il avec une voix de fausset.

À la vue de sa fille son ressentiment avait fondu.

Et il la serra longuement dans ses bras tandis que les autres, silencieux, observaient la scène en souriant.

— Oui, me voilà, papa, répondit Léontine en lui caressant le dos, me voilà enfin.

Madeleine s'avança, intimidée:

— Bonsoir, Mademoiselle. J'avais hâte de faire votre connaissance. On m'a tellement parlé de vous...

— Madeleine, il n'y a pas de *vous* ni de *Mademoiselle* ici, lança le médecin avec une fausse sévérité.

Puis, cachant son malaise, il fit les présentations:

— Madeleine est un ange... On ne peut pas imaginer femme plus adorable.

C'était quelque peu maladroit mais les circonstances l'excusaient. Tout pouvait néanmoins se gâcher en un instant, car sa fille avait toujours eu son franc-parler et se fichait passablement des convenances.

Elle s'avança vers Madeleine et lui tendit la main en prononçant le *Enchantée de vous connaître* d'usage. En rougissant, Madeleine lui présenta tour à tour ses enfants, qui se tenaient droits comme des piquets derrière elle. Il y avait quelque chose en Léontine qui portait au garde-à-vous.

— T'as fait un bon voyage, ma grande sœur? demanda Léa en s'approchant.

Et elle lui caressa la joue.

— Très bon. J'ai lu presque tout le temps.

Son regard se posa alors sur Philippe qui suivait la scène avec un petit sourire. Chez lui on ne faisait pas tant de façons.

— Je te présente Philippe, fit Léa en le poussant vers sa sœur. C'est le meilleur garçon que j'ai pu trouver.

— Je ne peux pas en dire autant de ta sœur, répondit du tac au tac Philippe en plongeant dans le tutoiement

Léontine se mit à rire et lui serra la main.

— Beau brin de femme, glissa Victor à l'oreille de Roseline.

— Veux-tu que je lui transmette le message?

Cela lui valut un léger coup de coude dans les côtes. Elle semblait y être habituée.

La soirée était bien engagée. De nouveau on se retrouva au salon, et Romain Bellerose apparut bientôt avec l'habituelle bouteille de champagne. Cette fois-ci, c'était un jéroboam.

— Je n'en sers que dans les grandes occasions, précisa-t-il d'un air faussement solennel.

Le bouchon sauta et il tendit une flûte à Léontine:

— À toi, ma belle voyageuse. Je te trouve les traits un peu tirés. Ça va te remettre d'aplomb.

C'est à ce moment qu'apparut Wilbrod Lalancette. Il venait du premier étage où Bellerose l'avait envoyé jeter un coup d'œil sur une prise de courant au comportement bizarre. Depuis longtemps, il était devenu une présence familière, apparaissant le jour comme le soir.

— Viens donc prendre un verre, Wilbrod, lança Bellerose. Ça éclaircit les idées.

L'homme à tout faire s'arrêta dans l'escalier :

— Hum... tentant comme une porte de bordel, ça...

Puis, apercevant Roseline :

— Oups... Je t'avais pas vue, toi.

— T'inquiète pas, j'en ai entendu d'autres, répliqua-t-elle, imperturbable.

Le médecin lui tendit une flûte. Trois minutes plus tard, il l'avait vidée.

— Approche-toi, lui dit Bellerose, on ne boit pas du champagne tous les jours.

— Non merci, Doc, répondit l'ancien videur après une hésitation, Agrippine aime pas trop que je boive... Que voulez-vous, elle est comme ça.

Il causa un peu avec Madeleine et Roseline, salua la compagnie et partit.

Les conversations allaient bon train. Même s'il savait qu'elle n'était que de passage, Victor, hypnotisé comme d'habitude par les belles femmes, causait de plus en plus galamment avec Léontine, mais il sentit bientôt que derrière la politesse souriante de la jeune femme se cachait un profond désintérêt. Roseline, elle, folichonnait avec Philippe, qui ripostait en riant. Leurs taquineries allaient tourner en petit spectacle. Madeleine lança deux ou trois coups d'œil d'avertissement à sa fille, sans succès. Au bout d'une demi-heure, le médecin, devenu joyeux, fit sauter le bouchon d'une deuxième bouteille :

— La première, c'était pour les grandes occasions. Celle-ci, c'est pour les occasions inoubliables.

Et, se tournant vers Léontine, il remplit de nouveau sa flûte ; elle lui caressa la main, geste qui semblait traduire la complète réconciliation.

Madeleine avait peu parlé jusque-là. Elle se leva et, les yeux remplis de lueurs gourmandes, décrivit le menu du repas. Sa somptuosité fit régner le silence un moment. On passa à table.

Les convives avaient de plus en plus de bulles entre les deux oreilles et la conversation roulait dans tous les sens. Léontine, que le champagne avait enfin dégelée, se mit à dépeindre sa vie à Paris avec une loquacité qu'on ne lui connaissait pas. Elle parla d'un de ses professeurs – sommet du savoir couronné d'un glacier d'outrecuidance –, raconta ses séances de labo, la plupart du temps passionnantes et toujours crevantes, parla d'un de ses condisciples un peu niaiseux qui dînait en cachette en plein milieu d'un cours afin de stabiliser son taux de sucre, et termina par quelques épisodes de son enfance qui ne la mettaient pas toujours en valeur. On gloussait, on se tapait sur les cuisses. Léa, ébahie, regardait sa sœur. Elle ne l'avait jamais vue ainsi.

Pas une fois, bien sûr, le nom de Virginie ne fut prononcé.

Le digestif servi, on se retrouva encore une fois au salon. Au bout d'un moment, Léontine fit un signe discret à son père et se dirigea vers son bureau. Romain Bellerose fronça les sourcils et alla la rejoindre. Une conversation tendue l'attendait, porte close.

— Papa, il fallait que je te le dise, maman ne va pas bien du tout. Si tu l'avais vue la nuit dernière… Son état m'inquiète… il m'inquiète beaucoup, papa.

— Je sais tout ça, Léontine… Comme je te l'ai dit, un de mes collègues s'en occupe. Je ne peux pas faire davantage, ma fille.

Sa voix était soudain devenue lasse, molle.

Léontine le saisit par le bras :

— Tu n'as pas l'air de vraiment te rendre compte de la gravité de son état. Je ne suis pas médecin, moi, mais je suis sûre que si on ne prend pas des mesures énergiques – *énergiques* je te dis –, les choses vont mal tourner. Elle n'est plus en état de prendre de bonnes décisions. Il faut l'hospitaliser.

La tête penchée, il ne disait pas un mot.

Alors elle se planta devant lui et d'une voix hachée, rageuse :

— Ce n'est plus ta femme, mais c'est encore notre mère, à Léa et à moi. Si tu ne fais rien et qu'un malheur arrive, jamais plus tu ne me reverras, as-tu compris ?

— On n'hospitalise pas les gens comme ça, Léontine, soupira-t-il. À moins qu'ils ne soient en état de crise violente, il faut le diagnostic d'un psychiatre – et on ne trouve pas un psychiatre en criant lapin… J'ai beau être médecin, je ne dirige pas l'hôpital.

— Ça, c'est ton problème, pas le mien.

— Je te répète encore une fois que mon collègue Rosetti l'a prise en charge, poursuivit-il en jouant un peu avec la vérité. Il la tient à l'œil et s'il juge qu'il le faut, il prendra toutes les mesures nécessaires, rassure-toi. Cela dit, ce n'est pas un magicien, Léontine. Tu le sais comme moi, elle a toujours été fantasque, entêtée, un peu bizarre. Essaie de la faire changer d'idée, tu verras comme c'est facile... Il y a deux semaines, elle a voulu me rencontrer. J'y suis allé. Sais-tu ce qu'elle m'a demandé ? Qu'on reprenne la vie commune ! Je ne peux plus retourner chez elle, Léontine, ça ne ferait qu'empirer les choses.

— Je t'aurai averti, se contenta-t-elle de répondre.

Et elle quitta la pièce

De retour au salon, Léontine écouta les conversations avec un sourire forcé. Elle semblait à mille lieues de la petite fête qu'on avait organisée pour marquer sa visite. Au bout de quelques minutes, elle annonça que le champagnc lui avait donné la migraine et l'obligeait à partir. Personne ne fut dupe. Romain Bellerose, plus habile sans doute à cacher ses émotions, parlait et riait comme si de rien n'était. Madeleine lui jetait de temps à autre un coup d'œil inquiet. Il lui tapota la main.

— Ta conquête est partie, souffla Roseline à l'oreille de son frère. Dommage.

— C'était comme vouloir faire fondre un bloc de glace en s'assoyant dessus, grommela-t-il.

— Peut-être que t'avais pas les fesses assez chaudes ?

Regardant droit devant lui, il lui pinça une cuisse.

▲ ▼ ▲

Trois jours passèrent. Léontine, essayant de plaire à ses parents, faisait la navette entre les deux, couchant et mangeant tantôt chez l'un, tantôt chez l'autre. Virginie s'en plaignait, mais comme sa fille lui consacrait la plus grande partie de son temps, elle finit par s'y résigner.

Le jour de son départ approchait et Léontine n'avait toujours pas trouvé de solution pour sa mère. Finalement, au quatrième, par l'entremise d'une de ses amies finissante en médecine, elle réussit à obtenir une consultation avec une psychiatre dans une clinique privée. Mais il restait à convaincre Virginie d'y aller, ce qui demandait l'habileté sournoise du chat et la vigueur chaleureuse du chien... Alors, jouant le tout pour le tout, Léontine eut avec elle une discussion durant l'après-midi au cours de laquelle volèrent des pointes d'acier. Il y eut des larmes, des accusations, des constats impitoyables, des promesses faites puis retirées, des supplications entrecoupées de moments de tendresse. Finalement, après avoir exigé de sa fille un secret absolu, Virginie accepta de se présenter à son rendez-vous.

— Je le fais pour toi, ma chérie, lui dit-elle, pour la paix de ton esprit... et pour éviter une brouille.

L'accord final se conclut entre deux verres de porto.

▲ ▼ ▲

Ce soir-là Madeleine avait particulièrement soigné le menu, car Léontine allait s'envoler pour la France trois jours plus tard et chaque journée était devenue précieuse. Quand la reverrait-on? On avait invité Léa et Philippe, mais ce dernier n'avait pu se libérer de son travail. Léontine le regretta, car dès leurs premiers contacts elle avait remarqué certains traits de caractère qui les rapprochaient: détermination, sérieux, faculté de retomber sur ses pattes dans une discussion passionnée. Le repas se déroulait dans une atmosphère un peu tristounette que le vin et l'entrain un peu commandé de Madeleine ne réussissaient que rarement à faire lever.

— L'Atlantique s'est pas mal rétréci depuis l'époque des bateaux à voiles, lança-t-elle. Si tu manques de temps pour venir nous voir, on peut aller te rendre visite, pas vrai, Romain?

Il était près de vingt-trois heures quand Léontine retourna chez sa mère. La mine affaissée de celle-ci la frappa.

«Bon, se dit-elle, encore un mauvais quart d'heure à passer. Viens me soutenir, Patience!»

— Comme tu en as mis du temps, soupira Virginie. Je me sentais délaissée, ma fille... et même un peu trahie.

— Trahie? répondit Léontine, stupéfaite.

— Eh oui... Je vis entourée de trahisons... Il a bien fallu m'y habituer... Ça n'a pas été facile... Mais oublions ça, ma chouchoute... Te voilà revenue, tout va bien à présent... Qu'est-ce que je peux t'offrir? Un peu de vin? Il est presque minuit et le vin prépare bien au sommeil.

— Non merci, maman, tu es bien gentille, mais j'ai pris tout le vin qu'il me fallait.

— Il a dû en acheter du bon, lui... Il ne lésine pas quand il s'agit d'épater la galerie... On passe au salon un moment? Le salon est fait pour les bons moments et aussi les mauvais, comme ce soir.

Léontine la suivit, atterrée. Jamais elle ne l'avait vue dans un pareil état. Virginie, sentant son malaise, voulut alléger l'atmosphère et se remit à la questionner sur sa vie à Paris, sur le nouvel appartement où elle venait d'emménager et lui demanda enfin si elle avait un copain, etc.

Elle n'en avait pas. Les études prenaient tout son temps.

— Je rêve d'aller te voir à Paris, ma chérie... Pour ne rien te cacher, j'ai mis de l'argent de côté pour ça... Je pourrais aller passer quelque temps chez toi un de ces jours... Ne crains rien, je me ferais aussi petite qu'une souris...

Son visage s'assombrit tout à coup.

— Mais tu ne m'inviteras pas, je le sais... On n'a plus besoin d'une maman à ton âge... Ta vie est ailleurs...

— Au contraire, ça me ferait le plus grand plaisir... Il faudrait tout simplement que je me prépare un peu, que je trouve une période où je serais plus libre... L'automne prochain peut-être...

— J'adore l'automne... Un automne à Paris me ferait peut-être oublier mes soucis... du moins pour un temps.

La conversation continua ainsi, la gentillesse de la fille essayant d'adoucir l'amertume de la mère.

Léontine n'avait plus qu'un désir: aller se coucher, même si elle savait que le sommeil se ferait prier. Une tâche épuisante l'attendait: maintenir chez sa mère la décision d'aller voir la psychiatre.

Virginie ne parlait plus. Elle avait pris sur ses genoux le chandail de laine mérinos que sa fille lui avait offert en cadeau et le contemplait, plongée dans une rêverie morose.

Soudain, elle se leva:

— Allons, tu tombes de sommeil, ma pauvre. Je ne te retiendrai pas plus longtemps... Moi-même, je m'endors terriblement... Fais de beaux rêves, ma chouchoute. Je suis contente de t'avoir vue.

Léontine la regarda, étonnée:

— Mais on va se voir demain, maman... et après-demain aussi.

Virginie sourit :

— Tête de linotte ! Qu'est-ce que je disais... La fatigue me fait déparler... Bien sûr. On va demain chez Holt Renfrew voir les dernières collections de prêt-à-porter... Mais quand même, ma chérie... J'aurais voulu te voir davantage. Ton père t'a accaparée, ça ne pouvait faire autrement... J'ai souffert et je continuerai de souffrir.

Léontine réprima un mouvement d'impatience.

— Je suis venue d'abord et avant tout pour toi, maman, et nous nous sommes vues tous les jours. Qu'est-ce que je pouvais faire de plus ?

— Il faut se contenter de ce que la vie nous apporte – quand elle nous apporte quelque chose, soupira Virginie comme si elle ne l'avait pas entendue.

Puis, la serrant brusquement dans ses bras :

— Comme tu es gentille... Je t'adore... Dieu m'a donné une bonne fille. Il m'aura donné au moins ça.

▲ ▼ ▲

Vers sept heures, le lendemain matin, le bourdonnement de son cellulaire réveilla Léontine. Un sommeil miséricordieux avait fini par s'emparer d'elle vers le milieu de la nuit.

— Est-ce que je t'appelle trop tôt, ma chérie ? demanda Romain Bellerose d'une voix un peu embarrassée.

— Pas du tout, papa. J'allais me lever.

Il y eut un moment de silence, puis il s'éclaircit la gorge.

— J'ai pensé à notre conversation de l'autre jour, Léontine… En fait, j'ai pensé à ça presque toute la nuit…

— Moi aussi.

— Je vais être à l'hôpital à partir de midi et j'essaierai d'attraper le docteur Dutrisac. C'est le chef du service de la psychiatrie.

— Pas la peine, papa… J'ai oublié de te le dire : j'ai réussi à obtenir un rendez-vous pour maman dans trois semaines à la Clinique Henri-Bourassa. Une psychiatre va la voir pour une évaluation. C'est une amie qui m'a obtenu le contact. Évidemment, rien ne dit qu'elle va la prendre tout de suite comme patiente.

— Alors raison de plus pour que je parle à Dutrisac. Je ne le connais pas beaucoup et j'ignore les disponibilités du service – s'il y en a – mais je te promets de faire l'impossible pour trouver une solution.

— Merci, papa… merci pour tes efforts. Je sais que ce n'est pas facile pour toi… J'ai trouvé maman très bizarre hier soir…, ajouta-t-elle à voix basse. Par moments, j'avais l'impression qu'elle ne vivait plus tout à fait dans la réalité.

Elle l'entendit pousser un long soupir.

— On se reparle, ma fille. Bonne journée.

Léontine se sentit un peu moins seule, un peu moins dépourvue devant la mission qu'elle s'était assignée. Subitement, un désir fou de repartir s'empara d'elle. Sa vraie vie l'attendait à Paris. Ici, elle se sentait comme une comédienne mal préparée à jouer son rôle. Dans trois jours, si les choses se tassaient un peu, elle redeviendrait elle-même.

Elle se rendit à la salle de bain pour faire sa toilette. On entendait, affaiblie, la rumeur de la circulation, puis le vrombissement d'un camion la couvrit un instant. «Paris est encore plus bruyant, se dit-elle, mais c'est Paris...»

En retournant à sa chambre, elle jeta un coup d'œil du côté de celle de sa mère. La porte était légèrement entrouverte. On n'entendait aucun bruit.

Elle s'habilla, se rendit à la cuisine, aperçut un journal qui traînait sur une chaise et se mit à le parcourir.

Une demi-heure s'écoula.

Virginie ne s'était toujours pas levée. Malgré qu'il ne fût que huit heures et qu'elle ait toujours été une lève-tard, une vague inquiétude envahit sa fille. Elle eut envie d'aller pousser doucement la porte de sa chambre, mais à l'idée que sa mère pourrait la surprendre – et se croire espionnée – elle se retint. Les choses étaient déjà assez compliquées comme ça.

Elle aperçut alors sur le comptoir la machine à café que Romain Bellerose avait offerte en cadeau de Noël à sa femme bien des années auparavant. Étonnée qu'elle l'ait conservée, elle décida de se préparer un cappuccino bien serré. Il dissiperait un peu la fatigue qui lui engluait l'esprit après cette soirée trop arrosée suivie d'insomnie.

Elle mit l'appareil en marche. Le bruit tirerait peut-être Virginie de son sommeil.

Mais la machine eut beau faire tourner son moulin et pousser ses chuintements, Virginie n'apparaissait pas. Alors, après avoir attendu encore quelques minutes, elle se rendit à la chambre et poussa la porte.

Ce qu'elle vit la glaça.

Les couvertures rejetées à ses pieds, les bras rigides allongés le long de son corps, sa mère respirait par à-coups, les yeux entrouverts, le regard vide. Un mince filet de bave s'échappait des commissures de ses lèvres.

— Maman ! qu'est-ce qui se passe ? s'écria-t-elle d'une voix étranglée.

Son cri n'atteignit personne. Elle se mit à la secouer sans obtenir de réaction. Alors, se précipitant vers sa chambre, elle se jeta sur son cellulaire et d'une voix hachée, sans timbre, elle parla à quelqu'un qui la faisait sans cesse répéter.

— Bien, dit enfin la voix, nous arrivons.

De retour auprès de sa mère, elle lui prit les mains, épongea avec un mouchoir la bave qui continuait de couler et lui caressa le front.

Elle aperçut un tube renversé sur la table de nuit. Elle s'en empara d'une main tremblante. Il contenait des comprimés d'acétaminophène. Leur enrobage rouge les faisait ressembler à des bonbons.

— Mon Dieu, maman, balbutia-t-elle en pleurant, qu'est-ce que tu viens de faire ? Pourquoi ne m'appelais-tu pas ? J'étais juste à côté.

À tout moment, elle tournait la tête vers l'entrée et prêtait l'oreille. Le temps était comme du béton figé.

La sonnerie retentit enfin. Il y eut des pas précipités dans le corridor, puis deux ambulanciers aux visages impassibles firent irruption dans l'appartement.

De l'ambulance qui filait dans les rues en hurlant, Léontine téléphona à son père.

— Tu n'auras plus besoin de lui trouver une place à l'hôpital, papa, lui annonça-t-elle d'une voix éteinte. Elle s'en est occupée elle-même.

Et elle éclata en sanglots.

Deux jours plus tard et en dépit de tous les soins prodigués, Virginie Bouliane, toujours inconsciente et le foie aux trois quarts détruit, s'éteignait.

Léontine avait reporté son départ. On organisa hâtivement une petite cérémonie dans un salon funéraire. Une trentaine de personnes y assistèrent. Wilbrod Lalancette, violemment endimanché, était venu avec Agrippine qui fit se retourner bien des têtes. Léontine et Léa, figées par ce passage subit de la mort, rendirent un court hommage à leur mère. Celui de Léa fut presque inintelligible. Une vieille amie de Virginie raconta des épisodes de sa jeunesse que tout le monde ignorait et parvint à faire sourire le petit auditoire à quelques reprises.

Romain Bellerose, assis dans un coin, suivait le déroulement de la cérémonie la tête droite, les traits tirés, assailli par des souvenirs qui le remplissaient de désarroi. Les années de bonheur vécues avec Virginie ne cessaient de remonter dans son esprit, chassant les années noires. Il remuait nerveusement sur sa chaise, le regard embué, revivant sa première rencontre avec elle aux Îles-de-la-Madeleine vingt-six ans plus tôt. L'étudiant en médecine était venu s'y changer les idées après une année éprouvante et un échec amoureux qui l'avaient complètement vidé. Virginie, arrivée de Montréal elle aussi, accompagnait une amie en visite chez ses parents. Un été lumineux avait plongé les îles dans un calme sublime qui le reconstruisait tout doucement. Il avait rencontré Virginie sur la terrasse d'un café où il prenait un cognac en se laissant bercer par la rumeur apaisante de la mer. Sa beauté et une vivacité qui semblait venir de l'enfance l'avaient subjugué. Un gros garçon à moustache blonde et aux yeux enfoncés l'accompagnait, ahuri, semblait-il, d'avoir levé un pareil gibier. Avec un aimable sans-gêne, Romain Bellerose s'était mis à la draguer comme si l'autre était devenu invisible. Le coup de foudre s'était produit des deux côtés à la fois. L'année suivante, ils se mariaient.

Et voilà qu'il ne restait plus d'elle à présent qu'un peu de cendre.

▲ ▼ ▲

Quelques jours plus tard, on trouva chez elle un testament rédigé trois semaines plus tôt. Son amie Andréa lui avait servi de témoin chez le notaire. On s'étonna qu'elle n'en ait parlé à personne au moment des funérailles. Plutôt que d'avoir été fait sur un coup de tête, le suicide de Virginie apparaissait maintenant comme prémédité. Elle léguait une forte somme au diocèse de Longueuil pour la réfection de la cathédrale et le reste en parts égales à ses deux filles.

Les sœurs s'étaient partagé certains effets personnels de leur mère: livres, lettres, photos, bijoux, vêtements, etc. On mit le condo en vente dans les semaines qui suivirent; il trouva presque aussitôt un preneur. Wilbrod fut chargé de le vider et obtint une assez jolie somme de la vente de meubles et des appareils électroménagers. Il ne demanda en retour comme salaire qu'un joli fauteuil vert amande pour Agrippine et pour lui-même une bouteille de cognac Napoléon trouvée dans une garde-robe.

Si on veut que les gens pensent à nous régulièrement, il est préférable d'éviter de mourir. À l'exception de ses filles, de son ex-mari et de quelques rares personnes, quelque temps après ses funérailles l'image de Virginie commença peu à peu à s'effacer dans l'esprit de ceux qui l'avaient connue. C'était la mort en quelque sorte qui se poursuivait.

Léontine, retournée en France, donna peu de nouvelles pendant les semaines qui suivirent. On la sentait encore sous le choc. Les liens de Léa avec sa mère s'étaient depuis longtemps quelque peu relâchés. Il lui fut plus facile de reprendre la cadence de la vie.

Elle se remit avec Philippe à soigner leur appartement. Ce dernier avait acheté un tapis qui se mariait magnifiquement au canapé et aux deux fauteuils de style scandinave qu'ils avaient découverts sur Kijiji. Les meubles étaient un peu démodés, mais leur prix s'en ressentait délicieusement. Aidé de Léa, il avait repeint l'appartement et la joie de vivre y était plus enivrante que jamais.

Un soir, en quittant le Tigre Géant où elle avait continué à travailler à temps partiel pendant ses études, comme il faisait beau et exquisément tiède, Léa avait eu envie de faire une petite promenade dans le quartier. Elle était alors tombée sur une vente de trottoir qui se tenait au milieu d'une grande agitation d'enfants et de chiens surexcités et avait dégoté une reproduction d'un paysage hivernal de Jean Paul Lemieux qu'elle avait achetée pour trois fois rien. Son propriétaire ne devait pas aimer l'hiver ou Jean Paul Lemieux ou les deux. Le transport en avait été quelque peu laborieux dans l'autobus bondé à l'heure de pointe. Le paysage illuminait à présent la chambre à coucher et y faisait régner une atmosphère de gravité qui donnait parfois à leurs ébats un caractère hiératique.

La cuisine possédait à présent un four micro-ondes; des tablettes métalliques accrochées au mur alignaient leurs petits contenants d'épices et de fines herbes. Philippe avait déniché à prix d'aubaine une télé à grand écran dans une solderie. Léa s'était fait donner par une de ses tantes une ancienne vanité en bois de rose surmontée de trois miroirs biseautés et avec plein de petits tiroirs.

Chaque semaine ou presque, une acquisition venait s'ajouter aux possessions du jeune couple. Mais un soir, une affaire quelque peu sinistre refroidit brutalement leur enthousiasme.

Madeleine, qui avait conservé sa passion pour les aubaines malgré le luxe où elle vivait dans son *château*, avait acheté un jour à un prix dérisoire une jolie lampe de lecture sur pied et décidé d'en faire cadeau au jeune couple. Dans l'après-midi, elle l'offrit à Léa qui poussa une exclamation de joie.

— Tu l'aimes vraiment ?

— Oh oui, Madeleine ! Elle est jolie comme tout. Comme t'es chouette ! Philippe va l'adorer. C'est un accro de romans policiers, il en lit au moins deux par semaine. Je le vois déjà sous ta lampe.

Elle lui avait sauté dans les bras et embrassé les deux joues.

— Je vais l'apporter tout de suite à l'appartement pour lui faire une surprise quand il reviendra de son travail.

Son cadeau sur l'épaule, elle se rendit à la conciergerie où ils habitaient et monta à l'appartement, cherchant dans sa tête le meilleur endroit où placer la lampe. Le corridor était désert. L'appartement se trouvait à une dizaine de mètres de l'escalier. Elle fit quelques pas et s'arrêta en pâlissant.

Quelqu'un avait barbouillé la porte d'une grande croix sanguinolente. Des gouttes de peinture maculaient le seuil et le tapis.

Laissant là sa lampe, elle prit la fuite et se retrouva dans la rue. Son premier réflexe fut de se rendre à la Fine Bouche pour apprendre l'affaire à Philippe, puis elle se ravisa : il aurait été très ennuyé d'en parler devant tout le monde. Elle prit son cellulaire et l'eut bientôt au bout du fil.

Après quelques injures flamboyantes à l'adresse de Pablo (car ce ne pouvait être que lui), il lui enjoignit de ne pas retourner à l'appartement.

— Va-t'en chez ton père, Léa, et ne sors pas de la maison. J'irai te rejoindre en fin de soirée.

Il arriva à dix heures. Léa avait naturellement mis Romain au courant. Il voulut les accompagner à l'appartement :

— Avec cette racaille, tout est possible. J'en vois parfois de ces énergumènes à l'hôpital. Ils nous arrivent poignardés, cisaillés, battus à coups de bâton et de marteau... Des échappés de l'enfer.

Madeleine, bouleversée, crut bon de ne pas les accompagner, craignant de les gêner plus qu'autre chose.

En arrivant sur les lieux, ils aperçurent la lampe de lecture qui les attendait dans le corridor. Avec la nuit, la croix avait pris un air sinistre. Le voisin de Philippe sortit aussitôt de chez lui, effaré. C'était un vieux monsieur à épaisses lunettes, aux jambes raides, aux joues creusées, avec la voix claironnante des sourds. Il se perdit en récits décousus, parlant à la fois de témoins de Jéhovah à l'air étrange qui avaient distribué des tracts sur l'étage la semaine précédente (d'où la croix), d'un plombier en brouille avec le propriétaire et enfin d'un gamin de l'étage au-dessus que ses parents n'arrivaient pas à contrôler. Puis, faisant des relations entre ces trois hypothèses, il s'embrouilla complètement. Après l'avoir écouté poliment, Romain et les deux amoureux entrèrent dans l'appartement pour inspecter les lieux. Ils ne trouvèrent rien de suspect. Le médecin partit bientôt. Il n'avait pas osé demander à sa fille de venir passer la nuit à la maison. On ne peut plus manifester d'inquiétude pour ses enfants à partir d'un certain âge. Ça les agace.

Le lendemain matin, Philippe téléphona à Wilbrod Lalancette pour lui parler de l'affaire et lui demander de réparer le dégât.

— Encore lui ? Mais c'est toute une bête malfaisante, celui-là ! Je pensais que je lui avais donné sa leçon... Partez-vous toujours pour l'Europe ?

— Oui, bien sûr.

Il se mit à réfléchir.

— Bon. Il a vraiment besoin que je lui refasse son éducation des pieds à la tête, ce bout d'étron... Aussitôt que j'aurai un peu de temps, j'vas me remettre sur sa trace... Il va connaître mon traitement du saut-de-grenouille. Ça te refait une éducation en dix minutes. On peut même apprendre à chanter l'opéra.

▲ ▼ ▲

Les émotions passées, le jeune couple se remit aux améliorations de l'appartement. Ils suivaient une double stratégie imaginée par Philippe.

Depuis longtemps, ce dernier songeait à inviter ses parents chez lui afin de leur montrer que, malgré toutes leurs craintes, il réussissait dans la vie et qu'on ne pouvait pas le classer dans la catégorie de ces demi-ratés qui mènent une existence à demi honorable pour la terminer dans le Grand Zéro. Sa blonde était dégourdie, facile à vivre, jolie à couper le souffle et fille d'un médecin (ce qui ne gâtait rien). Lui-même travaillait dans un restaurant prospère, son patron l'estimait beaucoup et lui confiait même parfois de grandes responsabilités. Faire voir à ses parents un appartement si joliment installé ne ferait que renforcer sa démonstration.

Cela dit, au retour de leur grand voyage il avait toujours l'intention – comme Léa – de se remettre aux études. Qui le mèneraient où ? Il ne le savait pas encore tout à fait, mais avait bien l'intention de s'y rendre.

Pour le moment, il évitait de parler à ses parents de son voyage. Sa mère se morfondrait et son père y verrait une nouvelle preuve qu'il n'était qu'un bon à rien. Il fallait les préparer peu à peu, trouver une façon habile de leur présenter l'affaire. Cela ne serait pas facile, mais il finirait bien par gagner au moins l'appui de sa mère – et peut-être même un peu d'argent.

Le deuxième élément de la stratégie concernait le voyage lui-même.

Pour s'assurer de petites rentrées d'argent régulières, il sous-louerait l'appartement en espérant obtenir, son loyer payé, de trois à quatre cents dollars par mois qui s'ajouteraient à leur pécule. Il lui fallait de l'argent, le plus d'argent possible, car il voulait faire avec Léa un voyage de plaisir et de découvertes, et non de privations et de soucis.

L'appui financier de Romain Bellerose appartenait pour le moment au domaine de la spéculation. Il fallait d'abord lui annoncer le projet comme une chose allant de soi, puis le convaincre qu'une année de voyage en pays étrangers à vivre des expériences inusitées, à se plonger dans des cultures nouvelles, à se frotter à des points de vue différents, valait bien un an d'études. À l'Europe de l'Est, Philippe venait d'ajouter la Mongolie et, une fois sur les lieux, pourquoi ne pas pousser encore plus loin? Ça, c'était voyager!

Et si Léa ne réussissait pas à convaincre son père, il fallait l'amener à un état de résignation pacifique – en espérant que l'inquiétude lui ferait allonger à lui aussi un peu d'argent.

Or le temps commençait à presser. Le mois d'août achevait. Ils souhaitaient partir au début de décembre, dès que Léa aurait terminé sa session à l'université. Philippe n'avait pas encore annoncé son départ à Ricolet. Il tenait à lui donner deux ou trois semaines de préavis afin qu'il puisse trouver un remplaçant. On a beau être jeune, on connaît les usages.

La discussion avec Romain Bellerose serait sûrement orageuse. Elle effarouchait Léa.

— Je vais attendre qu'il soit de garde le jour. Quand il travaille la nuit, il n'arrive pas ensuite à bien dormir – et ça paraît parfois dans son humeur! Tu vas m'accompagner, hein, mon bel amour?

— Pas question. Vous allez parler d'argent. Il croirait que je te manipule.

Puis il ajouta:

— Mon honneur n'est pas à vendre.

Elle le regarda droit dans les yeux:

— Très bien. J'irai vendre le mien, alors.

Il était bien rare qu'une discussion entre eux tournât en jus de citron. Léa quitta la pièce. Au bout d'un moment, Philippe, saisi de remords, alla la retrouver et lui proposa un compromis: il l'accompagnerait chez son père mais ne dirait pas un mot. Sa présence serait, comme qui dirait… un réconfort moral.

Elle n'en parut guère réconfortée.

Les choses – curieux hasard – se réglèrent d'elles-mêmes par un coup de fil une demi-heure plus tard. Romain Bellerose demandait de les rencontrer. Le plus tôt serait le mieux.

— Tout de suite, si vous le pouvez, ajouta-t-il.

— On s'en vient, répondit Léa.

Ils se regardèrent un moment sans parler.

— C'est papa. Si t'avais entendu sa voix, murmura-t-elle. Moins quarante sous zéro… Il se doute de quelque chose, Philippe. Ça va barder.

— De toute façon, on n'y aurait pas échappé… Allons-y, ma belle… À la guerre comme à la guerre.

Sous sa détermination perçait quand même de la nervosité. Quant à Léa, elle avait la mine d'une naufragée à la recherche d'une bouée de sauvetage.

▲ ▼ ▲

Romain Bellerose faisait les cent pas dans son bureau depuis une bonne demi-heure, se passant la main dans ce qui lui restait de cheveux, poussant des soupirs, marmonnant des bouts de phrases, puis tournant les talons, il revenait sur ses pas. Voilà trop longtemps qu'il sentait qu'*un coup* se préparait. Quelque chose de stupide, de farfelu et peut-être même de dangereux, comme seuls sont capables d'en monter de jeunes fous. Cela avait assez duré. On allait clarifier les choses maintenant.

Il entendit des pas, puis des chuchotements. Prenant une grande inspiration, il alla s'asseoir derrière son bureau.

— Je suis ici, lança-t-il.

Ils entrèrent.

— Ça va, papa?

Le sourire de Léa ressemblait à une grimace. Philippe, les lèvres serrées, affichait un air de bravade.

— Pas si bien que ça, répondit Bellerose. Asseyez-vous. On a des choses à se dire... des choses à éclaircir, en fait.

Les épaules basses, il promenait machinalement les mains sur le bord de son bureau.

— Madeleine est partie faire des courses, prit-il le soin de souligner.

— Tu veux nous parler de Madeleine? fit Léa, jouant l'innocence.

Il la regarda droit dans les yeux:

— Je veux vous parler de *vous*. Je sais que depuis quelque temps vous préparez quelque chose et je veux savoir *maintenant* de quoi il s'agit.

Il y eut un moment de silence.

— Eh bien, en décembre, murmura-t-elle d'une voix blanche, on part en Europe pour un an.

Romain la fixa sans paraître avoir entendu. Philippe vit qu'il devait se lancer dans la mêlée.

— Si on ne te l'a pas dit tout de suite, c'est qu'on préparait notre itinéraire, dit-il d'un ton assuré. À présent, on est prêts et on allait te l'annoncer.

Le médecin toussota. Il avait l'air sonné.

— Un an? lança-t-il enfin, sarcastique. Rien que ça? Est-ce que ce serait indiscret de vous demander où vous allez exactement?

— En Europe de l'Est, répondit Philippe.

— Et peut-être pousser une pointe jusqu'en Mongolie, ajouta Léa, jugeant qu'il valait mieux indisposer son père d'un coup plutôt que d'allonger sa colère.

Il eut un sourire moqueur:

— Je vois que vous êtes devenus de grands aventuriers. Je ne serais pas surpris que vous vous retrouviez un jour sur la Lune.

— La Lune, c'est un peu dépassé, répondit Philippe en poursuivant dans l'ironie. On pense plutôt à Mars.

Son mot d'esprit tomba à plat.

Romain se tourna vers sa fille:

— Tu laisses tes études et tu pars à l'aventure, les poches vides, sans trop savoir ce qui t'attend?

— On a tout l'argent qu'il faut, répondit Léa.

Bellerose plissa les yeux et ses traits se durcirent:

— Tout l'argent? Explique-moi ça.

— Philippe a seize mille dollars d'économies et...

— Ah bon. Je comprends tout à présent, lança-t-il en se tournant vers le jeune homme. Monsieur ne souffrait pas du syndrome de Séraphin mais de celui de Marco Polo. Malheureusement, mon gars, l'argent file bien plus vite aujourd'hui que de son temps.

— Il faut savoir le dépenser, se contenta de répondre Philippe.

— Sans compter, compléta Léa, qu'on va se faire un revenu en sous-louant notre appartement et…

— *Notre*? C'est bien dit, coupa-t-il, sarcastique.

— Et puis j'ai gardé mon salaire du Tigre Géant. Quatre mille dollars, ce n'est pas grand-chose, tu me diras, mais ce n'est pas rien non plus… Et j'ai des économies à la Caisse populaire.

Elle trouvait inconvenant de parler tout de suite de l'héritage de sa mère que, du reste, les formalités administratives et les longs délais imposés par la loi l'empêcheraient de toucher avant leur voyage.

— Et si on manque d'argent, enchaîna Philippe d'une voix de plus en plus fiévreuse, eh bien, on travaillera. Les petits emplois, ça se trouve facilement là-bas. Un de mes amis, il y a deux ans, s'en est trouvé un dans un vignoble en Moldavie et puis un autre comme portier dans un hôtel. On est payé en dessous de la table, ni vu ni connu, et tout va bien.

Bellerose poussa un soupir et eut tout à coup l'air accablé.

— Et qu'est-ce qui vous a donné cette idée géniale, si je peux me permettre?

— On veut voir le monde, répondit Léa.

— On veut se dégourdir, quoi, enchaîna Philippe, élargir nos horizons. Je t'en ai parlé l'autre fois… À force de toujours voir les mêmes choses et les mêmes gens, on finit par devenir des cruches vides… En tout cas, c'est mon opinion.

Bellerose rougit:

— Eh bien, je vais te donner une des miennes, monsieur l'aventurier. À cause de toi, ma fille a quitté la maison et à présent, elle veut abandonner ses études pour se lancer dans une aventure casse-cou ! Pure folie ! Vous allez gâcher un an de votre vie pour... Dieu sait quoi ! Ne prends pas cet air-là, jeune homme. J'ai quand même un peu plus d'expérience que toi, bon Dieu !

Philippe grimaça. *Expérience*... Ce mot lourd comme une brique et gris comme un jour de pluie... Le mot que son père lui avait seriné jusqu'à l'écœurement... Il le détestait.

— On fait comme plein de jeunes, répliqua-t-il, et ils sont tous revenus vivants... et déniaisés en plus.

— Tu feras bien ce que tu voudras pour te déniaiser, je ne suis pas ton père. Mais ma fille, c'est ma fille, et elle va rester ici.

Léa leva vers lui un visage crispé et voulut parler, puis se ravisa.

— Est-ce que Léa n'a pas le droit de mener la vie qui lui plaît, Romain ? Après tout, c'est une adulte maintenant. Je trouve que tu fais un peu vieille pipe.

Les joues de Bellerose se creusèrent et il fut un moment sans parler. Les narines pincées, il respirait par saccades et les idées se bousculaient dans sa tête. Il aimait ce garçon. Il admirait son cran, son intelligence, son énergie. Poussé par un mouvement instinctif, il l'avait aidé sans hésitation. La ressemblance avec son frère Martin ne pouvait tout expliquer. C'était sans doute aussi le phénomène classique de la compensation : le fils que je n'ai jamais eu, ce sera toi. Je t'adopte sans même que tu le saches. Inutile d'en parler. Mais là, ça ne marche plus du tout, mon ami. Après m'avoir privé de la présence de ma fille – de la seule fille que je pouvais voir chaque jour –, voilà que tu veux me l'arracher pour l'entraîner... dans l'Inconnu.

— Depuis ton arrivée dans la maison, mon gars, soupira-t-il, tu as bousculé bien des choses...

Philippe se leva d'un bond:

— Alors, je vais la quitter, ta maison.

L'instant d'après, il avait disparu. Léa voulut le suivre.

— Toi, reste ici, ordonna le médecin. J'ai encore à te parler.

On entendit claquer la porte. Léa fondit en larmes:

— Pourquoi tu lui as parlé comme ça? Réalises-tu ce que tu viens de dire?

— J'ai fait ce qu'aurait fait n'importe quel père avec un peu de plomb dans la tête, lança-t-il d'une voix qui manquait quelque peu de conviction.

Elle s'était levée, toute rouge, les lèvres tremblantes:

— Je l'aime, papa, je l'aime comme tu ne peux pas t'imaginer... Et lui aussi m'aime... On veut passer notre vie ensemble... Ce voyage, c'est très important pour nous, tu ne comprends donc pas? De toute façon, ajouta-t-elle avec un air de défi, tu ne pourras pas m'en empêcher.

La fatigue tomba soudain sur lui comme un manteau de plomb. Il fallait en rester là pour le moment, sinon l'affaire risquait de tourner en brouille et la brouille en désastre.

Il se leva. Son calme professionnel lui était revenu:

— On discutera de tout ça plus tard, veux-tu? J'ai des choses à faire.

Les choses en question, c'était de prendre un bon cognac et de se coucher.

▲ ▼ ▲

Une semaine s'écoula sans que Léa donne de nouvelles. Romain Bellerose ne disait pas un mot de l'affaire, mais à son humeur on voyait qu'elle le rongeait. Un soir durant le souper, il y fit allusion devant Madeleine. Elle attendait ce moment. Rassemblant tout son courage et de sa voix la plus tendre, elle osa aborder le sujet.

— Romain, je te vois faire du mauvais sang depuis des jours et ça commence à m'inquiéter… Tu ne penses pas qu'il est bien difficile de demander aux jeunes de vivre notre jeunesse à nous ?

Il dressa la tête :

— Veux-tu dire que tu es de leur avis ?

— Non, ce n'est pas tout à fait ça.

Elle prit une légère inspiration et poursuivit :

— Il y en a plus d'un, comme tu sais, qui font ce genre de voyages… et je n'ai jamais entendu dire – je t'en prie, laisse-moi finir, mon amour – je n'ai jamais entendu dire qu'il leur soit arrivé un malheur… enfin, ce qu'on peut appeler un malheur – ou alors, c'est très rare. Il y a des précautions qu'on pourrait prendre pour…

Il leva brusquement la main, les joues creusées par la colère et d'une voix glaçante :

— S'il te plaît, ne te mêle pas de ça. Léa est *ma* fille et non la tienne, et j'essaie de m'acquitter de mes responsabilités de père.

Elle jugea que la discussion ne pouvait aller plus loin pour le moment et changea prestement de sujet.

Il fallait arranger les choses d'une autre façon.

L'expérience ne lui manquait pas dans ce genre d'affaires. Raymond Binet, feu son mari, avait toujours été un homme inquiet et plutôt autoritaire avec des idées arrêtées sur bien des sujets. Des discussions poivrées éclataient parfois entre lui et son fils Victor. Un jour que ce dernier, pendant le repas, avait annoncé son ambition de devenir caméraman, une engueulade avait éclaté entre le père et son fils de dix-sept ans, le premier déclarant que c'était là un métier de crève-faim et qu'il ne l'avait pas élevé pour en faire un mangeur de croûtons, et le second rétorquant qu'il préférait risquer d'en manger plutôt que de moisir dans un emploi de gratte-papier (Raymond Binet travaillait au ministère de l'Environnement). Les assiettes s'étaient mises à danser sur la table et Madeleine dans les semaines qui avaient suivi avait dû déployer tous ses dons de diplomate pour amener son mari à la résignation et Victor au respect qu'on doit à son père.

Des conflits de ce genre éclataient parfois entre le père et ses enfants (ces derniers, bien sûr, n'ayant pas toujours raison) et suscitaient des discussions enflammées que Madeleine, usant d'ingéniosité et de patience, parvenait la plupart du temps à éteindre.

Par bonheur (si on peut dire), son mari était décédé lorsque Roseline, la cadette, avait annoncé vouloir s'inscrire à l'École nationale de l'humour et donner des spectacles. S'il l'avait entendue, la maison aurait bien pris feu…

Un soir, Philippe reçut à son travail un appel de la brave diplomate qui demandait à le rencontrer avec Léa.

— Quand?

— Ce soir, si possible… C'est assez important.

Intrigué et quelque peu ennuyé, il alla trouver Ricolet.

— Il m'arrive une affaire, patron. Est-ce que je pourrais finir un peu plus tôt ce soir ? Je sais que ça vous embête, mais je suis prêt en échange à faire n'importe quoi pour compenser.

— Un peu plus tôt, c'est-à-dire ?

Il avait eu un froncement de sourcils de mauvais augure, celui qui faisait frissonner ses employés.

— À vingt-deux heures, est-ce que ça vous irait ?

Le restaurateur ferma à demi les yeux et se mit à renifler avec bruit, signe avertisseur d'une prise de décision irrévocable.

Une dizaine de secondes s'écoulèrent.

— Allons, ça va pour cette fois, bougonna-t-il. Mais c'est la dernière. Et quand je dis *dernière*, c'est qu'il n'y en aura plus d'autre jusqu'à la fin des temps. Compris ?

— Compris, patron.

François Ricolet était grognard, mais quand on savait le prendre (et Philippe le savait), on pouvait en faire à peu près tout ce qu'on voulait.

Il appela Madeleine et une rencontre fut arrangée à son appartement.

À vingt-deux heures, Philippe traversait la rue Saint-Charles pour aller à son rendez-vous lorsqu'un énorme tout-terrain surgit tout à coup à sa gauche et le frôla dans un grondement assourdissant, passant près de le frapper. Quelqu'un sortit la tête et agita la main. Il reconnut la chevelure rousse de Pablo Michaud.

On ne l'avait pas oublié.

Le corps en sueur, il se rendit au trottoir et s'arrêta un moment pour reprendre son souffle. Le frôlement de la mort l'avait glacé.

«Un de ces jours, t'auras ton compte une fois pour toutes, mon salaud.»

Il jugea qu'il valait mieux pour le moment cacher l'incident à Léa et poursuivit son chemin.

Elle se trouvait à l'appartement et avait reçu le même appel que lui. Une vingtaine de minutes plus tard, Madeleine se présentait. Leur accueil fut plutôt froid. Philippe la conduisit à la cuisine où ils s'attablèrent.

— Si vous venez pour nous faire changer d'idée, la prévint-il aussitôt, vous perdez votre temps. On part dans trois mois. Nos billets sont achetés. Trop tard pour les discussions.

Léa l'approuvait de la tête.

— Bon, je vois... Ce qui est fait est fait... Rassurez-vous, je ne suis pas venue pour vous convaincre de ceci ou de cela, mais pour étudier la situation avec vous.

Et se tournant vers Léa:

— Ton père est très affecté par cette histoire. Il est nerveux, il dort mal, il boit de plus en plus de vin et son humeur n'est pas fameuse. Je suis inquiète en poil de poule, ma fille... Qui ne le serait pas? Ce genre de chicanes peut laisser des traces. Tout le monde le regretterait. Il faut trouver un moyen de régler cette affaire à la satisfaction de tout le monde.

Du coup, la présumée adversaire devenait une alliée et le visage des amoureux se décrispa.

— Comment faire ? soupira Philippe. Il est intraitable.

— Je n'ose même plus retourner à la maison, ajouta Léa.

Madeleine joignit ses mains potelées sur la table et les regarda l'un après l'autre :

— Je pense avoir trouvé un moyen de l'assouplir un peu.

Deux paires d'yeux se braquèrent sur elle et le silence tomba. On aurait entendu une mouche changer d'idée.

— Quel moyen ? demanda Léa.

— Léontine.

— Qu'est-ce que ma sœur vient faire là-dedans ? s'étonna-t-elle.

Madeleine leur soumit alors un embryon de plan concocté la veille pendant qu'elle s'occupait d'une patiente.

Léontine vivait à Paris depuis trois ans. Romain Bellerose avait en elle une confiance absolue. Pourquoi ne leur servirait-elle pas de port d'attache durant leur voyage ? Pendant ses vacances elle s'était promenée un peu partout en Europe. Des tuyaux, elle pourrait leur en refiler tant et plus et même les aider au besoin.

— L'important n'est pas qu'elle le fasse – car je sais que vous êtes débrouillards – mais que ton père, Léa, sache *qu'elle pourrait le faire...*

La conciliatrice travaillait très fort.

— Et, en plus, pour le rassurer, Léa, pourquoi ne t'engagerais-tu pas à lui envoyer régulièrement un petit texto – disons... tous les deux jours ? Ça le calmerait, ce pauvre homme. Il se morfond tellement depuis votre discussion… Je lui présenterais l'idée comme venant de vous. Ça ferait meilleur effet. Qu'est-ce que vous en dites ?

— Ça ne règle pas le problème des études, soupira Philippe.

— Il sera plus facile à convaincre sur ce point-là. Un an d'études, ça se rattrape. Et, comme vous disiez l'autre fois, voyager, c'est apprendre. Je lui glisserai ça tout doucement dans la tête.

Il fut convenu que Léa rencontrerait son père le lendemain – sans lui dire que les billets d'avion étaient déjà achetés, bien sûr.

La rencontre la fit trembler toute la journée.

Dans la soirée, elle trouva enfin le courage d'aller le trouver.

— Je vais y penser, se contenta de répondre Romain Bellerose avec une mauvaise grâce évidente. Mais je continue de croire, Léa, que votre projet est insensé – et je ne parle même pas, ma pauvre fille, de la question de tes études. Les retards, ça ne se rattrape pas en criant zut ! et je ne t'ai pas élevée pour que tu deviennes une itinérante ignorante.

Son visage se relâcha brusquement et il parut vieillir de dix ans :

— De grâce, ménage-moi donc un peu… Je me fais du sang de crapaud depuis une semaine… Je n'ai plus l'âge pour supporter un stress pareil…

Il omit d'ajouter qu'une conversation qu'il avait eue dans l'après-midi avec Léontine – mise au courant par Léa – l'avait quelque peu ébranlé.

Madeleine était une virtuose en diplomatie.

▲ ▼ ▲

Cinq jours plus tard, un infarctus terrassait Romain Bellerose. Cela se produisit à son travail et il le dut en grande partie à son entêtement.

Vers seize heures, une grande fatigue accompagnée d'essoufflement et d'une sensation de constriction abdominale lui était tombée dessus. Cela n'avait rien à voir avec les symptômes éprouvés jusque-là. Mais, comme d'habitude, il avait bravé les avertissements. La fatigue était devenue pour lui une compagne familière. Quant au reste, cela lui parut venir d'une cause extérieure.

Vers la fin de l'avant-midi, un carambolage monstre s'était produit sur l'autoroute 132 et, bien qu'on ait réparti les blessés dans différents hôpitaux, l'urgence avait été brusquement débordée. En quelques minutes, elle s'était retrouvée avec douze blessés, dont cinq dans un état critique. Le travail avait subitement pris une allure de médecine de guerre. Tout le monde s'agitait, les civières allaient et venaient, les ordres et les appels se croisaient au milieu des plaintes et des gémissements.

Romain Bellerose venait de panser l'abdomen d'une vieille dame qui sanglotait sous l'effet d'un choc nerveux lorsqu'il ressentit tout à coup un violent resserrement au sternum. Son front se couvrit de sueur et il se mit à haleter, tout étourdi.

— Ça y est, balbutia-t-il.

Il quitta la salle d'examen, s'appuya contre un mur et glissa sur le plancher. Un murmure épouvanté s'éleva dans l'urgence. Poussant un cri, une infirmière se précipita vers lui. L'agitation tournait en panique et le code bleu fut lancé. Fabiano Rosetti, venu à la course, avait pris le pouls carotidien de son ami inconscient, puis, à califourchon sur lui, se livrait à un frénétique massage cardiaque. Un chariot de réanimation apparut et Romain Bellerose se retrouva au service de cardiologie où son cas fut jugé si grave qu'on le transféra illico à l'Institut de cardiologie de Montréal. Une opération à cœur ouvert débuta. Elle allait durer douze heures.

Madeleine et Léa attendaient, silencieuses. Philippe vint les rejoindre vers minuit et dut repartir à cinq heures pour dormir un peu avant de retourner au travail. Léa, en larmes, avait averti sa sœur dès son arrivée à l'hôpital. Léontine demanda qu'on l'appelle toutes les heures.

Le chirurgien vint les retrouver en matinée, les yeux clignotants de fatigue. Si l'opération s'était tant prolongée, expliqua-t-il, c'était que – complication supplémentaire – on avait dû procéder au remplacement de la valve aortique. Mais, finalement, tout s'était bien passé.

Léa l'écoutait avec des yeux d'enfant apeurée. Allait-il s'en tirer ? demanda Madeleine.

— Nous avons fait tout notre possible, Madame. Je ne vous le cacherai pas, votre mari se trouvait depuis longtemps dans un état problématique. Les prochaines heures seront déterminantes. Il faut, en particulier, que les reins tiennent le coup. Mais la constitution de monsieur Bellerose me paraît solide et nous avons bon espoir qu'il s'en tire. Vous pourrez sans doute venir le voir demain. Il sera aux soins intensifs. On vous appellera pour vous préciser l'heure.

Et il s'éloigna en se massant le cou.

Léa se mit à sangloter :

— Tout ça, c'est de ma faute.

— Allons, allons, ma chérie, lui répondit Madeleine avec des larmes dans la voix, ne te mets pas tout le poids du monde sur les épaules… Il a beau être médecin, il n'a jamais fait trop attention à sa santé, tu le sais comme moi.

«Mais elle y est pour quelque chose», ajouta-t-elle intérieurement.

Sa pensée lui fit honte.

▲ ▼ ▲

Romain Bellerose reprit peu à peu connaissance le lendemain, vers la fin de l'avant-midi. On venait de l'extuber. Un fin brouillard bleuâtre semblait flotter autour de lui. Il entendait des voix lointaines. Une voix d'homme et une voix de femme. Elles s'interrompaient, puis recommençaient au bout d'un moment. Il n'arrivait pas à comprendre ce qu'elles disaient et avait hâte qu'elles se taisent. Les entendre l'épuisait.

Il remua lentement les jambes. Elles le faisaient terriblement souffrir. «Prélèvement de veines, se dit-il. Opération à cœur ouvert… Ils m'ont changé la tuyauterie… Ça devait m'arriver.»

Et il sombra dans une torpeur gélatineuse.

Soudain, il eut un sursaut.

— Papa, est-ce que tu m'entends?

Penchée sur lui, Léa le regardait en retenant ses larmes. Derrière elle, Madeleine essayait de sourire.

— C'est gentil d'être venues, murmura-t-il avec peine.

Ses lèvres étaient comme gelées. Il tendit à sa fille une main déformée par l'œdème.

— Ça va, papa?

La question était quelque peu ridicule, mais rien d'autre ne lui venait à l'esprit.

— Ça pourrait aller mieux, répondit-il lentement d'une voix enrouée, mais ça va.

Un moment passa.

— Approche-toi, Madeleine.

Elle glissa les doigts dans cette main difforme qui n'arrivait pas à serrer la sienne.

Une infirmière s'approcha et leur fit signe de partir.

Dans la soirée, son état commença à se dégrader et on s'attendit au pire. À demi inconscient, il gémissait doucement, la respiration haletante, le thorax en feu. Une main sadique ne cessait de lui donner des coups de poignard dans les jambes.

Vers une heure du matin, on demanda à Madeleine et à Léa de venir. Elles arrivèrent accompagnées de Philippe et ils attendirent dans une petite pièce aux murs vert pâle où flottait une vague odeur d'eau de Javel. Affalé sur une chaise, la tête penchée, les bras croisés, Philippe, silencieux, semblait ailleurs. Madeleine le regardait de temps en temps, haussait les épaules et s'épongeait les yeux avec son mouchoir chiffonné.

À quelques pas, une rude partie se jouait. Chaque minute pouvait être décisive.

Vers quatre heures, Philippe les quitta sans un mot. Léa venait de téléphoner à sa sœur. Une voix de femme avait répondu.

— Un instant, s'il vous plaît.

Les deux sœurs avaient parlé longuement. La conversation tournait en rond, comme si le fait de répéter les mêmes choses pouvait arrêter le cours du destin.

Personne ne venait les voir. On semblait les avoir oubliées.

Soudain, un infirmier apparut, petit, grassouillet, la lèvre ornée d'une fine moustache qui paraissait pommadée.

— Vous pouvez partir, dit-il sèchement. On vous rappellera.

— Qu'est-ce qui se passe ? demanda Léa. Il va mieux ?

— Je ne peux pas vous répondre, Mademoiselle. Ce n'est pas moi, le médecin. Vous pourrez lui parler demain.

Madeleine se leva, toute rouge, et fit signe à Léa de la suivre.

— Poil de poule, marmonna-t-elle, est-ce qu'il vient de manger du serpent, celui-là ?

Soudain, elle s'arrêta et saisit Léa par les épaules :

— Mais Léa, c'est merveilleux ! T'en rends-tu compte ? On est venues *pour rien* !

▲ ▼ ▲

Au bout de trois jours, Romain Bellerose quitta les soins intensifs, mais une insuffisance rénale continuait de rendre son état précaire et il en avait pris conscience. Il dormait beaucoup, mangeait à peine et avait le sentiment, comme tous les malades, de se trouver dans une prison. Au moindre mouvement, il devait presser à deux mains un petit coussin contre son sternum – qu'on avait scié puis broché. La douleur devenait alors plus supportable.

Madeleine passait la journée avec lui. Une collègue à la retraite la remplaçait à la clinique dentaire. Léa l'accompagnait presque toujours. Elles ne parlaient pas beaucoup au malade pour ne pas le fatiguer.

Le quatrième jour, il lança une plaisanterie à l'infirmière venue lui faire une injection. Les yeux de Léa se remplirent de larmes et Madeleine dut se contenir pour ne pas aller l'embrasser.

Le lendemain, alors qu'elles se trouvaient à la cafétéria, Philippe apparut à la porte de la chambre. Il n'avait fait jusqu'ici que deux courtes visites et Romain Bellerose en avait tiré à peine quelques mots. «Qu'est-ce qui le ronge?» s'était demandé le médecin. Le jeune homme semblait plongé dans une méditation douloureuse.

Cet après-midi-là, cependant, Bellerose sentit qu'il allait se passer quelque chose. Son visiteur ne cessait de bouger sur sa chaise, se levait, se rasseyait, et lui avait demandé à deux reprises la date de son congé.

— Je ne sais pas, avait répondu le médecin d'une voix un peu éteinte. Bientôt, j'espère… mais il faut que mon état continue de s'améliorer.

Soudain, le jeune homme le regarda droit dans les yeux:

— Tout ça est arrivé à cause de moi.

— De quoi parles-tu?

— Je parle de ce qui t'est arrivé… C'est notre projet de voyage qui t'a foutu à terre. La dernière fois qu'on en a discuté, on aurait dit que les yeux allaient te sortir de la tête… Et puis, après, Madeleine nous a appris que tu n'allais pas bien. Mais pas du tout.

Il eut une moue amère.

— Je n'aurais jamais dû te rencontrer, poursuivit-il à voix basse. Tu me l'as bien dit l'autre fois. Je t'ai apporté plein de soucis. Et les soucis, ça finit par rendre malade.

Bellerose sourit :

— Je te ferai remarquer, mon garçon, qu'un infarctus, ça se prépare de longue date. Il se préparait avant même que je te connaisse. Crois-en un médecin.

— Quand même ! Je t'ai nui. Beaucoup.

Puis il ajouta :

— J'ai annulé le voyage. On fera autre chose.

Bellerose le regarda, étonné.

— Ah bon.

Il ferma les yeux. L'entretien l'avait épuisé. Il entendit une porte se refermer doucement. Philippe venait de partir.

▲ ▼ ▲

Le séjour de Romain Bellerose à l'hôpital se prolongeait. Malgré tous les soins prodigués, sa convalescence traînait en longueur. L'œdème aux membres et sa faiblesse générale persistaient. La respiration demeurait lourde et pénible. Les nuits se passaient en insomnies. « Inutile de me raconter des histoires, se dit-il un après-midi, je vais crever. Comme cette pauvre Virginie. »

Un frisson le parcourut. « Pourvu qu'on ne se retrouve pas ensemble dans l'Autre Monde, jériboire ! Je demanderais qu'on me ressuscite ! »

Fabiano Rosetti venait le voir presque chaque jour et le trouvait passablement déprimé. Il avait beau essayer de l'égayer, ses efforts tombaient à plat.

— Je ne me fais pas d'illusions, Fabiano, lui confia Bellerose un soir. Ma vie tient à un fil et le fil va casser… Mes reins n'arrivent pas à vraiment redémarrer. Alors…

Assis dans un fauteuil, son ami l'écoutait en se mordillant une lèvre.

— Je suis foutu, poursuivit Bellerose. Tout a une fin. C'est maintenant la mienne.

Rosetti se dressa brusquement, le visage tout rouge, et se penchant sur lui :

— Tu vas un peu vite en affaire, le médecin. Moi, je trouve au contraire que tu prends du mieux depuis quelque temps. Pas beaucoup à la fois. Mais chaque jour. Au début, je te l'accorde, tu ne payais vraiment pas de mine. À présent, t'auras beau essayer de nous tirer des larmes, ça ne marche pas… Laisse à tes reins le temps de se requinquer, ils en ont travaillé un coup ! Et puis prends-toi un peu en main, bon sang de merde ! On ne t'a pas tiré d'affaire pour t'entendre pleurnicher à longueur de journée. Est-ce que je dois t'apprendre que le psychologique influence le physique ?

Romain Bellerose secouait la tête, le regard vague, comme s'il contemplait quelque chose qu'il était le seul à voir.

— Non, reprit-il, je vais mourir. Je n'ai quand même pas perdu mon œil de médecin… Je souffre d'usure, mon ami… Ça ne se répare pas. Comme tant d'autres, je me suis montré négligent, j'ai fait l'imbécile, j'ai épuisé mes réserves… Elles ne se renouvelleront pas… Si ce n'était de mes filles et de Madeleine, je m'en ficherais pas mal…

Il sembla réfléchir un moment.

— Mais, quand même, se reprit-il, je ne suis pas trop inquiet. Elle en a vu d'autres, Madeleine... C'est une femme solide, généreuse... Elle saura s'occuper de Léa... pour le temps qu'il faut encore s'en occuper.

Rosetti, tout rouge, renifla très fort.

— Cesse de dire des conneries, veux-tu ? La déprime après une opération majeure, c'est un classique, une sorte de post-partum, quoi... et puis se complaire dans les idées noires, je te le répète, ça ne vaut rien pour la santé. Pas besoin d'avoir fait de longues études pour savoir ça... Tiens, essaie donc de dormir un peu, fit-il en se levant. Je reviendrai te voir dans la soirée. Dors, mon vieux, dors. Ça t'empêchera de dire des sottises.

Mais Romain Bellerose secouait la tête d'un air obstiné et poursuivit :

— Mourir, c'est vraiment très désagréable, Fabiano... Mais il y a pire encore.

— Oui ? Quoi ?

— Vivre.

— T'es con, mon vieux, répondit l'autre d'une voix étranglée.

Bellerose ferma les yeux et un vague sourire flotta sur ses lèvres.

Cela lui plaisait de mourir sur un bon mot.

▲ ▼ ▲

Mais le bon mot ne servit à rien. Ce n'était pas pour cette fois, semblait-il. Deux jours plus tard, après une nuit passable, la sensation d'oppression respiratoire qui le tourmentait se mit à diminuer. Ses reins se réveillèrent tout à fait et le dégoût que lui inspirait la nourriture céda la place à quelque chose qui ressemblait un peu à de l'appétit. Il pouvait maintenant quitter son lit et, malgré la douleur, marcher un peu dans la chambre pour se dérouiller les jambes.

Un samedi matin, l'hôpital lui donna son congé. Il éprouva alors ce sentiment de délivrance qui envahit les patients lorsqu'ils retrouvent leur vie de tous les jours. On permit à Madeleine de prolonger son absence au travail de deux autres semaines pour s'occuper de lui. Léa venait le voir chaque jour et le bichonnait. Elle s'était réinscrite à l'université pour la session suivante et dormait à présent trois ou quatre fois par semaine à la maison. Philippe, lui, ne faisait que de courtes apparitions, parlait peu et ne souriait pas souvent.

Un après-midi, on trouva Romain Bellerose dans le salon, les jambes croisées, en train de lire le journal. Une semaine plus tard – miracle ! –, il soupait à la Fine Bouche avec sa fille et Madeleine. Ricolet fit lui-même le service. Encore un peu de temps passa et il alla prendre un verre avec Fabiano Rosetti, et deux fois ce dernier le fit rire aux éclats (ce qui l'obligea à presser la main contre sa poitrine).

Ce n'était plus tout à fait le même homme, mais il avait retrouvé le goût de vivre. Allait-il reprendre le boulot ? Madeleine lui posa la question. Il y pensait. Peut-être à temps partiel. Par la suite, on verrait.

L'automne avançait. Philippe ne parlait plus de voyage et avait décidé de se remettre aux études dans un an. Son projet s'était comme figé dans la culpabilité. C'était Léa à présent qui en rêvait. Les fois où elle y faisait allusion, il haussait les épaules avec un sourire désabusé et lui donnait une petite tape sur l'épaule.

Mais un jour que Bellerose s'était montré particulièrement détendu et enjoué, Madeleine, prenant un biais, se risqua à revenir tout doucement sur le sujet et lui raconta un matin au déjeuner, comme ça, en passant, que l'année précédente le fils aîné d'un de ses cousins – il avait tout juste dix-huit ans – était parti sur le pouce avec un ami pour l'Amérique du Sud et qu'ils étaient revenus six mois plus tard gras comme des voleurs et avec plein d'histoires à raconter.

Romain Bellerose l'écoutait, les sourcils légèrement froncés, et trempa un biscuit aux amandes dans son café (il ne se permettait plus à présent que deux biscuits par jour – biologiques et faibles en gras).

— Bon, se contenta-t-il de répondre, ça leur fera des souvenirs.

Il y eut un moment de silence.

— Ne crois-tu pas, mon chéri, poursuivit-elle de sa voix la plus câline, que – sans vouloir t'offenser – dans cette affaire de voyage tu faisais un peu... comment dire... déphasé ?

Il redressa la tête :

— Tu veux dire *vieille pipe* ?

Elle eut un sourire embarrassé :

— Non, non... *Vieille pipe*, ça ne te convient pas du tout... C'est pour les esprits bouchés, ça...

Il y eut un second silence.

— Évidemment, poursuivit-elle, je ne possède pas la science infuse... et comme tout un chacun je parle quelquefois à travers mon chapeau. C'est... simplement une idée comme ça qui m'est passée par la tête.

Il la regardait en pinçant les lèvres et ne répondit rien.

Dans les jours qui suivirent, Madeleine se garda bien d'aborder de nouveau le sujet.

Un soir, Romain téléphona à Philippe et lui demanda de venir le voir avec Léa.

Ils se présentèrent presque aussitôt, intrigués, inquiets. La rencontre se déroula dans le bureau où avait eu lieu cette discussion qui avait laissé à tous un souvenir douloureux. Mais cette fois, le médecin était accompagné de Madeleine assise près de lui avec son air des grandes circonstances.

«Ils vont nous annoncer leur mariage», se dit Léa avec un petit sourire.

Philippe, lui, montrait un air détaché.

Après un préambule constitué des banalités habituelles, Romain Bellerose se tourna vers lui:

— Dis donc, mon gars, avais-tu pris une assurance annulation pour tes billets d'avion?

Le jeune homme, étonné, fit signe que non.

— Je vais te les rembourser.

Philippe le fixa, bouche bée, puis se tourna vers Léa comme pour chercher une explication. Elle avait l'air aussi abasourdie que lui.

— Mais il y a plus que ça, ne put s'empêcher d'ajouter Madeleine, tout sourire.

— Est-ce que vous avez toujours l'intention de partir? poursuivit Romain Bellerose sans paraître l'avoir entendue.

— Peut-être plus tard, répondit Philippe.

Il y avait de l'appréhension dans sa voix. Léa toussota.

— Eh bien, partez donc, grommela le médecin. De toute façon, je ne pourrais pas vous retenir.

Un second silence suivit le premier. Les amoureux se regardaient, stupéfaits.

— Pourquoi as-tu changé d'idée, papa? demanda enfin Léa.

On l'entendait à peine.

— Parce que j'ai réfléchi.

— Tu as réfléchi dans quel sens? demanda Philippe.

Le médecin eut un léger sourire:

— Dans tous les sens que tu peux imaginer.

Puis il ajouta:

— On n'a qu'une vie.

— J'aurais le goût d'une bonne bière, fit alors Madeleine. Et vous autres?

— Très bonne idée, répondit Philippe de sa voix la plus coulante.

Puis, après une hésitation:

— Depuis quelque temps, j'ai pris goût au vin rouge…

— Alors je te servirai du vin rouge, mon garçon.

Ils célébrèrent leur réconciliation dans la cuisine où il est généralement plus facile de se parler à la bonne franquette.

Romain Bellerose, par moments, paraissait soucieux mais s'efforçait de le cacher.

Philippe et Léa prirent bientôt congé pour aller digérer en paix le coup de théâtre qui venait de se produire.

▲ ▼ ▲

Philippe se leva un matin avec une tâche délicate à effectuer : il lui fallait annoncer son départ à Ricolet. Il le prévenait trois semaines à l'avance pour lui permettre de trouver un remplaçant, mais la réaction du restaurateur restait imprévisible.

Après avoir déjeuné rapidement, il se rendit à la Fine Bouche. C'était un lundi et il était en congé. Le restaurant était quasi désert. Une femme de ménage passait l'aspirateur au fond de la salle.

— Est-ce que le patron est ici ? lui demanda-t-il.

Il dut répéter trois fois à cause du bruit.

— Il est dans son bureau, Monsieur.

La gorge serrée, il alla frapper à la porte.

— Qui est-ce ? demanda Ricolet avec sa voix rocailleuse du matin.

Philippe le trouva assis à son bureau en train de brasser de la paperasse. Comme d'habitude, la pièce était impeccable. Le tapis beige semblait arriver de chez le marchand. Le pot de géranium sur l'appui de la fenêtre était placé exactement au centre et le géranium continuait d'y fleurir vigoureusement. Il aurait fallu une loupe pour détecter une tache sur les carreaux de cette fenêtre et le bureau de chêne luisait d'un éclat napoléonien. Aussi, le monceau de paperasse étalé devant le restaurateur jurait-il fortement avec le reste.

— Qu'est-ce que tu fais ici ce matin? demanda Ricolet, étonné. N'es-tu pas en congé?

— Je voulais vous voir, patron.

— Eh bien, rince-toi l'œil, mon gars, je suis devant toi.

Ils se regardèrent en silence.

— Qu'est-ce qui se passe? demanda Ricolet d'un ton légèrement soupçonneux.

Philippe s'éclaircit la gorge. Jamais il n'aurait cru que sa tâche serait aussi pénible.

— Je voulais vous annoncer que je quitte mon emploi, patron.

Ricolet dressa brusquement la tête et ses mains s'immobilisèrent:

— Ah bon. Tu as trouvé un meilleur salaire chez un de mes concurrents?

— Non, patron. Je pars en Europe avec ma copine. Pour un an.

— Eh bien... c'est toute une nouvelle ça...

Il essayait de cacher sa contrariété et sa déception.

— Est-ce que je peux te demander d'où te vient cette idée étrange?

— Ma blonde et moi, nous voulons voir le monde, patron.

Ricolet repoussa machinalement la paperasse et se passa la langue sur les dents.

— Voir le monde, voir le monde... Tout le monde veut voir le monde, mon garçon. Même un escargot veut le voir à sa façon... On part voir le monde quand on n'a plus rien d'autre à faire. À ton âge, c'est une idée d'une grande sottise, crois-moi... Tu as un temps précieux devant toi et des forces encore toutes neuves. Moi, je commence à prendre de l'âge et j'aurais peut-être eu une proposition à te faire un de ces jours, mais...

Sous son air bougon transparaissaient la tristesse et le désarroi.

Philippe se mit à fixer le tapis. Une occasion unique allait lui échapper qui ne reviendrait pas. Mais c'était plus fort que lui. Il devait partir. «Je ne passerai pas toute ma vie dans un restaurant, disait une voix. Il y a mieux à faire.»

Il leva la tête:

— Je ne pars que dans trois semaines, Monsieur Ricolet, le temps que vous trouviez un remplaçant.

— Ouais, un remplaçant... C'est bien dommage, tout ça... Évidemment, je sais bien que tu ne me reviendras pas...

Son expression changea alors du tout au tout et, posant les mains à plat sur le bureau, il se leva:

— Eh bien, affaire classée. Tu n'es pas obligé de me donner tes trois semaines, je m'arrangerai. Bonne chance et amuse-toi bien... À présent, mon garçon, tu m'excuseras, j'ai ma comptabilité à terminer.

Et ce fut tout.

Dans l'après-midi, Mireille l'appela:

— Tu nous quittes?

— Eh bien oui, figure-toi donc.

— En Europe pour un an?

— Eh oui, pour un an.

— Pourquoi tu ne nous en as pas parlé? Te méfiais-tu de nous?

— Voyons, Mireille, tu me connais mieux que ça, tout de même… C'est que le projet était chambranlant… Il aurait pu tomber n'importe quand… Ça s'est décidé d'un coup. Pourquoi vous annoncer quelque chose qui risquait de tourner à rien?

— Tu pourrais au moins venir nous dire au revoir.

Sa voix s'était radoucie.

— J'allais le faire, Mireille, j'allais le faire… en fin de soirée après le travail… Je n'ai pas envie de retourner au resto… à cause du patron, tu comprends.

— Ouais… Il avait toute une gueule quand il nous l'a appris. Mais il vient de partir et on ne le reverra pas avant quinze heures. Amène-toi, escogriffe, qu'on te souhaite bon voyage… Ça porte chance, il paraît.

Il fut bientôt à la Fine Bouche. Il n'y avait qu'un seul client sur place, assis au bar et concentré sur sa Brador. Mireille et Charlot s'avancèrent vers Philippe, encore sonnés par la nouvelle.

— Un beau cachottier, dis donc, lança un Charlot offusqué.

— Il n'y avait rien de sûr, Charlot, se défendit de nouveau Philippe. Pourquoi vous annoncer une fausse nouvelle? De toute façon, je ne serais jamais parti sans dire au revoir à des bons copains comme vous, voyons.

— On dit ça, on dit ça, répliqua Charlot d'un ton aigre.

C'était sa façon d'exprimer le chagrin que lui causait le départ à la sauvette d'un compagnon de travail qu'il aimait bien.

— On dit ça parce que c'est vrai, répliqua Philippe.

— Tu pars tout seul ou avec quelqu'un? s'enquit Mireille pour changer de sujet.

— Avec ma blonde.

— Et où au juste? demanda Charlot.

Il leur décrivit son plan de voyage. Le client du bar se retourna et se mit à suivre la conversation en remuant les lèvres d'un air bizarre.

Charlot semblait plus médusé que jamais. Mais sa bonne humeur revenait peu à peu:

— T'as du *cash* ou vous allez quêter?

— J'en ai plein de *cash*.

— T'as reçu un héritage?

— Non, j'ai économisé.

Ils le regardèrent un moment sans parler. Charlot poussa alors un sifflement:

— T'es tout un numéro, toi, dis donc! T'as une de ces façons de préparer tes affaires avec l'air de regarder ailleurs... Je te verrais bien comme espion ou délateur, tiens.

Mireille se mit à rire. Elle paraissait émue.

— Reviens-nous en un seul morceau, Philippe, fit-elle en se pressant tendrement contre lui. J'ai bien aimé travailler avec toi, tu sais... Donne-nous de tes nouvelles de temps à autre.

Et elle posa un baiser sur sa joue.

Charlot lui tendit la main :

— Bonne chance, mon chum. Ne te mets pas trop les pieds dans les plats.

— J'ai des souliers imperméables, répondit Philippe en lui donnant une bourrade.

Il quitta le restaurant. Les reverrait-il jamais, ces compagnons de travail ? Tout change tellement vite dans la vie.

▲ ▼ ▲

Le jour du départ approchait. Philippe et Léa en avaient plein les bras : formalités à remplir, courses à faire, renseignements à obtenir – et l'appartement n'était pas encore loué ! Il ne voulait pas le louer à n'importe qui (on lui avait raconté des histoires de location à faire frémir), mais il ne connaissait personne. C'était en quelque sorte la plongée dans l'inconnu.

Wilbrod Lalancette, toujours aussi serviable, s'offrit de prendre les choses en main et même, la transaction faite, d'aller rendre une petite visite de temps à autre au locataire pour s'assurer qu'il n'était pas en train de vendre les meubles ou d'y élever des coquerelles.

Six heures plus tard, il dénichait la perle des perles : une ancienne maîtresse d'école sexagénaire arrivée de Mistassini avec son petit-fils de huit ans. Il n'y avait eu aucun marchandage sur le prix du loyer.

Il était bien plus facile, constata Philippe, de louer un appartement que d'en trouver un pour soi.

Avant de partir, il alla voir ses parents avec Léa. Il n'avait annoncé leur projet à sa mère que trois jours plus tôt. À leur arrivée, Rosalie Roberge, encore abasourdie et toute frissonnante, pleura un peu.

— Jure-moi de nous avertir si jamais vous avez un problème.

Philippe jura.

— Mais tout va bien se passer, maman, lui assura-t-il aussitôt.

— Tu connais l'avenir, toi?

Elle les quitta un moment et revint avec un chèque qu'elle tendit à son fils. En voyant le montant, il sursauta et son visage devint tout rouge:

— Merci, merci, maman. Je considère ça comme un prêt.

— Il n'y a pas de prêt. C'est pour ta sécurité. Les parents sont responsables de la sécurité de leurs enfants même après qu'ils ont quitté la maison.

— Je ne crois pas que ce soit dans le Code civil, ça, maman, répondit-il en riant.

Il la serra longuement dans ses bras. Léa, tout émue, observait la scène en souriant.

Philippe aborda alors un sujet délicat:

— As-tu annoncé la nouvelle à papa?

— Non, pas encore. Je le trouve un peu... fragile ces jours-ci. J'allais le faire ce soir. Mais tu pourras la lui annoncer toi-même, mon gars, quand il viendra souper. Ça sera beaucoup mieux ainsi.

Sa voix manquait de conviction.

— Je ne pense pas que nous ayons le temps de souper, maman.

Robert Arsenault arriva à la maison vers seize heures. C'était bien plus tôt que d'habitude. Rosalie venait de l'appeler pour lui annoncer la visite de leur fils et de sa blonde. Au son de sa voix, il avait deviné qu'un événement s'était produit.

En apprenant le projet de Philippe, il se montra stoïque. Avec le temps, il avait fini par se résigner à son caractère imprévisible, à sa crânerie effrontée, à son absence de jugement. Cette affaire n'en était qu'une manifestation de plus. L'air bougon, il lui tapota l'épaule et lui recommanda *la plus extrême prudence*. Suivit alors une série d'anecdotes tragiques sur des voyageurs qui avaient cru naïvement que l'humanité n'était formée que de braves gens.

Puis, se tournant alors vers Léa, il se lança avec elle dans une longue conversation sur un tout autre sujet, oubliant quasiment la présence de son fils.

Il semblait que le charme de la jeune femme agissait également sur le père.

Rosalie Roberge servit le café. Au bout d'un quart d'heure, son mari se leva de table en s'excusant : il avait une grosse commande à préparer pour le lendemain.

Il se tourna vers Rosalie :

— Je viendrai souper vers sept heures.

Philippe s'était levé à son tour. Son père lui tendit la main :

— Bon voyage, mon gars. Ménage les nerfs de ta mère, hein ? Elle a été assez éprouvée comme ça.

Et il partit.

On aurait pu s'attendre à un *bon voyage* plus chaleureux. Mais dans les circonstances, c'était du miel au parfum de rose.

Rosalie s'approcha alors de la cuisinière et retira du fourneau la tarte aux pommes à la hollandaise qui avait fait son renom dans la parenté.

— Tu vas voir ce que tu vas voir, Léa, annonça Philippe, et il passa le bout de la langue sur ses lèvres.

Mais l'arôme avait déjà parlé à sa place.

Léa se montra si gourmande et complimenteuse que Rosalie lui en servit un deuxième morceau qu'elle mangea avec enthousiasme, même si elle n'avait plus très faim.

— Si vous voulez y goûter encore, il faudra revenir, Léa.

Mais à l'idée du voyage interminable dans lequel ils se lançaient, elle poussa un soupir et se mit à renifler, l'air misérable.

Philippe jugea alors qu'il était temps de partir. Il y eut des embrassades et de nouvelles recommandations de prudence que les deux jeunes gens, sans le laisser paraître, trouvèrent toutes plus inutiles les unes que les autres. Rosalie exigea qu'on lui donne des nouvelles *au moins tous les deux jours.*

Debout sur le perron, le souffle court, la tête remplie d'images terribles, elle les regarda s'éloigner. Ils se tenaient par la main et riaient.

▲ ▼ ▲

Le jour du départ arriva. C'était un 10 décembre. Temps gris, ciel pluvieux. La veille, la température était tombée sous zéro. Rien pour donner envie de se lancer dans l'aventure... Mais l'enthousiasme de Philippe et de Léa n'en brûlait que plus fort.

Romain Bellerose annonça qu'il ne pourrait conduire les amoureux à l'aéroport, car il se sentait fatigué. Les médicaments, sans doute. Mais peut-être s'agissait-il là – d'une façon détournée et peut-être inconsciente – de leur marquer encore une fois sa désapprobation. Madeleine devrait donc s'en charger. Elle ne conduisait pas souvent et l'idée d'affronter l'heure de pointe la rendait nerveuse.

Elle alla trouver Wilbrod Lalancette qui réparait une clôture chez un voisin et lui demanda s'il pourrait la remplacer au volant. Il accepta tout de suite:

— Je te comprends, Madeleine (il la tutoyait depuis longtemps). Aujourd'hui, c'est pas un jour comme les autres. Vous devez tous avoir les idées qui zigzaguent dans le ciboulot.

De toute évidence, le départ des amoureux représentait pour lui aussi quelque chose de grave et de solennel. Deux jours plus tôt, il s'était rendu chez Philippe pour lui offrir une lampe de poche à piles rechargeables avec un chargeur capable de s'adapter au voltage européen.

— Des fois que vous seriez loin de tout pendant la nuit... Ça peut servir.

Depuis le retour du médecin, il allait presque chaque jour lui rendre une petite visite, prétextant ceci ou cela ou rien du tout. Son attachement avait ému Romain Bellerose. Il s'était mis à le taquiner et l'appelait son *garde du corps*.

— Garder le corps d'un docteur, Doc, c'est pas n'importe quoi... Quand j'en parle à mes amis, ils sont jaloux.

Philippe et Léa allaient partir.

Debout près de la porte, Wilbrod les attendait, impassible. Mais la cadence à laquelle il mâchait son éternelle chique de gomme s'était singulièrement accélérée.

Romain Bellerose serra longuement Léa dans ses bras en lui murmurant des choses à l'oreille. Elle faisait de grands signes de tête approbateurs avec un sourire ému.

Le médecin se tourna alors vers Philippe.

— Viens ici, l'aventurier.

Et il l'étreignit à son tour. Le jeune homme, écarlate, balbutia quelque chose, mais personne ne comprit.

Bellerose le tenait à bout de bras :

— Tu me promets de protéger ma petite fille, hein, mon sacripant ?

— Tu peux compter sur moi, Romain.

— Et moi, en retour, je vais le protéger, papa, promit Léa avec un sourire taquin.

Quand tout le monde fut parti, Romain Bellerose s'éclaircit la gorge, se massa les joues, puis attrapa un livre, mais au bout d'un moment, incapable de se concentrer, il le mit de côté et monta à sa chambre – remarquant avec plaisir que son essoufflement avait beaucoup diminué. Il s'étendit sur le lit et s'endormit aussitôt. Ce fut le retour de Madeleine qui le réveilla.

— Eh bien, les voilà partis, lui annonça-t-elle en apparaissant dans la porte.

— Eh oui, partis, répondit-il d'un air sombre.

Elle s'assit à ses côtés et lui prit la main :

— C'était la bonne chose à faire, mon chéri.

— Sans doute.

La soirée s'écoula paisiblement.

Le lendemain matin, il traîna un peu au lit en pensant à ce qu'il ferait de sa journée. C'était une douceur qu'il ne s'était pas souvent accordée. Finalement, l'ennui le poussa à se lever. Il se rendit à la salle de bain, prit son rasoir et, debout devant la glace, se contempla un moment. Au-dessus de son front, il ne restait plus de sa chevelure autrefois si abondante qu'une petite touffe grisâtre dans un désert rose qui d'année en année allait en s'élargissant. Il avait raison, celui qui avait dit qu'en vieillissant on devient peu à peu sa propre caricature.

Le reste de la journée se passa en tâches minuscules: faire le lit, éliminer les vieux journaux, mettre de l'ordre dans les factures, huiler une penture grinçante, etc. Le temps lui paraissait insipide. Il décida alors de préparer sa fameuse sauce à spaghetti.

La maison lui sembla tout à coup comme une coquille vide, et ce vide le pénétrait peu à peu. S'il poursuivait cette vie-là, l'abrutissement le guettait et peut-être même qu'avec le temps quelques-uns de ses travers s'accentueraient – l'habitude, par exemple, de boire un peu trop. Il risquerait alors – sait-on jamais ? – de se retrouver un peu dans la même situation que cette pauvre Virginie.

Non. Il ne la rejoindrait pas. Il ne rejoindrait pas non plus le camp des cervelles ramollies dont parlait Philippe. L'âge s'en chargerait. Plus tard. Beaucoup plus tard.

Il eut hâte subitement de se replonger dans la souffrance pour tenter de la soulager. Il se heurterait trop souvent aux limites de la science, des appels désespérés resteraient sans réponse, mais il aurait eu au moins la consolation d'avoir tout fait pour y répondre. La compagnie de ses collègues commençait à lui manquer, celles de Fabiano et de Charles, l'infirmier avec qui il aimait blaguer – et aussi cette tension permanente engendrée par le métier qu'il accentuait à coups de cafés. Il avait besoin de ce défilé d'êtres humains avec leurs histoires, leurs petites et grandes misères, qui donnait lieu parfois à des rencontres étonnantes.

Oui, dans un mois, un mois et demi, on le reverrait à son poste.

La sauce mise à cuire, il se rendit au salon et s'approcha d'une fenêtre. Il apercevait le coin de rue où l'auto avait disparu la veille pour filer vers l'aéroport.

Qu'il était court, le temps où on pouvait jouer avec sa vie comme avec un ballon... Ils avaient eu raison de partir. Mais leur aventure serait peut-être bien plus courte qu'ils ne le croyaient. La solitude à deux dans un voyage était un révélateur terrible. À cet âge, en amour, on ne fait qu'apprendre la vie. Le temps d'une leçon.

Et il eut ce sourire à la fois triste et apaisé de celui qui regrette sa jeunesse tout en étant soulagé qu'elle soit passée.

Remerciements

Je tiens à remercier pour leur précieuse collaboration mon éditrice Marie-Noëlle Gagnon, et les réviseures Diane Martin, Isabelle Rolland et Sabrina Raymond. Merci également au docteur Jean-Pierre Gouin et à l'urgentiste Gilles Beaucage qui m'ont éclairé sur leur métier.

Une nuit de tempête a été achevé d'imprimer en août 2023
sur les presses de l'imprimerie HLN, au Québec, Canada,
pour le compte des Éditions Québec Amérique.